阮温凌 著

海峡子规

陈若曦研究与对话

上海三联书店

华侨文化研究
书　系

Huaqiao Wenhua Yanjiu Shuxi

1985 年 5 月时任中共中央总书记胡耀邦接见旅美华侨作家陈若曦。

1961 年秋，台湾大学《现代文学》创办，陈若曦（右二）与同学欧阳子（左二）、杨美惠（右）等学生作家赴花莲访问青年作家王祯和（左）。

未来作家、中学时代的陈若曦,在平民教育家江学珠任校长的台北第一女子中学求学留影。

教育调研,阮温凌教授来到平民教育家、北京大学校长蔡元培雕像下。

教育调研：华侨领袖李清泉夫人颜敕家乡的侨办名校石光中学——菲华各界联合会名誉主席、宋庆龄基金会副会长林玉燕校友参与捐建母校的教学大楼，校园景观之一（侨生邱凯仁摄）。

"文革"结束后的 80 年代中期,母校华东师范大学中文系同级同班同学沙叶新(左)、鲁光(中)来泉州看望同学,在阮温凌蜗居欢聚畅谈一天一夜(摄影家黄国华摄)。

20世纪末菲华文学拓荒牛林健民先生来华侨大学访谈，阮温凌教授夫妇陪同参观厦门大学时来鼓浪屿游览。

左图：作者应邀参加西方文学国际学术研讨会期间，在北京大学畅春园
　　　拜访诗人北京大学谢冕教授。
右图：谢冕教授来华侨大学讲学，作者陪同观览"泉州学"深沪湾海底森
　　　林，欣赏非物质文化遗产"船头褒歌"。

1989 年作者妻获福建省首准往台探亲,代作者向华侨作家陈若曦问候。图为阮温凌送至香港时话别情景。

想起母校：17岁踏进华东师范大学校门，
爱上校园丽娃河，在河上桥头留影。

上图:巴金游学来到 24 级石阶上的石头街平民学校——法江小学,喜欢站在顶上"吞海"碑
　　　旁眺望泉州湾海景。

中图:千年古街无数小巷通向泉州湾,蠔壳石头红砖古厝道不尽诗意传说之神奇,见证海上
　　　丝绸之路文明奇观,传说马可·波罗在此住过。

下图:巴金学生单复、黎丁、阮玩、李秋叶、蔓青、王清海等文化精英均来自石头街——作者家
　　　乡遗迹一瞥。

《海峡子规》"景物映衬"写到华侨诗人蔡其矫名诗《迎风》,其诗获老一辈华侨
作家聂华苓好评(见第 70 页)。与作者合影于 2004 年 2 月 17 日泉州酒店。

卷前语

　　学术之旅,历经风雨。反映问题,权势迫害,赶下讲台;就地奋起,一手反腐,一手研写,十年磨一剑。乱世出奸雄,噩梦见英才。学术研究与非常时期不兼容,更与官家商场无缘。"课题""科研",弄虚作假的,国家基金钱浪滚滚,官商炒作,轰动效应。文化被吃——吃不掉的,是官文化,是商文化,是文化"官化",是文化"商化"。然文化价值不是造势造出来的,是时间考验出来的。平民教授,人性作家,要走自己的路——跨出校门,拥抱天下,做"世界公民","拿自己的学识为人类服务"(马克思语),交文学知音,"把心交给读者"(巴金语)。相信有文化振兴的一天,有明镜高悬的一对火眼金睛。

　　英国作家王尔德认为"评论远比创作要求更高深的修养",评论比创作更具创造性。华侨文化研究书系包括第一编"南国绿洲"的《世纪弦歌》《学村候鸟》、第二编"华文创作"的《海峡悲歌》《海外星空》、第三编"艺术景观"的《海峡子规》《审美棱镜》,乃创建海外华侨文化研究会之奠基作。其中《海峡子规——陈若曦研究与对话》初稿于二〇〇八年春,研究祖籍地泉州侨乡的旅美华侨作家陈若曦的传奇人生,及其奔走于海峡两岸、太平洋两端,深入平民社会了解众生相,在平民教育和平民文学创作实践中召唤人性,发出海峡子规的振聋发聩之声。独树一帜的自传书写,包括"桃花源绿洲"文化之旅的自传散文和"古拉格群岛"文化之旅的自传小说。其卓尔不群的现实主义笔法,别具手眼,高于流俗,展示华侨文学"风景这边独好"的艺术景观。自传散文的青春诗情催人憬悟,自传小说的春雷效应震响四海。

　　以昔鉴今,反腐倡廉,单枪匹马,义务办事,自费行动,力争奉献。多元交融,一元主导,追求人性美艺术美,写人之未写之少写,力求填补学术空白。以华侨文学、华文教育、台港澳文学、侨乡文化及古今中外文学艺术相关研究领域为主干,熔学术研究、文学评论、艺术鉴赏于一炉,融平民教育与平民文学为一体。脚踢孵化蛋种,手写人性文章;平民情结永驻,笔墨风雷激荡。连同前出版四著,共十部学术著作,三百三十万字,推上国际舞台研讨交流。前期相关论文在国际学术季刊澳门《文化杂志》、加拿大《文化中国》等发表十篇,南洋四侨报先后同时刊载相关长文六篇,侨乡三报采访报道六篇,与加拿大文化更新研究中心、陈嘉庚研究会、台湾华侨协会总会文化交流,意义重大。文化界瞩目,学术界青睐。

"研写"与"创建"审美对象,华侨领袖陈嘉庚、陈敬贤昆仲和李清泉、颜敕贤伉俪,属于侨乡故土,属于中华民族,属于华侨世界,也属于其身后侨领新秀及其后裔宗亲。其教育兴邦,爱国爱民,无私奉献,厥功至伟,以优良传统教育影响几代人。然正如书系第一编卷前语"先致谢"之关系密切者,先支持后失信的,也经历过!写书难,出版更难。一失国家课题基金,二无当地政府补助,三有腐败校长十年打击报复、经济制裁。学术之旅,艰难险阻,"冷暖自知",书系天文数字出版经费,实非耗尽十年心血及财力代价的苦行僧所能承担!今惟倾资借贷自立"个人基金课题",要与国家基金轮流拿者"试比高"。某官教授编某资料书拿国家基金二三百万元,还有助手团队代劳;而我单干十年,倒贴二三十万元!

上海三联版的书系总序、卷前语,有机会得以修改,可与广大读者更好谈心交流。鉴于前出版、发表著作如《走进迷宫——欧·亨利的艺术世界》与白先勇研究系列等,屡遭不同手法侵权——全文剽窃,部分抄袭,偷原创,抢新见,搞"复述",等等,以及腐败校长侵权行为的种种伤害,今书系六著之研究成果,包括前此联系其他出版社及相关人员提供全部书稿与部分内容者,均已向中国作家协会作家权益保障委员会、中国文字著作权协会等维权机构及研究会法律顾问、相关法律网站反映登记、存档备案,蒙其反侵权指导,采取维权措施,深表谢意!还要感谢法学家叶雯的《阮温凌教授屡遭侵权引人警醒》和甄颜久的《史上最牛的剽窃事件》,在法律网站仗义执言。书系前二著由中国社会科学出版社出版后,该责编认真配合追查多家网上书店相关者(连同另发现者共有十家以上),篡改作者学术专著之著权性质做售书广告的涉及侵权事件,尽其职责,也在此致谢!更要感谢广大读者关心、举报(15960562771、18150589290、13960402015)。最近CCTV"闽南望族"纪录片王总编导借我书系前四著参选拍摄内容,应遵著作权法和保护条例维权使用。对以往及今后变换手法剽窃侵权行为,本人保留追究其法律责任的权利。

华侨大学教授、硕士生导师
中国作家协会会员
加拿大文化更新研究中心研究员
世界华文文学家协会监事
海外华侨文化研究会理事长

二〇一四年冬于华侨大学雨绿轩

◎ **创建海外华侨文化研究会奠基作之五**

    For establishing an institute to research overseas chinese's culture, Proffessor Ruan WenLing wrote the academic books series expressing "hopeful overseaschines cultures."

  ○ **孙中山辛亥革命天下为公英魂颂百年纪念**

  ○ **华侨领袖陈嘉庚、李清泉平民教育百年纪念**

  ○ **李清泉创办龙门、育德、成美三侨校百年纪念**

● The 100th year's remembering Mr. Sun Yat Sen who succeeded in leading 1911 years revolution to ruin Qing Dynasty to raise the opinion of political governors having the must of serving best the mass people, so, who must be forever praised by our people.

● The 100th year's remembering Mr. Chen Jia Geng and Mr. Dee Ching Chuan, both men making great contributions to common people's educations.

● The 100th year's remembering Mr. Dee Ching Chuan who, an overseas Chinese, join-established and fund-help-established 3 schools also funds-helped by other overseas Chinese: Long Men School, Yu De School and Cheng Mei School.

    创建海外华侨文化研究会

           ——功在侨社，也功在国家。

    了不起呀，中国作家阮温凌教授！

           ——旅美华侨作家陈若曦(2012 年 12 月 30 日)

    祝贺"李清泉华侨文化研究会"诞生！

           ——菲律宾侨报《商报》(2012 年 7 月 28 日)

    祝贺"李清泉华侨文化研究会"诞生！

           ——菲律宾侨报《联合日报》(2012 年 7 月 29 日)

谨以华侨文化研究书系六著

世纪弦歌：陈嘉庚李清泉文化视野

学村候鸟：巴金足迹侨乡行

海峡悲歌：白先勇创作论

海外星空：华文创作三地域

海峡子规：陈若曦研究与对话

审美棱镜：南国侨乡讲学录

献给海内外研究对象——

陈嘉庚李清泉身后涌现的文化英才

支持华侨大学反腐倡廉的海外侨领

为教书育人忘我躬耕的平民教育家

斗妖风战恶浪追求光明的人性作家

教师在学术活动中有充分发表意见的权利。

——《教师法》第七条

我不寻求桂冠,也不寻求荣誉。我写作一生,只想摒弃一切谎言,做到言行一致。

——巴金

钱先生说:依他个人的见解,从文学史的眼光看来,历代的文学主流都是伤痕文学。成功的、重要的作品,极少歌功颂德,而是作者身心受到创伤、苦闷发愤之下的产品。

——孔芳卿:《钱锺书京都座谈记》

人生最曼妙的风景,竟是内心的淡定与从容……我们曾如此期盼外界的认可,到最后才知道:世界是自己的,与他人毫无关系。

——杨绛:《百岁感言》

凡作文者,当作主子文章,不作奴才文章。

——郑板桥

作家表现自己,也就是表现他所处的那个时代……就其实质而言,每一位作家的写作,同时也就是他的自传,在某种程度上以想象力加以改变了的自传。

——康·巴乌斯托夫斯基

小说家孙犁跟鲁迅、巴金、冰心、钱锺书一样,有扫瞄中国文坛的火眼金睛,敢讲真话,是中国作家学习的光辉榜样。他一眼看穿权势"评论家"的弄虚作假,冒充权威,故作惊人,学术腐败,批评是一针见血的。对那些"总想把话说得与众不同",说得让人看出"这不是一般人能够说出的",只有天才权威"才会说出这样的语言"的人,就很厌恶——"每逢我看到拐弯抹角,装模作样的语言时,总感到很不舒服。这像江湖卖药的广告。明明是狐臭药水,却起了个刁钻的名儿:贵妃腋下香露。不只出售者想入非非,而且将使购用者进入魔道。"还说:"古今中外,凡是真正的哲人,凡是伟大的文学家,他们的语言都是质朴的,简短的。道理都是日常的,浅近的。"人性知音,怀抱忧患,正气凛然,异口同声,见解是独到的,心灵是相通的。魔道歪风猛刮不止,学术腐败甚嚣尘上,却有先知先觉者之向善求真,扶正祛邪,更见其岐嶷不凡。这种横扫江湖广告、怒斥狐臭学风的批评典范,是警文风而启人智的,是见真理而知人性的。

——阮温凌

车　轮

——阮温凌自吟

学术之旅,思维跟随车轮飞奔
肩负使命,一路书写前程美景
我是大地的儿子,离不开母亲
有传统美德母奶,有中华文化甘霖

母亲教我爱与善——文学理想开路指引
学子,人师——向前车轮展示传奇人生
春华秋实,夏月冬云,还有风雨雷电,
塑造人性作家形象,彰扬平民教授个性

不怕磨损——任旅途飘荡,崎岖不平
我用速度推动清廉,哪怕反腐引火烧身
即使报废——也要回炉熔炼,飞起火凤凰
驰骋自由天地,为母亲输送赤子的忠诚

每一车站,都是新的起点,新的黎明
追赶时间,我读太阳启示,听大海佳音
车轮滚滚,弹奏一曲母亲颂,发自心声
南国绿洲,龙眼花开,古榕树下,我高歌猛进

书系六著出版落实后草就
回敬孵化蛋种的一份薄礼

华侨文化研究书系总序

华侨文化研究书系涉足相关教育、文学、艺术诸领域。高校任教,身处逆境;学术研究,反腐倡廉——旨在宣示平民教授、人性作家为人师表、教书育人之理念,以对照原则表述教育人生之见解,爱憎感情,激扬文字,把心交给读者。

华侨领袖陈嘉庚和李清泉,晋江同乡,老兄小弟,追随孙中山辛亥革命,信仰三民主义,振兴中华,抗日救亡,教育兴邦,培育英才,功勋盖世。从一九一三年秋同时回国开拓侨乡平民教育阵地,创办集美学校、成美学校,集美集善,成美成材,召唤黎明,心向平民,造福民生,奠定华侨教育基石,已届百年。以此大背景扩展中华文化视野,挖掘平民教育宝藏,探索古今中外文学艺术,以"南国绿洲"展示"华文创作"的"艺术景观",创建海外华侨文化研究会,彰显华侨领袖及其身后侨领新秀之业绩,乃苦行僧人生之旅重要历程。单枪匹马,自费行动,义务办事,十年磨一剑,力争奉献。

海滨邹鲁,南国侨乡,回眸历史,影响所及,可以感受中华文化大视野华侨教育和侨乡文化的人文景观,举世瞩目。有孔子的"兼爱施教"、墨子的"农工同举"和朱子的"书院讲学",还有弘一法师的讲经游学和世纪巴金的平民教育活动。"圣人之邦",教育救国,科学兴邦,源远流长,影响深远,恩泽后代。从家乡平民学校到华东师范大学,我有幸沐浴平民教育阳光雨露,启迪良多。今以《世纪弦歌》《学村候鸟》《海峡悲歌》《海外星空》《海峡子规》《审美棱镜》研究书系,彰显华侨领袖及其身后受教育受影响的侨领新秀之业绩,今昔对比,以昔鉴今。

遵雨果美丑对照原则,重在美与光明之宣扬。陈嘉庚说"教育乃立国之本","上以谋国家之福利,下以造桑梓之麻祯"。李清泉维护华侨合法权益以"反簿记法"抗争,号召一致抗日,"全侨誓为后盾",办学育人,桃李满园,遐迩蜚声。周恩来赞华侨领袖"永远要受到尊敬和爱护",赞鲁迅"为人民服务而死"。冰心赞周恩来"钢铁般坚强,春天般和暖,真理般朴素"。巴金赞冰心"金坚玉洁"。鲁迅赞巴金"有进步思想的作家"。周恩来赞"教师是灵魂工程师"。鲁迅指"世间只要有权门,一定有恶势力,有恶势力,就一定有二花脸"!五四精神,平民教育——鲁迅有上海劳动大学、集美学校和厦门大学;巴金有泉州黎明高中、平民中学、广东西江乡村师范;冰心有云南呈贡乡村中学;杨晦有集美中学;杨骚有新加坡道南学校;施蛰存、徐震堮、江学珠有松江女中;鲁藜有工学团;钱穆有集美中学;汪静之、潘漠华、王鲁彦、许钦文有集美学村……他们培育无数精英人才,举世共仰,乃美与光明之代表。教育乃立国之本,乃人类文明,已为历史所证实——遵者则建功立业,违者则孳生腐败!

雨果认为,世界是两种原则——善与恶斗争的舞台。人生舞台上,有戏剧人生,有学术启迪。在华侨领袖教育兴邦时代,巴金三次来到陈嘉庚和李清泉的故乡参与平民教育实践和文学创作活动,看到"美与光明"。但在"与恶并存"的"文化大革命"年代却看到噩梦:"十四五岁的孩子拿着鞭子追打","长官修建楼堂馆所,中小学生却在危楼中上课"。巴金身后汶川、玉树大地震,倒塌死人最多者是中小学校豆腐渣工程,而贪官奸商的豪宅宫殿安然无恙!某小学三千学生个个是干部,官迷从小学"五道杠"、中学班干部、高校学生会开始。大学争"大",高校比"高"。大行政机构,大官僚群体,大资源挥霍。高价买分,高费补习,高分低能,高危作弊。孩子读书"只为高考",影视常听"皇上驾到"。"马加爵老大"后有"女马加爵",今则有复旦大学优秀研究生黄洋被同学林森浩毒死案。"我爸是李刚"后有"药刚""韩刚";法律毕业生杀童,留学生杀母,大学校长争论文一死一伤……官司打不起,生病生不起,学费交不起……空气污染,水源污染,土地污染,食品污染……官场腐化,教育腐化,司法腐化,医药腐化……"老虎苍蝇"亿万帮,金钱美女大团队,摧残女生玩少女。贪官集团化、黑帮化、科技化、超天文数字化,淫窟色洞到处开花……媒曝不断,恩格斯骂之"兽性",西门庆自叹弗如!但仍有上海高院法官集体嫖娼,多豪宅多情妇,单律师同吃一餐即数万元!网曝反腐倡廉对比数据:中国贪官在国外存款资产达一百万亿!孵化蛋种,无官不贪,无商不奸,天怒人怨。

徇私枉法,民告官难。雨果世界名著《悲惨世界》揭示:法律比罪犯更可恶!意大利影片《警察局长的自白》警示:道貌岸然的法官干着罪恶的勾当,法律惩治的罪犯控制司法政坛!因而有长期当纪检义工揭开黑幕者,有启用"敌对势力"语言反扑者,有七十执法者实名举报高级法官者……更有一拳打过去把自己打倒的腐败高官。官商一体的虚假广告与诈骗语言代替以前的红色海洋。"宝贝"败类,"歌舞升平","入党做官","做官腐败",到处"政绩",满街"人才",这"家"那"家",就是没有钱学森要求的名师大家,没有女权活动家!郭沫若诗赞泉州平民戏剧家王冬青的高甲戏《连升三级》:"糊涂天子糊涂臣,三级联升笑煞人;选得状元无点墨,演来高甲倍精神……"能不笑煞乎? 能不哭煞乎? 农村城镇化,到处大拆迁,鸟笼吊空中,农民升上天。文化"歼灭战",建筑"速决战"——摩天高楼坍塌,跨海大桥断垮。网曝全国每天消失近百个村落——陈丹青则惊呼:从"文革"到"拆迁","两千年来遍布全国的草根文脉已断","中国用六十年毁掉五千年文化"，"文化摇篮完全不存在了"！茅以升见证：钱江三桥，竣工十四年大修三次，小修不断，砰然倒塌；而抗战年代建造钱塘江大桥，历经七十年风雨炮火仍超期安全使用，当时资金仅百多万美元，而今是六个亿！古代屹立几千年文明建筑，世界惊叹，没有豆腐渣工程！今昔对比，能不引人反思？

陈嘉庚、李清泉办学时代的平民教育，没有腐败，没有贪财贪色校长，惟有培育精英人才无数。而今高校衙门，腐败文化，师生噩梦，长夜难眠。某高校，华侨领袖培养的现成教育精英不用，从河南引来的"宝贝"什么都敢，什么都干，什么都要，什么都会，什么都拿，什么都有：金钱的，权势的，荣誉的，女人的，豪宅的……打击异己，残酷报复，加罪惩罚，经济制裁，肆无忌惮。马屁文化、造假文化、报复文化、政绩文化，触目惊心。教育圣地成了"文革"阴魂冒险家的乐园，中国平民教育优良传统灰飞烟灭。无视"千里之堤，溃于蚁穴"，无视小事中藏有人性罪恶。白先勇指出"研究人性中罪恶问题"——从古希腊悲剧到福克纳小说，都是把人性中的罪恶毫不留情地挖掘出来的，锲而不舍的。陈若曦笔下的卓家夫妇和父子、学习班头头和枪毙尹县长的造反派，白先勇笔下的柯老雄、华三、陈雄、邵子奇、李春发、吴胜彪和"吃屎不知香臭"的败类，比起当今贪官污吏来，都是小巫见大巫！逃资海外的，乘船"离岸"的，"摸着石头过河"的……政治可怕，权力可恶，乃权不为民用而私用。"巴金星"在看："人变兽"！"陈嘉庚星"在看："成败存亡千钧一发"！

邓小平在《党和国家领导制度的改革》告诫我们："由于没有在实际上解决领导制度问题以及其他一些问题，仍然导致了'文化大革命'的十年浩劫。这个教训是极其深刻的……如果不坚决改革现行制度中的弊端，过去出现的一些严重问题今后就有可能重新出现。"而否定"文化大革命"付诸行动者，则有胡耀邦的彻底平反冤假错案。而今混迹而来的贪腐"宽容"烟幕者，"五毒俱全"享乐者，一棺"文化大尸"者，一坑"散文大屎"者，皆成功之乱世英雄，鲁迅怒骂之"二花脸"！因而有沙叶新从旧世纪呼喊至新世纪的"什么都是假的，只有骗子是真的"。应该肯定，"文化大革命"战火也磨炼出德才兼备的文化精英，至今仍坚持反腐抗恶打假，保持鲁迅的硬骨头精神，这是主流。但冷静反思，贪、恶、假、腐、骗、色、赌、毒的孵化蛋们，哪一类不是跟"文化大革命"有关的？哪一个不是从现制度学校走出来的？计其年龄段：第一"种"，是来不及正规教育即进入"造反有理"乱世者；第二"种"，是乱世中遭遇打砸抢的行为教育和说假话做坏事的潜移默化者；第三"种"，是没有彻底否定"文化大革命"留下遗毒埋下祸根加入腐败队伍者。三"种"之孽，驰骋官场，恶性循环，祸害子孙……有人则心里明白装糊涂，问题成堆说没事，掩盖罪恶大树碑，维持现状笑嘻嘻。即使是华侨作家白先勇笔下的小说人物，都受不了——秦义方大骂："这批小野种子！是很有良心的吗？"罗任重怒斥:"国家就是这样给你们毁掉的,还敢来贿赂我?"——"我们千辛万苦赢来的胜利,都让那批不肖之徒给葬送了啊!"赖鸣升则耻与为伍,嗤之以鼻:"他做得大是他的命,捧大脚的屁眼事,老子就是干不来!"就连《清史稿》里的皇帝也在谴责:"朕视为一德,彼竟有二心,招权纳贿,擅作威福,欺罔悖负,朕岂能姑息养奸耶?"其实,中国四大古典名著也早在警告——《红楼梦》也写特权腐败,《西游记》也写造假行骗,《三国演义》也写强权恶斗,《水浒传》也写官逼民反。然而,败家子们都能解读吗?

　　对比反思,感触良多。大学时代,我一个苦孩子常想起欧·亨利《餐馆和玫瑰》里的"母爱"与"乡情"。受母校常溪萍校长正面教育,我立誓献身教育竭尽忠诚;教授生涯,我受腐败校长反面教育,有反腐倡廉的衷心赤胆。"两弹一星"留下"钱学森之问":"为什么我们的学校总是培养不出杰出人才?"求学时他敢批评美国导师,师生争论,但导师赞赏他,主动找他认错,服从真理,学术民主!周恩来怒批"一言堂",却有人"防民之口,胜于防川"。华侨领袖李清泉为抗日救亡、教育兴邦呕心沥血辞世的一九四○年,没能应邀同陈嘉庚、黄炎培到延安朝圣,向毛泽东请教历史周期率问题。当时得其回答:"只有让人民来监督政府,政府不敢松懈,只有人人起来负责,才不会人亡政息……"而今我依《教师法》"充分发表意见",却遭"宽容"者打击报复,加罪惩罚,经济制裁。想起童年,寒冬盖破麻袋冻不死,酷暑蒸笼破屋热不死,上山放牛捡柴饿不死,石缝小草沐浴春风夏雨,有平民教授、人性作家抗病力,你腐败校长怎能整得死!苦斗催猛醒,愤怒炼金刚。记鲁迅万勿和"宽容"腐败者接近之教诲,我阮小七"逼上梁山"——反腐、书写并举。学术之旅从校园起程,即见公款数百万"政绩工程",树碑横挡陈嘉庚纪念堂前,躲避阳光,喷泉承露,狗屁成碑,镌名立传,搅扰伟人视线,胆大包天!周恩来教育思想宝鉴,邓小平否定"文化大革命"论断,陈嘉庚、李清泉华侨教育诚毅精神,乃反腐斗恶之动力,心明眼亮——揭"裸权"之腥臭,笑"承露"之挥发……老虎苍蝇,权势汹汹,钱潮滚滚,色浪滔滔,你奈我何!徐悲鸿《奔马》题:"直须此世非长夜,漠漠穷荒有尽头。"借其奔马,我来到巴金笔下的阳光大海,花树红土。可爱家乡,草木青绿,温润芊绵,暗香浮动。亲近乡情,倾听乡音,吸南国山川之灵气,饮侨乡文化之慧泉。

　　以昔鉴今,正反对比。华侨领袖李清泉家乡石圳宗亲李昭进捐建的燕京华侨大学的校长,二○○九年十月二十九日在《南方周末》撰文:"谋官、保官、跑官、要官","贪污受贿、腐化堕落、官商勾结、钱权交易,甚至黑白两道通吃","为保官和升官而做政绩、上形象工程,说大话、空话、假话,夸大成绩,掩盖问题……"呼吁为人师表,南国华侨大学的首任校长廖承志带领广大师生艰苦办学,廉洁治校,教书育人,把陈嘉庚、李清泉华侨教育的优良传统发扬至上世纪底一任的法学家庄善裕校长，获得海外侨胞好评。南北侨校，华侨教育，心灵感应，作出贡献，值得敬仰！巴金《南国的梦》赞平民教育："他们在极其贫困的环境里支持着两三个学校，使得许多可爱的贫家孩子也尝到一点人间温暖，受到一点知识的启发"；"他们沉默地把那沉重的担子放在肩上，从没有一个时候发出一声怨恨……"昔之业绩，今之现实，对比强烈。教育调研走到"过桥半"所在厦门校区，却于二〇一四年九月十四日开学伊始，见大四学生被电梯卡死悲剧，新学年欢乐变为师生哀悼，网曝浪涌。师生怒指"政绩工程"者——"超龄三任第一年"突然"光荣退休"的"第三里程碑"者，"我是三岁从台湾归国的华侨"者，先是以"迁校"抵制海外侨领董事与省级、地方政府领导的反对意见，再是"扩大办学"复制校区，不到三分之一利用率的高楼大厦一开始即有学生被电梯卡住（生死不明），"去年又有学生被电梯咬掉一块头皮"，真是"无三不成悲"！不久前又有图书馆楼大梁掉下……校园学生冤魂知多少？众指十位数……王亲信"闻血院"女生被奸杀藏尸七天，恶臭生虫记者曝光；不到一年又有女生被奸杀陈尸野外……被称为"老板家庭医院"医死学生已知有两人，大幅标语"魔鬼医院"示威学生惊动海外……自杀的，坠楼的，凶杀的，死在水沟的，被强暴的……还有"滤油学院"院长与教师校园饮酒作乐又大打出手、你死我活的……同伙总经理老婆虚报办公费贪污一百多万元被发现，即以辞职待遇领巨款外逃做生意，纪检者不纪检！流氓"博导"杨某被女研究生及家长们长期告状长期被包庇；老板看中的女研究生长期逃课、打架被宠爱树优秀毕业生公开合影；抬轿帮腔"捧"某，扬言校长迫害教授决议"没错"，今已爬上副老板宝座……有肖亲信百多万巨贪判"无期"，有诸多贪污贫困生案……师生口碑有"东宫""西宫"，"美女团队"，"色情反标"……更有全国大报曝光的教授告校长案，被以一九七八年处理老弱病残工人退休文件，把身体健康的学界赞扬的拥有大量学术教学成果的受学生欢迎的敢言教授，提前赶下讲坛，代之"引进"河南某县职员——没有教学经历的骗学历骗年龄骗职称者（其工厂职工妻则"引进"当办公室主任兼本科生课程），封为硕士生导师，"指导"毕业论文孵育出歌颂汉奸文人的杰作来！其剽窃论文遭各地检举，长期重用不处理，学生抗议，又让其外调故伎重演……老板与"捧承流亡"四大金刚，大放"宽容"烟幕掩盖其众所周知"政绩"，为复原其真面目，师生要求主管下来盘点盘点，真正"主管"一下，避免校史留下虚假一页。"千里之堤，溃于蚁穴"，"主管"一下，总比任其我行我素之作伪，更能收到反腐倡廉之成效吧？

　　院士朱清时从现教育体制叛逆，从高校衙门脱轨，创办由李政道题写校名之南方科技大学。他扔掉部级官员高帽，自主招生，自授学位，踢开绊脚石，抛弃铁文凭，捡回真本领，要蔡元培的独立精神，要陈嘉庚、李清泉的教育兴邦，要反腐倡廉。朱熹有"政权其义不谋其利，明其道不计其功"训诫。周恩来有"说真话，鼓真劲，做实事，收实效"指示。胡耀邦有"中兴伟业，人心为上"信念。党中央有"老虎苍蝇一起打"决心，不为"稳定压倒一切"而压倒一切，百姓欢呼，平民翘望。朱镕基稿费购书赠校友，指《讲话实录》"批判意识，用事实对比"。凤凰"专访"汤一介，言"知识分子应负有对国家和社会议论的责任"，"不应向非真理妥协"。香港徐复观则说不能"把悲剧当喜剧来演奏"。台湾同胞马英九有"不沾锅"口碑，陈若曦说"忽略历史的经验和教训，悲剧可能一演再演"。直言谠论，启人智而引人思。对比反思，惨死在"文革"恶魔手中的孙维世们，张志新们，遇罗克们，林昭们，"古拉格群岛"的反叛英雄们，炎黄子孙能忘记吗？

从以上美丑对照原则得以学术启迪的书系六著，重在美与光明之颂扬。南国绿洲与耕耘者，有恩格斯的"典型环境中的典型人物"，有史密斯的"地点和人物相遇"。从历史观、世界观和价值观理解，从面向平民、"爱的教育"、廉洁治校、为人师表、教书育人、英才辈出等成效考察，华侨办学和教会兴教，其实质都是平民主义教育，而培养中华赤子精英人才无数。书系远眺近观，寻幽揽胜，彰显人性，高扬中华文化传统美德和华侨领袖诚毅精神主旋律，以此为感召，统合海外代表作家、文化精英为研究对象，唱世纪弦歌，迎学村候鸟，听海峡悲歌，望海外星空，赞海峡子规，观审美棱镜。以南国绿洲为基地，以华文创作为主体，展现华侨文学、侨乡文化的艺术景观。写人之未写，道人之少道，旨在彰显人性美艺术美，填补学术空白。拙著表拙见，我笔写我心，不看"权威"眼色，不听"文棍"指挥。南国绿洲，书生赤子，日夜耕耘，呼出一腔污浊，吸纳一肚清新。耻于"与狼共舞"，只叫"狼来了"。视我知己者，促膝谈心；鄙我异见者，照以明镜。卢梭《忏悔录》发出世纪之声："不管末日审判的号角什么时候吹响，我都敢拿着这本书走到至高无上的审判者面前，果敢地大声说：'请看！这就是我所做过的，这就是我所想过的，我当时就是那样的人'……"两位华侨领袖教育和影响身后无数华侨教育家、科学家、文学家和艺术家，施爱行善，教育兴邦，他们本身就是一部文化史诗。书系所写，也是"果敢地大声说"了六部著作的，可以面对的，理直气壮的。此即我阮小七所想到的所做过的所应该做的。有马克思名言之共鸣："我执行历史的审判"——我吹起世纪审判的号角，激荡历史的回音，召唤时代的使命。

阮温凌

辛亥革命百年纪念一稿

研究书系出版前夕二稿

写于南国绿洲灵慧泉畔

目录

华侨文化研究书系总序 / 1

绪　论　文化主题是教育
　　　　——陈若曦自传书写 / 1

第一章　陈若曦自传散文
　　　　——教育视野桃花源 / 1
　第一节　生态旅游素描 / 1
　第二节　校园少女素描 / 5

第二章　陈若曦自传散文
　　　　——教育视野山水情 / 10
　第一节　画家艺术素描 / 10
　第二节　作家山水素描 / 13

第三章　陈若曦自传散文
　　　　——教育视野台大缘 / 17
　第一节　校园小姐素描 / 17
　第二节　傅园寡妇素描 / 21

第四章　陈若曦自传小说
　　　　——教育视野破冰旅 / 26
　第一节　六座岛屿 / 26
　第二节　独行女侠 / 29

第五章　陈若曦自传小说
　　　　　——教育视野文化观 / 35
　　第一节　前因后果 / 35
　　第二节　愚忠文化 / 38
　　第三节　监谤文化 / 41
　　第四节　惩艾文化 / 44
　　第五节　戕贼文化 / 50

第六章　陈若曦自传小说
　　　　　——教育视野艺术观 / 58
　　第一节　铺垫功能 / 58
　　第二节　对照原则 / 62
　　第三节　心理语言 / 66
　　第四节　景物映衬 / 69
　　第五节　艺术价值 / 73

第七章　陈若曦知音共鸣
　　　　　——教育视野对话录 / 78
　　第一节　直接书写交流 / 78
　　第二节　间接书写交流 / 97

第八章　周恩来和胡耀邦
　　　　　——教育视野大宝鉴 / 120
　　第一节　胡耀邦接见 / 121
　　第二节　文化传家宝 / 126
　　第三节　反腐金箍棒 / 133

结束语　陈若曦人性观照 / 144

后　记　慧眼与窗口 / 147

附　录　学术界评价阮温凌 / 149

绪　论
文化主题是教育
——陈若曦自传书写

　　华侨文化研究书系,文化主题是教育,《海峡子规》探索的也是这一文化主题。教育视野中,可以看到陈若曦的散文自传书写和小说自传书写,都离不开教书育人之主旨,都能看到中国文化人,包括旅美华侨作家陈若曦及其同时代作家,无一不是从教书育人的各种学校走出来的。因而不管是研究客体对象,还是研究主体自身,海峡两岸超出著作之外的,均有教育视野中的教书育人问题,绝非书中"桃花源""山水情""台大缘""破冰旅""文化观""艺术观""对话录""大宝鉴"所能包容的。审视研究对象之自传书写,也有研究者经历之审视,更有华侨文化的历史与现状之观照。学术之旅,研究与对话,与陈若曦自传书写互补互动,交融交流,乃《海峡子规》之指向。海峡子规,啼血呼唤——呼唤牢记邓小平否定"文化大革命"之言论,呼唤学习胡耀邦彻底平反冤假错案之勇为,呼唤不忘巴金"人变兽"之警告。拙著学术结构,在研究中对话,由"平面"推向"立体",见之第七章"现身说法"的"直接书写交流"和"间接书写交流",提供作家朋友"自身经历"的"自传书写"素材,供陈若曦后续创作之"自传参考"。

　　华侨领袖陈嘉庚、李清泉故乡泉州,巴金三次南下参与平民教育实践和文学创作活动的南国侨乡,是华侨作家陈若曦的祖籍地。她在美国和加拿大旅居二十年,可谓"双重国籍"之华侨作家。其祖辈均来自底层社会,父、叔、祖三前辈木匠出身,是从农村贫苦家庭走上文学道路的。因而她被来自将帅之家的华侨作家白先勇称为"无产阶级的女儿",不管是戏称还是尊称,单从其家庭状况看,或从其思想品质看,反映在自传创作中的,心直口快表述的,也确实有无产阶级的人情味。她于抗日战争第二年的一九三八年出生在台北远郊农村,父亲木匠工人,母亲佃农出身,又是童养媳的女儿,是名符其实的"红五类",如果出生在大陆,肯定是中国共产党革命依靠的对象。因而未来作家从小就生活在底层社会的劳苦大众之中,培养了深厚的工人、农民的思想感情,有别于其他台湾作家而异军突起。陈若曦在自传散文中说过:"我从小对工人、农民就有一种亲切感,好像自己是属于他们的,这对我,不管是写作,为人,还是处事各方面都有深刻的影响,并且留下永不磨灭的印象。"这是我研究陈若曦并与之对话的感情基础。她是农村无产阶级的女儿,我比她晚两年来到抗日战争的苦难大地,是农村贫农阶级的儿子。来自贫苦家庭的苦孩子,挨饥受冻的岁月更多,因而也珍惜小时候的生活磨炼,因为这是作家成长的一笔可贵的精神财富。平民作家成长的时空框架,积蓄丰富多彩的社会经历和人生感受,阅尽人间春色,历尽冰霜雨雪,有得天独厚的生活库存,有自传书写的生活体验。《海峡子规》的文化主题是教育,研究陈若曦的自传书写,爱心善行,现身说法,均见之肺腑,两岸作家,可以共鸣。

世界上,只要有华侨居住的角落,就有华侨文学,就有共同的中华民族文化之根。世界华侨文学,是由各来自同一原籍地而前往不同居住国、旅居地,以及同在一个居住国、旅居地却各来自不同原籍地的华侨作家群体创作成果构成的。由于作家群体之间的成长环境、生活感受和故地文化观念、乡土情感意识均有差别,故有华侨文学的同中之异,多姿多态,各放异彩。我们既要重视诸如"东南亚华文文学""北美华文文学"以及"菲华文学""马华文学"等大小区域性各成一统的历史与现状的研究,还应扩大审美视野,有所突破,有所超越,把眼光和精力投注于尚待开发的,海外跨地理区域而具有同一原籍故土历史文化渊源的文学家族的研究领域,把世界华侨文学的研究推向整体化、立体化、系统化。而海外闽台旅居各地的华侨作家群体的华文创作,带有明显的华夏传统母题和故土文化情结,表现有浓厚的闽台乡情意识和地方语言色彩。其作家作品无不同受闽台历史文化的熏染而独具人文景观、审美情趣和艺术魅力。对这一文学领域的研究,有助于归纳和总结这一作家群体的成长过程,及其华文创作的倾向与走向,风格与流派,成就与价值。从理论高度揭示其创作规律和发展轨迹,带有前瞻性和开创性,对于创立世界华侨文学的研究体系有直接推动作用,对于探讨其他作家群体的华文创作也有学术启示。而由于海外闽台华侨作家群体的华文创作,有更亲近的血缘关系,更有助于促进两岸认同,推动台湾回归,具有重大的理论意义和实践意义。从理论高度揭示其创作规律和发展轨迹看,从对比探讨其他作家群体的华文创作看,也是带有学术研究的启示性质的,带有文化主题的教育意义的。

海峡两岸,文化同宗,语言同源,尤以共同的民俗风尚、宗教信仰和相通的泉台方言闽南话,而表现出文学一家人之和谐。而自泉州民族英雄郑成功驱逐荷兰殖民者开拓建设新台湾,及泉州同乡民族英雄施琅统一台湾后,文化交流和经济交往日益频繁,更有得天独厚的地缘、史缘、亲缘优势。在这一文化大背景中,海外闽台华侨作家在开垦、发展、繁荣华侨文学阵地和传播中华民族文化的过程中,已经形成一个有创造性和生命力的文学群体,是世界华侨文学大家族中的重要成员。其华侨文学创作历程引人瞩目,有华夏传统母题和故土文化情结的相依相融，有赤子情怀和异邦乡愁的共鸣共振，有历史反思和回归意识的观照辐射，尤带有明显的华夏传统母题和故土文化情结，和浓厚的闽台乡情意识和地方语言色彩，很有研究价值。其中诸如海外闽台华侨作家群体的创作历史与现状，文学流派和艺术成就，重大贡献及重要地位，等等，都是重要研究课题，都应该以理论联系实际的科学态度，全方位审视其纵的发展和横的联系，加以整体的研究和局部的探索。这是一个前人、他人涉足不多的研究领域，值得我们以新观点、新理论、新方法去开辟新途径，立学术研究的一家之言。而与陈若曦的平民教育平民文学的交流互动，自传书写的交融互补，则可把学术结构由平面推上立体，突出文学教育的文化主题。

台湾大学同窗白先勇和陈若曦，乃旅美华侨作家之杰出代表，其文学创作无不突出文化教育主题。二〇〇七年与二〇〇八年，正好是这一对兄姊华侨作家先后迎来各自文学生涯五十周年和七十大寿之年，借此"双庆"，我于华侨文化研究书系献上第二编之一的《海峡悲歌——白先勇创作论》和第三编之一的《海峡子规——陈若曦研究与对话》两份礼物。记得当时在苦于查不到陈若曦独具文学价值的大陆自传小说和台湾自传散文之际，恰逢我妻一九八九年获福建省首准往台湾探亲，"破冰之旅"得以代表我前往拜访心仪已久的作家，蒙赠《尹县长》《我们那一代台大人》等一批著作，才有机会拜读、研究。而今未曾见面，却高山流水，书信不断。神交之中，受其文化主题的教育——领略其诗情的，是她的"桃花源绿洲"文化之旅的自传散文；深受其震撼的，是她的"古拉格群岛"文化之旅的自传小说。特别是她见道之笔的先知先觉，也印证了邓小平否定"文化大革命"的观点。邓小平早在《党和国家领导制度的改革》一文说过："由于没有在实际上解决领导制度问题以及其他一些问题，仍然导致了'文化大革命'的十年浩劫。这个教训是极其深刻的……如果不坚决改革现行制度中的弊端，过去出现的一些严重问题今后就有可能重新出现……"有邓小平否定"文化大革命"的"上方宝剑"，就可以大胆而小心地研究陈若曦的"文革"小说集《尹县长》，踏上学术研究的破冰之旅，因而有此与陈若曦填补空白者相对应的研究著作《海峡子规》。

陈若曦的自传散文写台湾宝岛和对岸大陆的山水风光，写学生时代的校园景观；自传小说则写"回归祖国"的大陆破冰之旅，写"文化大革命"的亲身经历和人生噩梦。展示青春觉醒的学校生活和自然风光，揭示文学独行侠遭遇"古拉格群岛"感同身受和海峡子规两岸啼血的人性笔墨，带有现身说法的人生感悟与传奇色彩，都有深刻的教育意义。研究陈若曦的自传书写，可以借用俄国大文豪巴乌斯托夫斯基的文学观点来加深理解："我们好像觉得，我们表达的只是我们自己，讲的只是我们自己的事，可是原来由于和周围人们的深刻联系，由于和周围的人具有本能的共同性，我们却创造了某种超越个人的东西……这种超越个人的东西,就是我们作品中所包含的最好的东西。"还指出:"作家表现自己,也就是表现他说出的那个时代";"每一位作家的创造,同时也就是他的自传,在某种程度上以想象力加以改变了的自传……"①这一文学见解带我走进自传书写的广阔天地,在审美主体和审美客体的"现身说法"中交心共鸣。陈若曦"桃花源绿洲"自传散文的透明胸怀,光风霁月,飞花点翠,其时创作路向似乎是直来直去的。相比之下,她的大陆破冰之旅却是曲线型的,即"曲里拐弯",艰难曲折的。教育视野,学术研究,离不开作家作品,离不开文化背景,离不开教育主题。厦门大学郑朝宗教授曾赞扬学术大师钱锺书"把文艺批评上升到科学的地位","把主要精力用在研读具体作品,试图从其中概括出攻不破、推不倒的艺术规律"②。瓦季姆·巴拉诺夫则认为:"事实是学者的空气。不是别人,正是高尔基大声疾呼,要深入到'事实的细微之处'……揭示隐藏于表面观点之下的内在联系。"③雷·韦勒克、奥·沃伦也指出:"文学研究的合情合理的出发点是解释和分析作品本身。无论怎么说,毕竟只有作品能够判断我们对作家的生平、社会环境及其创作的全过程所产生的兴趣是否正确……文学研究的当务之急是集中精力去分析研究实际的作品。"④学术知音,都有颇中肯綮的见道之论。

　　陈若曦自小沐浴平民教育的春风化雨,恩承平民教育家的"爱的教育"。抗日战争前后,华侨领袖陈嘉庚、李清泉倾资办学、培育英才的华侨教育,与历史悠久的基督教会学校,构成中国平民教育两大体系,双峰并峙,交相辉映,也辉映到台湾宝岛。当时陈嘉庚、李清泉在南国侨乡创办集美学村、厦门大学、石圳学村,继承平民教育优良传统的梁披云、苏秋涛、叶非英等创办泉州"古庙学村",培养平民子弟英才无数,奔赴海内外开拓平民教育阵地,也分批到台湾宝岛的平民学校教书育人。当时还感召全国众多文化精英人物来此教书育人,杰出代表巴金即三次南下参与平民教育实践和平民文学创作活动,留下众口皆碑,都是拙著华侨文化研究书系高扬的主旋律。而书系主旋律之外的"咏叹调",则有基督教会的平民教育,可追溯到二十世纪前的西方基督教的施爱行善,以博爱的敲门砖涌进国门,创办教会学校和教会医院,发扬教书育人的平民教育传统和治病救人的人道主义精神。除南国侨乡的毓英中学、培元中学(男校)、培英中学(女校)和惠世医院,还有闽西汀州的崇正小学、中西中学和福音医院,漳州的崇正中学,厦门的寻源书院(教会中学)、厦门女子师范、英华中学、鼓浪屿教会学校,等等。当时

---

① 〔俄国〕康·巴乌斯托夫斯基:《一生的故事》第1卷,河北教育出版社2001年版,第1—2页。
② 李广宇:《纽约寻书》,国际文化出版公司1998年版,第13页。
③ 〔俄国〕瓦季姆·巴拉诺夫:《高尔基传》,漓江出版社1999年版,第6页。
④ 〔美国〕韦勒克、沃伦:《文学理论》,生活·读书·新知三联书店1984年版,第145—146页。

人才辈出,可与华侨教育媲美。如,文学家林语堂,"万婴之母"林巧稚,英国牛津皇家显微学终身院士陈慰中,微生物学家朱晓屏等,都毕业于厦门教会学校。当时林巧稚从厦门女子师范毕业,英国伦敦公会马克逊威尔医生介绍她报考上海协和学堂,京、沪两地考场八百考生只取二十五名——恰遇考试中桌前考生病倒,她不顾一切抢救护理,考卷来不及做完,但根据她的品学兼优,还是破格录取。最早的北平贝满女子中学(贝满中斋),美国基督教公理会创建于一八六四年,因创始人贝满夫人而命名,是为纪念其亡夫公理会传教士贝满而创办的,连同贝满男校,皆为中国首见之平民教育名校。这是中国近代教育史上最早引进西方科学文化,最早实施平民教育的学校之一。男女贝满中学同样提倡培育德才兼优、学识渊博的英才。校址在北平灯市口附近,两校只有一墙之隔,有一条美丽的校河,两岸花树成荫,风光明媚,花草遍地。有洁白的丁香,有紫色的藤萝,训怀堂前玫瑰花盛开,成排松树列于大道两旁。三座老建筑的邵氏楼、贝氏楼、贝满中斋,还有中院、后院,翠竹鲜花丛丛,香气浓郁,生机盎然。校园幽静,窗明几净,画意诗情。《冰心自述》一书有一篇《我入了贝满中斋》,回忆校园生活,有一段美好感受。课外演剧,演讲宣传,周日登山,采集标本,还参加反对"二十一条"卖国条约的集会游行,交爱国捐,抵制日货。冰心散文《牵动了我童心的一文一画》还写到她在贝满女中上学的情景:八十年前她家的洋车是专门拉她父亲上下班和她上下学的,那辆车很新,车夫雄壮而可亲,一直拉到上完四年中学和三年大学。

　　"爱的教育"不是抽象的,就像春风夏雨,沐浴平民师生之成长,培养无私奉献之人群。平民教育经典著作《爱的教育》写道:"他们都是一些平凡的人,但他们却代表了人类的大多数——百分之九十五以上。"挣扎于社会底层的劳苦大众及其子女,他们处于被奴役被剥削的逆境,没有民主,没有人权,只有苦难。但"人是为幸福而创造的,正如鸟为飞行而创造的一样"[1]。为了创造人类的幸福,《爱的教育》的主人公们,在底层社会提倡"爱的教育",善的实践,彰显人性,相亲相爱,自爱自强,把学校教育、家庭教育、社会教育熔为一炉。思想主旨,是为人师表,教书育人,春风化雨,恩泽后代,歌颂不辞劳苦不惜牺牲的平民教育家。他们都是爱的化身,善的别名,都是周恩来称颂的"灵魂工程师","符合当时广大人民的利益","推动历史前进"的。[2]《爱的教育》的理想境界,是让平民百姓的子女有机会得到教育,亲如兄弟姐妹,生活在感情的大海,沐浴于爱的阳光,培养成栋梁之材。平民教育家文学家夏丏尊说他一九二〇年得到这部小说时,是"一边

---

① 〔俄国〕柯托夫:《柯罗连科》,新文艺出版社 1956 年 11 月版,第 19 页。
② 叶君健:《爱的教育·代序》,中国少年儿童出版社 1980 年 9 月版,第 7 页。

读一边流眼泪"的,是"把自己为人为父为师的态度跟小说里写的相比,惭愧得流下了眼泪"的。他决心把小说翻译出来,"让父母和教师都跟他一样,流一些惭愧的眼泪,感动的眼泪"。他不满中国的教育制度,把办学校比做挖池塘:"我国办学校以来,老在制度上方法上变来变去,好像挖池塘,有人说方的好,有人说圆的好,不断地改来改去,而池塘要成为池塘必须有水,反而没有人注意。"①矛盾所在,关键之处,是什么?是"水"!必须有水,有感情,有爱。没有水,没有感情,没有爱,就搞不好教育,就导致教育腐败。针对中国教育的历史与现状,更要反腐倡廉。这里突出的就是华侨作家陈若曦的教育主题。其"古拉格群岛"文化之旅的自传小说集《尹县长》,就写到"江青反革命集团"的红色海洋和白色恐怖,纷纷出笼的红卫兵、军宣队、工宣队、"卓家父子"等等,还有"文革"小说背后的——挥起铜头皮带追打巴金的小学生,"砸烂学校闹革命"的众多"白卷英雄"张铁生,"打倒教师要造反"的无数红卫兵团"宋要武",制造灾难,危害人民,祸及子孙,根源即在于教育消失,道德沦丧,人性泯灭,是刻骨铭心的历史教训!

鲁迅,巴金,冰心,平民教育三作家,身体力行,就有"爱的教育"之实践——有水,有感情,有爱。巴金从法国平民教育之旅归来,即从上海起步,马不停蹄,开始南国侨乡平民教育之旅。而于巴金法国平民教育之旅之前,鲁迅——巴金的文学导师,还有冰心——巴金的文学大姊,他们的文学生涯,是与平民教育结下不解之缘的。正当巴金步入平民教育天地,准备跟随周恩来之后留学法国勤工俭学之际,鲁迅即受陈嘉庚创办的厦门大学聘为文学教授,于一九二六年十一月到晋江侨乡管辖的同安县集美学村讲学,为二千多名师生开讲《生活的意义与价值》的学术专题,激励师生为民族前途和生活理想奋斗。并于巴金法国平民教育之旅的一九二七年十月,开始在上海劳动大学为全校师生讲课,参与高校的平民教育活动。后来成为巴金好朋友的平民教育家陈洪有,从广东来上海劳动大学求学,有幸拜鲁迅门下,聆听其讲学——其《鲁迅在上海劳动大学的演讲和讲课》之回忆,就写到鲁迅这次来劳动大学所作的以《关于知识阶级》为题的专题演讲,而流传在南国侨乡的黎明高中、平民中学师生口碑中……

鲁迅关心中国知识分子,关心他们的命运,关心平民教育问题。这是五四新文化运动主将鲁迅的平民教育实践,为同时代作家作出的一种示范,树立的一种榜样。陈洪有回忆说,那天劳动大学的大礼堂被占满了位置,附近复旦大学、立达学园闻风赶来的同学挤得"水泄不通",连走廊、门口、窗台都挤满了人。当鲁迅由易培基校长陪同登上讲坛的时候,会场鸦雀无声。鲁迅身穿灰布长衫,向台下同学"望了一遍","并微微点头致意,然后打开有黑边的布包,将讲稿和笔记本

---

① 叶至善:《挖池塘的比喻》,《爱的教育》,中国少年儿童出版社1980年9月,第307—308页。

拿出来"。但他不看讲稿，而是像好朋友亲切谈心，普通话带着浙江口音："我没有什么学问和思想贡献给诸君。这次易先生要我来讲几句话，是因为我去年亲见易先生在北京同军阀、官僚斗争，而且我也参与其间，所以他要我来，我是不得不来的。"陈洪有记得鲁迅演讲虽然声调有点低沉，并不响亮，但讲得幽默、贴切、明白，紧紧吸引了听众。"我想对知识阶级发表一点个人的意见，但是我并不是站在引导者的地位，要诸君都相信我的话，我自己走路都不清楚，如何能引导诸君？爱罗先珂曾讲演《知识阶级及其使命》，他骂俄国的知识阶级，也骂中国的知识阶级，中国人于是也骂起知识阶级来了；后来便要打倒知识阶级，再利害一点，甚至要杀知识阶级鲁迅了……有的知识阶级能接近平民，把平民的痛苦说出来，因而受到欢迎……得到荣誉，但是地位增高了，与平民离开了，享受高贵的生活，就记不起从前的一切痛苦的生活了——所以请诸君不要拍手，拍了手把我的地位一提高，我就要忘记说话的……"接着他讲到各种各样的知识阶级，还结合讲到他自己，也讲到在座同学们今后的人生道路。最后他语重心长地说："至于诸君，是与旧的不同，是二十世纪初叶的青年，如在劳动大学一方读书，一方做工，这是新的境遇，或许可以造成新的局面，但是环境是老样子，着着逼人堕落，倘不与这老社会奋斗，还是要回到老路上去的……"鲁迅讲演两个钟头，磁铁一般吸引听众，盛况空前，掌声雷动，笑声不断。

　　陈洪有听鲁迅的课，还有一次是一九二七年十二月七日——鲁迅在劳动大学的大课堂为全校学生讲《中国小说史略》课程。陈洪有的《鲁迅演讲》和《鲁迅讲课》回忆录，是为纪念鲁迅诞辰一百周年而写的。在中国革命史上，一九二七年是血腥的一年，蒋介石背叛孙中山辛亥革命，向革命志士开刀，腥风血雨。"横眉冷对千夫指"的鲁迅，挺身而出为平民教育疾走呼喊，压制不住愤怒，说："我近半年来，教书的兴趣全没有了，所以对于一切学校的聘请，全都推却……"就只为劳动大学教书育人，为平民教育讲学了。陈洪有在黎明高中、平民中学、民生农校的校友史料《怀念集》刊有《鲁迅讲课》一文……还有文学知音沈从文。巴金认识沈从文是在一九三二年，徐志摩介绍沈从文到上海的中国公学任教的时候，后来应聘青岛大学任教时，巴金去找过他，平民主义和平民教育是他们友谊的纽带。而同样抱有平民教育理想的，还有文学知音冰心大姊。"世纪姊弟"，心有灵犀。巴金有"南国的梦"，冰心有"呈贡的梦"。抗日战争，比巴金大四岁而视巴金为小弟的冰心，北京大学的教授，跟随社会学家丈夫吴文藻教授来到大后方的云南。战争环境，吴文藻忙于组建云南大学社会学系，冰心则到远离昆明的西山下滇池边，三台山的"默庐"学园，为山区学校的平民教育默默耕耘了两年。她虽没有巴金两年法国勤工俭学和三次南国侨乡平民教育之旅的机会，但超越时空，全面实践，冰心却有深入大后方贫困农村访贫问苦，为呈贡乡村平民中学教书育人的集中而又深入的生活体验,社会调查,拷问人生,文学创作,走鲁迅的平民教育、平民文学之路。巴金有"泉州",冰心有"呈贡"。巴金的"泉州",冰心的"呈贡",都感召和培养了一大批精英人才,是平民教育园地辛勤的园丁。

远离喧嚣市声,避开腐败社会,巴金平民教育之旅来到南国侨乡的"世外桃源"——陈嘉庚、李清泉的故乡。在这里,师生情,兄弟情,朋友情,骨肉情,构成一个人性世界。巴金三次南下——平民教育,平民文学,双管齐下;文学创作,名著翻译,双获丰收。这是他幸福的人生之旅,是他旅法勤工俭学的延续。阳光大海,红土花树,古庙学村,也一样有冰心在呈贡的"默庐"学园。但在独裁政权的腐败社会,其实是没有作家生活的世外桃源的,生活道路艰难曲折,巴金和冰心一样,痛苦悲悯——理想与现实矛盾带来痛苦,人性美与人性恶冲突产生悲悯。好像都是自己小说中的人物:环境决定性格,性格决定命运。爱憎强烈的思想性格,与自己的出身环境不相称,与自己的生活现实不协调。因而巴金视"往昔回忆"为文学创作的一个领域,每走过一段人生道路之后,都有感情大海汹涌澎湃的小说、散文名著问世——陈若曦跟随巴金身后,也是如此。创作回忆,巴金笔下有平民教育之旅,有生活映衬对比,有文学审视观照。他表明自己的家庭出身,不属于无产阶级"红五类",是无休无止政治运动抓住不放的"死敌"。这就决定他的叛逆性格,奠定他的反抗笔墨,炼就他一对火眼金睛,逆政治压力而动,反长官意志而行。"我从小就不安于现状,我总是在想改变我的现状"——"从没有路的地方走出一条路来"①。环境决定性格,性格决定命运,他得到的是但丁《神曲》里的"地狱":"经过我这里走进苦痛的城,经过我这里走进永恒的痛苦"。其痛苦心情,悲悯情怀,矛盾心境,复杂感情,在文学创作中,比冰心大姊表现得更"露",更"直",更"急",更见男性作家的阳刚之气,更有大海的怒涛,更有火山的愤爆,因而也更惹祸招灾。而面对丑恶现实,冰心的文学创作,则善"隐"、善"曲"、善"忍",更见女性作家的阴柔之美,也常有大海的平静,火山的沉默。互为对照相互映衬的为人为文的个性,巴金早已在法国勤工俭学和三次南下平民教育实践中萌发,而且贯穿整个世纪人生。所有这些,也无不构成与照映拙著华侨文化研究书系的教育主题。

华侨领袖陈嘉庚说,"教育是立国之本"。沐浴春风夏雨,华侨文化研究书系的文化主题是教育,《海峡子规》突出的主题是教育问题,关系到华侨教育,也就是平民教育。陈若曦笔下的"古拉格群岛",红色海洋淹没了教书育人,教育消失,道德沦丧,也是"文革"小说集《尹县长》一大主题。重视平民教育的"无产阶级的女儿"、华侨作家陈若曦,始终是恩承平民教育的阳光雨露成长起来的:自小

---

① 《巴金文集》第16卷,人民文学出版社1991年版,第172页。

学、中学即受到"爱的教育""劳动教育""道德教育""理想教育","立志要一生献身教育",在中学时代即立志"为修养完美的人格而学习"。台湾大学时代,文化校园充满学术自由、教学民主、手脑并用和理论联系实际的阳光雨露,有良师益友,有"一生师也"。走出校门,即奔走于底层社会劳苦大众的慈善事业与平民教育领域,为平民主义和人道主义摇旗呐喊,自传书写不息……可以说,其"桃花源绿洲"文化之旅的自传散文是她接受教育的"正面书写",其"古拉格群岛"文化之旅的自传小说是她接受教育的"反面书写"。其歌颂与批判的,热爱与憎恨的,都离不开对中华文化和平民教育优良传统的认识与影响。因而在她自传书写的两大系列中,都写到两岸教育之得失,人才之迷失,今昔之对比。教育视野都写到学校、教师、学生的心路历程,都有为人师表、教书育人的教育问题之观照。尤以"古拉格群岛"大浩劫破坏教育、摧残人才的滔天罪恶,为后代人敲起前车之鉴的警钟——列宁说,忘记历史,就意味着背叛!

　　两岸作家,海峡子规,交相呼唤。学术之旅,教育调研,走进陈若曦"文革"小说天地,再返回侨乡高校所在,从研究到对话,进入审美书写,引起自传共鸣。今特以此华侨文化研究书系中的《海峡子规——陈若曦研究与对话》,献给旅美华侨作家知音,权代高山流水见面之礼。

第一章
陈若曦自传散文
——教育视野桃花源

　　旅美华侨作家陈若曦的台湾"桃花源绿洲"文化之旅的自传散文和大陆"古拉格群岛"文化之旅自传小说,是她文学创作的两大成就,代表作有散文集《我们那一代台大人》和小说集《尹县长》。两大系列,比较研究,可以扩大瞻前顾后的文化视野,营建以点带面的学术构架,窥探作家的生活道路和文学道路。陈若曦曾在自传散文集《归去来》表白:她这位华侨作家旅居美国十八年,旅居加拿大五年;又回归大陆七年,前后旅居香港三年。走出祖国宝岛总共三十三年,当时比起她居住台湾家乡还多出几年——"结果是九九归一",回归台湾家乡,从华侨作家变为归侨作家,开始她的台湾"桃花源绿洲"文化之旅的自传散文创作活动。她的系列自传散文佳作,文如其人,直话直说,心直口快,感情真挚,文字质朴,曾得到台湾文学界和华侨界的普遍赞赏。正如她的朋友在序中说的:"若曦的散文并不强调唯美浪漫。相反的,她喜欢以浅显、明朗、易读的文字表达他的心意,读后容易引起共鸣。而在她字里行间总是让人感觉简单朴素、是非分明的人生,乃人间至高的意境。"①这里几笔素描,描绘的也正是陈若曦固有的爱憎分明、心直口快的人性作家性格。《中央日报》副刊主编梅新也赞誉她的人品文品"很有道德勇气"。

第一节　生态旅游素描

　　陈若曦的自传散文从"生态旅游"写到"青春少女",从校园文化扩展到乡土文化,都有作家的亲身经历和真切感受,都有自己的形象进入角色,加入作品的现身说法——朋友交心,知音共鸣。而以其殊格异调的艺术手法,突显其特立独行的文学女侠的创作个性。生态旅游到宝岛山水,她在自传散文首先写到,四不着海的南投县,以好山好水闻名。作家有机会走访"桃花源"的十三个乡镇,"不

---

① 小民:《若曦和她的文章》,载《打造桃花源》,台明文化事业有限公司 2000 年版,第 4 页。

敢说走透透",然而一再参访后,感受到与来去匆匆的游客迥然不同,因为她不是山水之"过客",而是生活的主人。作家说,有过穿山涉水的体验,经受风吹雨打,她深深爱上这一大块山地,爱上南投乡亲,常想他们之所想,忧他们之所忧,结下鱼水之情。当时大地震后赈灾救灾,这一片桃花源绿洲,仍然生机勃勃,瞻望南投县景观,仍然前途乐观——浴火重生的南投县将在新世纪大放光彩,成为国际观光的"瑞士"。台湾的国际观光要更上一层楼,希望便在这里。因而陈若曦的"桃花源绿洲"文化之旅的自传散文书写,都能获得像罗丹所要求的"肖似",那是一种"灵魂的肖似"——这是因为作家认为生态旅游素描,"只有这种肖似是唯一重要的"①,是可以跟山水大自然一样诗情画意的,清新迷人的。

　　陈若曦的自传散文,独具浓郁的乡土气息,带有现实主义特征和浪漫主义色彩,充满乐观情调。她主张"文以载道",逼视现实生活,面对社会矛盾,追求人生理想,而且应该是对读者敞开透明的胸怀,像巴金一样把心交给读者的。她爱憎分明,直话直说,喜怒哀乐皆成文章。身为华侨作家,她有著称于世的独特之个性,是带着她个性化的自传散文创作风格登上文坛的,而且是旗帜鲜明的。她走过来的文学道路有明显的两段历程,一是自传散文,一是自传小说。当她走完"古拉格群岛"文化之旅而得胜回头,经香港旅居加拿大再移居美国,任教于柏克莱加州大学和约翰·霍普金斯大学,即开始她面向美国华侨生活的体验与创作,进入新的文学旅程。除了自传小说,她在海外旅居地创作的丰产可观的文学作品,如反映华侨知识分子生活与命运的自传散文,所表现的艺术个性,也无不是与当年从台湾大学校园到生态旅游的文化之旅一脉相承的。她是一位土生土长的台湾乡土作家,又是一位留洋写洋的北美华侨作家。身兼双重华侨作家身份,脚踏两岸三地领域,眼观四路八方景象,所到之处,皆有她积蓄生活素材的宝库。其自传散文,快言快语,情真意笃,胸怀坦荡,别具一格;文字流畅,语言活泼,文境高华,令人赞赏。而且散文质量数量可观,已出版有几十部散文集。其散文笔法,胜人一筹,尤给人以浓烈的审美情趣的,是她创造性的"小说素描"手法之运用。因而她信笔写来,文采缤纷,感情洋溢,笔调高雅,歧嶷不凡,令人爱不释手。拙著对其研究,即重在艺术价值之挖掘。

　　作为从台湾大学校园走出来的大学生杂志《现代文学》的创办者,当她看到许多同学同辈同行纷纷出境去寻找世外桃源的乐土,却反其道而行之,从"世外桃源"的北美等地返回台湾,把整个心身血肉献给故乡故土的宝岛,与乡亲乡情融为一体。明知世上没有桃花源,但她从台湾大学校园的文化之旅开始,即执著追求,为骨肉同胞打造人生命运的桃花源,把致力于生态旅游的"理想素描"付诸

---

① 罗丹口述、葛赛尔记:《罗丹艺术论》,沈琦译、吴作人校,人民美术出版社 1978 年版,第 66 页。

实际行动。其海峡两岸的文化之旅，无不以此为宗旨，以此为指南。即使是历经磨难，遍体鳞伤，也勇往直前，从不中断她的理想追求，文化之旅，求索至今。作家曾启悟道："我一向追求自由民主和公平正义，负笈美国后，发现新大陆果然自由民主，且富饶美丽。然而美则美矣，却'终非吾土'，以我的文化背景，向往的是武陵式的桃花源。于是六十年代中旬，我又奔赴中国大陆，寻找那平等均富的'社会主义'理想国。不料碰到翻天覆地的文化大革命，整个粉碎了我的美梦……此时方悟世上没有现成的桃花源，自己的桃花源只有靠自己打造，而它的原型就是自己的家乡……有人移民到海外寻找桃花源去了。更多的人留在台湾，关怀并维护岛屿的生态；这些人从事的，正是打造桃花源的工作。"①因而当她返台湾定居又遭遇一个灾难环境——"九·二一"世纪大地震后，即又奋不顾身，肩负起人道主义的使命，身先士卒，第一个兼任地震中心南投县的"驻县作家"，在文学创作中成为发动民众赈灾的独行女侠。

　　她再次冒险探险，义无反顾地奔赴救苦救难的重灾区，出生入死，日夜苦战，参加地震后的重建。她发表"生态旅游"见解："我当过美国和台湾的大学驻校作家，提起来人人都能理解。乍听我当起一个四不着海又刚遭逢世纪大地震的南投县驻县作家，有些人曾表示担心：一年很难熬吧？如今一年'熬'过去了，又有人问：接连的风灾和土石流，南投县的希望在哪里？"——希望即在于她的"生态旅游"理想素描："南投以好山好水闻名，有机会走访它的十三个乡镇……瞻望南投前途还是比他们乐观些。我相信，浴火重生的南投在新世纪里会大放光彩，因为台湾的国际观光要更上一层楼，希望便在这里。"②作家指出：恢复原有的自然生态，县民不乱盖房屋，门前屋后也去除脏乱，并多种花木，"整个县不就是一个瑞士吗"？平民作家为描绘"瑞士县"的理想素描，出谋献策，"生态旅游"，付诸行动，朝着"文化立县"和"观光大县"的目标，打造南投县的桃花源。这也是人性作家几次大陆之行，历经"古拉格群岛"惊魂甫定之后，向往"桃花源绿洲"，所表现的爱国爱民、爱乡爱土，是传统美德在台湾宝岛的发扬光大：慈悲情怀激荡，青春活力焕发，其美好愿望，要在"地震的惨痛"和"一片愁云惨雾"中打造桃花源——以原住民文化和日月潭景观为辐射焦点，重建一个"迎宾悦客"的南投，一个"天生丽质"的瑞士，以作家抗灾救险的文化之旅在海峡两岸腾飞浴火重生的凤凰，而作家自己也成了海峡明星。之后作家又忘我地投入"人间佛教"的"净化人心"活动，肩负起保护生态环境义工的艰苦任务，如苦行僧一般，走南闯北。过问政治，评论国事，关心民瘼，施爱行善。尤其关注社会小人物和底层妇女的命运，为

---

① 陈若曦：《作者序》，载《打造桃花源》，台明文化事业有限公司 2000 年版，第 2 页。

② 陈若曦：《南投更上层楼》，载《重返桃花园》，草根出版事业有限公司 2002 年 9 月版，第 3 页。

受苦受难者排忧解难。挥笔洒墨,书写观感,直言快语,抒发心声,魅力非凡。作家的台湾本土行,就有她以实际行动打造桃花园的理想素描,就有她的人性回归。

打造理想的桃花园,即使是个人生活,家庭婚姻,也有她个人的特立独行,对世俗观念之反叛。她实践"生态旅游"的创新观念,是性格化的,乡土化的,又是政治化的,充满探索精神和传奇色彩。其自传《坚持·无悔》一书写到最后的《慧心莲》和《婚姻总结者》,是作家"生态旅游"人生之闪光。当时作家刚从美国旧金山的幸福家庭回归台湾,是抱着回馈家乡的愿望来的,由慈济医学院齐淑英教授推荐参加荒野保护协会活动,并加入施寄青创办的晚晴妇女协会,积极参与妇女人权运动,成了女权主义运动家。恰有台湾歌坛红星方晴,为追求灵魂净化过程而"被神棍欺骗","一路走来耗尽钱财,还身心受创"。作家要为她出一口气,"写进小说"。当时施寄青还带方晴来跟作家一起住下,了解情况。到第二年,作家还专程到美国西雅图走访关心她,见到这位歌坛红星已走到穷困潦倒的境地,"又被印度律师骗财骗色",走投无路。作家力劝她回归台湾"好好开展人生第二春"。就这样,作家同流浪女住在一起,关照她。但方晴"返美一周"即传来"饮弹自尽"之悲剧……于是作家开始写《慧心莲》——"生态旅游"写方晴,也写自己。

自传散文还写道:陈若曦一家住在旧金山,夫君段世尧在台湾大学攻读土木系后留学美国,获流体力学博士学位,专业偏向航空或海洋的流体研究,是一位科学家。两个儿子,一为律师,一为银行职员。旧金山又是他们认为最适合居住的"桃花源"。但这一个由文学、科学、法学、金融组成的华侨家庭,典型的西方文明乐园,却"容不下"一个人性作家,竟出人意外地离婚了,而且都已经是患难与共的六十几岁的恩爱夫妻了!为什么?就为人性作家的"生态旅游"理想!其中似乎也有一种"围城"现象:科学家要回台湾,却忍受不了世所罕见的政治地震与选举灾难;文学家要居住美国,又受不了长期离开台湾家乡的思念之苦。她子规啼血,要飞回她的"桃花源"家乡。那里有花草树木,鸟语花香,诗情画意,永恒春天。而文学独行侠之离婚,"生态旅游"也是独一无二的:离婚手续,近水楼台,委托儿子律师办理;儿子律师按法律程序,查证父亲辛苦建置的几座房子和少量股票现金,提议卖掉不动产统合成现金,一分为二,父母各半;作家则说房子是他父亲老段的血汗结晶,又是老段今后生死不离的窝,不要增添他的痛苦,只要那极少量的现金部分,房子不要;儿子说这样不公平,作家说你们要支持父亲娶一个老伴照顾,他身有病痛,要让他安度晚年;最后作家还付给律师儿子一笔可观的律师费……整个离婚的"生态旅游"行程,科学家始终是"被动"的,压制内心痛苦而不发一言的;文学家则始终是"主动"的,却以谈判操办的言行掩盖内心之苦痛。后来,老段真的娶了一个旅居台湾的大陆老伴。文学家在台湾也像少女一样被人追求上，但只有三年的没有爱情的婚姻，即因对方"台独"政治分歧、性格不和而再次离婚，"从此无婚一身轻"，专注于文学创作和文化活动。而两次离婚，追根究底，则均源自故土政治——似乎是政治入侵了婚姻家庭，也看出是政治渗透了华侨文学。在华侨作家群里，人性作家陈若曦明显是带有独特的政治色彩的。

一九九五年，热爱台湾"生态旅游"的人性作家，回到了台湾定居。她曾直言不讳——她爱血肉相连的台湾乡土，抛弃北美舒适的华侨旅居生活。因而只身返台，融入本土，聚合乡亲，一同呼吸，甘苦与共，哪怕是单枪匹马，哪怕终身独行侠！回顾读者关注的"二次婚姻"，当时她接受以前台湾大学一个同学的"多情美意"，互相照顾，却因几年来作家的"统派"观点与对方的"独派"观点矛盾冲突，"政治歧见太严重"；又"这几年台湾的'政府'高唱'去中国化'，我们不同意见的全被视为'不爱台湾'，甚至还会被贴上'卖台'的标签"等等。为此作家又陷入痛苦深渊，"有窒息感"，认为"有人照顾当然好，但是牵涉到民族大义，只好忍痛了"，分手了——这是因为："宁可要自由"①。文学道路走到今天，陈若曦仍在她的自传散文中闪现少女时代的风采，发出台北第一女子中学时代"不自由毋宁死"的心声。而这种"分手"，正是为了与宝岛故土拥抱、融合，轻装上阵，追求她"桃花源"的"理想国"。作家以实际行动为自己描绘的，塑造的，也正是以鲁迅为榜样的中国知识分子硬骨头的光辉典范。似此"生态旅游"的人生历程，自传散文无不展现人性作家多视角的身世遭遇的特写镜头，并一直映射到前一时期的自传小说的人物形象，都是人性是非观念鲜明的，感情大海汹涌澎湃的。

第二节　校园少女素描

文学创作离不开回忆，或者可以说，有成就的作家作品都写"回忆"，都写"自传"。陈若曦的散文创作几乎都有回忆文字，都有自传成分。《我们那一代台大人》一书是她的代表作。在二十多篇自传散文系列中，除主干部分三分之二是写从台大校园扩大到台湾宝岛的文化之旅外，其余篇章均延伸至大陆文化之旅与北美文化之旅。独行女侠，足迹所至，遍及两岸三地，社会众生，尽收眼底。东西文化，内心碰撞，人生感触，诉诸笔端，挥洒淋漓，一泻千里。而台湾大学校园的文化之旅，是作家文学起航的码头，是一个创作的生活焦点，由此即辐射出此后两岸三地的文学创作活动。她从台湾大学校园走出来之后，直奔太平洋彼端，辗转北美，即开始"古拉格群岛"的文化之旅；而走出台湾宝岛，则是台湾大学校园

---

① 陈若曦致阮温凌信（2005 年 8 月 12 日）。

文化之旅之延续。文学战友如白先勇、欧阳子、王文兴、李欧梵、杨美惠等,均劳燕分飞,各奔前程,走上了文学之路,各显神通,各铸辉煌。陈若曦走出台湾大学校园,同时也走进了她自传小说与自传散文的艺术世界。她走出台湾大学校园是一个转折点,绕了一个圈,最后回归台湾故土,来到原来的起点——终点。她的自传散文就是写这一"起点"到"终点"的文学人生的。这一人生历程,作家重在探索探险,经受苦难磨练,因而才锻铸其人品文品兼优的自传散文精品,创造性地运用其独辟一境的"小说素描"笔法,写出教育视野桃花园。

　　早在青春觉醒的少女时代,陈若曦即能在白先勇誉之为"无产阶级的女儿"的家庭,进行苦修苦练,胸怀大志,心系同胞,在污浊社会"出淤泥而不染"。她有幸恩承名校名师的平民教育,沐浴民族文化之朝露,恩承传统美德之甘霖,吸纳祖国宝岛的春风夏雨和乡土母奶的丰富营养。《难忘的升旗典礼》《酒和酒的往事》等自传散文即能见到"无产阶级的女儿"的一些回忆片断,如家乡所在环境,如童年木匠之家,如外婆贫寒之所,等等生活情景。"我出生于台北郊外的川端桥下,即今日的永和市,这川端桥后来拓宽为今日的中正桥。那时台湾在日本统治下,这一带处处是水稻竹麻,连淡水河冲刷的淤积地也种上花生,而家家屋后宅前不是菜园就是晒谷场。我家父祖两代都是木匠,不事耕作,宅前一半辟为菜园,以栀子花作围篱,屋檐下栽了黄菊,秋天菊花吐艳,一片灿烂辉煌。长大后读陶渊明诗句'采菊东篱下,悠然见南山',追忆自己生长处简直是人间福地,可惜当时的生活却饱受饥馑和惊吓……"到了后来,太平洋战争爆发,时局动乱,民不聊生。"日本发动太平洋战争以来,对殖民地的台湾加紧压榨以支持前线,以至许多种稻人反而没米吃。我家三餐号称番薯签稀饭,米粒却少之又少,肚子时常饿得咕咕叫。六岁那年开始读溪州小学,正逢联军轰炸台湾,读完一年竟没认得几个大字,不是忙着躲空袭警报,就是陪着妈妈四处摘野菜。"小时候她经常住在外婆家,"床边就是粪尿桶,隔壁是猪棚;梦乡和清醒的交界点永远被尿臭和猪嚎所占据"。五个兄弟姐妹中见她最具叛逆性格和反叛精神,是家庭唯一的"叛徒"。譬如说,父亲不教训她还好,一教训她就有逆反心理:父亲"要我读历史,我偏偏读了外文";"要我留在台湾,我不但出了国,而且远走大陆",到大陆"禁地"去探险,去冒险……这些自传散文还写道,因不满足于清教徒式的大学生活,为了追求文学理想,她和同学创办了《现代文学》,因为拉稿关系,她奔波于蓝星诗社的一群诗人之间,勇闯文学世界:"那个年代,我是《现代文学》唯一和这些大部分来自军中的诗人有交往的一位。怕丢自己杂志社的脸,硬是不敢示弱……"还不顾女孩子之矜持,在与楚戈、痖弦、郑愁予、覃子豪等诗人的交往中,违抗"女孩子不能喝酒"之父命,竟学会了喝酒!痖弦"总说我那时有一股野气,像男孩子,不甘雌伏"。这实际上就是未来作家的自尊自爱。她说,其实,"除了天生桀骜不驯外,维护杂志社尊严也有关系"——这说明她学生时代就有文学使命感。

《我们那个年代的中学生》,是另一篇自传散文佳作,写的是,作家通往台湾大学校园文化之旅的中学校园的文化之旅——那正是同学少年、风华正茂的青春时代。但到了作家的中年时代,再回头看母校,已经是今非昔比了。散文开篇通过跟儿子的对话引题:涉及中学生"未婚妈妈"问题时,问儿子:"你们学校怎么样?"儿子说:"有呀。她们带娃娃到学校来,或者放在附近的托儿所,下课时跑去喂奶。"还说:"谁管这种闲事!"由此教育缺失,作家看到平民教育传统之丢失,今昔对比,以昔鉴今,写到结尾,不由迸发肺腑之言:"若时光倒流,我还是宁愿选择五十年代。"感同身受,也令人大有共鸣之慨。作家回忆起"五十年代的台湾中学生,管理很严格",尤其是母校台北第一女中,"则是女中之女中,标榜品学兼优,管教之严,全岛闻名"。未来作家就读的台北第一女子中学,坐落在台北市的最中心地带,正对面是高等法院,斜对面是"总统府",两个地方人来人往,进进出出,处于闹市人群包围之中。但北女一中除了上下学时间外,则都是"门可罗雀"的。上课铃一响,学校大门一关,自成一统,管它春夏与秋冬。连教学楼的第二道门也"不许学生涉足",甚至办公室附近"也不许学生徘徊"。大门内设有传达室,二十四小时值班,"门禁森严",学生从早上八点到下午五点,"足不出户"。这是一个"军营和尼姑庵的混合物"。由于平民教育家江学珠校长治校有方,管理严格,教书育人,业绩显著。"品学兼优,管教之严","全岛闻名"——"学校不请清洁工,学生每天打扫教室和厕所,连操场和人行道也由学生分片包干……"很像是陈嘉庚、李清泉平民教育办学诚毅精神之发扬光大。其办学育人实践,脑力劳动和体力劳动并举,理论和实践相结合,别开生面的校风校规,无不"给学生培养了很好的劳动观念"。这在当时的台湾,却是难得一见的教育方针。因而才有未来作家怀念的"女中之女中",才有少女若曦第一个崇敬的偶像。

江学珠校长是一位叶非英式的苦行僧、独身主义者,一生献给平民教育事业,教书育人不遗余力。特别是她的装饰扮相,一举一动,都会引起学生若曦的好奇和观察:"永远穿一件没有腰身的灰布或蓝布旗袍;脸上脂粉不施,头发像清汤挂面般垂至耳根。每星期一早上第一堂课是'朝会',全校学生集中站在礼堂内,听校长和老师训示求学及为人道理"。江学珠很严肃,对学生要求很严格,不苟言笑,经常要倒剪着双手在校园里走动视察一番,默默进行她的重于言教的身教。连全校三千个学生都要和校长一样留着短发,还一律穿白衬衫黑裙子,外加白鞋白袜,校园风范,引人注目。教育权威,学生敬畏,都远远躲着,但未来作家却受校长深刻影响,"非常崇拜她",以至"一度也学她一样抱着独身主义",追求她教书育人的理想,"立志要一生献身教育"。因而"常常梦想要办一所十二年,中小学一贯制的学校,学生为修养完美的人格而学习,不必为升学而填鸭。没事时,我常在纸上描画未来的校舍图:高楼大厦之外,还有宽阔的园地,一半是花圃,一半是菜地。我从小就主张劳逸结合,师生要参加生产劳动"。"中国最需要什么"? "我们能做什么"? 诸如此类的国事议论,即提出"教育救国"主张,"认为中国民智未开,要大力扫盲",无不突出教书育人主题。而对校园里随处拿剪刀剪女学生长发长裙的训导主任和军训女教官,则斥之为"多管闲事"而"义愤填膺",为同学抱不平——"不自由毋宁死"。但面对西方文化思潮滚滚而来的台湾故土,又说,假如时间可以倒流,"我还是宁愿选择五十年代"。到六十年代,她即为追求民主自由留学美国,又在追寻无产阶级乌托邦的噩梦中成了南京的华东水利学院教师,接着执教于香港新法书院、柏克莱加州大学、中央大学、慈济医学院等,为人师表,教书育人,实现她倔强性格所追求的江学珠校长的平民教育理想,在华侨文学创作中发扬光大。

　　值得解读和研究的还有:少女若曦胸怀大志,忧国忧民,关心政治,献身文学事业,人生理想是"青春不留白"。自传散文《青春不留白》即回忆到北一女中时代:读高二时恰逢台北市长选举,她上台慷慨陈辞:"民主政治需要监督和制衡,现在是国民党执政,最好选一个非国民党的市长,这样才能起到制衡作用……"以至被老师拉下台,厉声斥责为"胡说八道","反叛思想"! 这在国民党"白色恐怖"的五十年代,是一种"闻之丧胆"的罪名,是"够资格蹲绿岛去"的。但她有倔强的个性,有人格的尊严,从五十年代回顾到三十年代,她牢记台湾同胞无休无止的苦难,珍惜来之不易的自由民主,认为"忘记历史等于背叛历史,这种人走到地球哪个角落都没有尊严"——"我自己是'七七抗战'次年出生的,从小挣扎在饥饿线上,因宝岛丰富的出产多被征作战粮去了。小学一年级是忙于逃避盟军的空袭,犹记得夜里睡在防空洞里,次日醒来浑身肥肿虚脱。如今时髦吃番薯叶,那时三顿不是番薯签煮稀饭(米粒寥寥可数),就是水煮番薯叶,一见到肠胃就先泛酸水,哪想到什么'健康食品'!"自传散文又由"健康食品"联想到"东海园丁",联想到与自己出生的抗日战争年代息息相关的文学前辈,联想到一位在"东海花园"种花为生的抗日作家——二三十年代在台湾崛起、与被称为是"台湾的鲁迅"的文坛元老赖和共同开辟台湾文学新天地的杨逵,文学百花园里一朵"压不扁的玫瑰花"。杨逵在对日斗争中出生入死,多次坐牢,干得轰轰烈烈,但一篇颂扬爱国主义和国际主义精神的代表作《送报夫》却无法在祖国大地上发表,而要承蒙日本作家德勇直帮忙在日本杂志刊登,要蒙其他日本朋友给予生活上的资助。他困守"东海花园",老境凄凉,死得默默无闻。因而陈若曦对这位文学前辈无限崇敬,一九八○年特地拜访她心仪已久的抗日作家,写下她的散文名篇《杨逵精神不朽》,这也是她自传中闪亮人性的篇章。其自传散文,无不写得"肖似"，"灵魂的肖似"。作家追求的美，就是罗丹所说的："性格和表现"①。

　　陈若曦最敬佩杨逵不屈不挠的反抗性格和斗争精神，赞赏他的文学成就。她认为杨逵的作品最能说明，即使遭受日本的蹂躏，台湾文学仍然是与祖国文学一脉相承的。在台湾被迫割离祖国之后，人民受尽异族凌辱的年代，杨逵身为作家，不但办杂志写小说进行抗日宣传，并且亲自参与演讲、请愿、结社等政治活动。抗日作家的"不朽雕像"，书刊一再遭禁，反复坐牢十次，誓死抗日的行动更加坚定。"他像一只火凤凰，越烧越有精神"。这一篇散文，奔腾咆哮爱国爱民、疾恶如仇的思想感情——写杨逵，也是在写人性作家自己。她也是一只火凤凰，而且是华侨作家中独一无二的，"自己找来的"，经受大陆一场史无前例的"无产阶级文化大革命"的烧炼，同样把她烧得"越烧越有精神"的。她的文学创作，也是与杨逵精神息息相通的——如，贫困，求知欲，重写历史，与社会保持联系，注意中国时局，等等。她"认为文章应该排除虚幻、颓废"，要"面对现实，作生活感情与思想动向的具体描述"，认为"无病呻吟，空思梦想和歌功颂德拍马屁的文字都没有存在的价值"。似此文学见解，皆赖和、杨逵优良文学传统之发扬。因而继影响深远的《现代文学》之后，陈若曦还创办不少文学刊物，直至发扬民主正气而引起震撼的《广场》杂志，等等，为繁荣台湾文学、培养文学新秀拓展园地。

　　但比起杨逵，陈若曦要幸运得多。同样是"一生热爱祖国"的杨逵，"几乎和贫穷结了不解缘"。而在他创作力最旺盛的年代，"他不是在坐牢便是过着赤贫的日子，为开门七件事折磨得形消骨立。一个有才气的作家，竟一再被逼成专业农民才能勉强糊口。'文穷而后工'——这穷，想必有个限度，一到了赤贫境界已无文学可言，何工之有？"但作家在拜访交谈中，却见到这一座"不朽雕像"，其战斗的一生，似乎是人生无憾事的，因而是光明磊落的。他"没有怨恨和记仇的神色，老人的抗议性格已锤炼成宽容无我的胸怀。抗议精神升华到一种境界，对外人的压迫绝不妥协，但对自己人的误会却宽宏大量。这方面，他已成了圣者。"台湾文学圣者，影响所及，正好也是文学独行侠此后从事文学事业的人生写照，光芒四射，夺人眼目，颇为可观。

---

① 罗丹口述、葛赛尔记：《罗丹艺术论》，沈琦译、吴作人校，人民美术出版社1978年版，第62页。

第二章
陈若曦自传散文
——教育视野山水情

　　陈若曦自传散文,从"桃花源文化之旅"的"生态旅游素描",写到"校园少女素描",可以看到台湾锦绣山川和美丽校园的自然环境生态、平民教育生态等等人文景观。这些散文,大多是以人观景、因景写人、叙事抒情的。而当宝岛"桃花源绿洲"文化之旅走到海峡彼岸山水之间,再感受作家"海峡子规相思泪",则大多交织有因人写景、触景生情、情景交融之文笔。而陈若曦诸如此类散文佳作,在海峡两岸三地出版的散文集,就有十五部,是华侨文学中的散文大家。她的自传散文,强调个人见解和生活经验,打破创作时间的顺序,多用"闪回""颠倒"的意识流手法,现身说法,记录和描绘她靓丽青春的人生景观,而留下无数文学创作的生活片断,积蓄她取之不尽的生活库存。她说,"大致以生活的时间和场地为轴,记录了我中学和大学时代的一点回忆,初抵中国大陆的印象,美加的生活点滴及返台定居的一些观感"。她的自传散文,有自己的主张:"关于散文,我向来主张言之有物,我手写我口,坦诚为要;主题不宜太'散',措辞无须太'文',但求顺其自然就行。"这种主张,也正是陈若曦的文学个性和创作风格,不论是台湾自传散文,还是大陆自传小说。这也正是我们开启人性作家艺术大门的一把钥匙。

第一节　画家艺术素描

　　也许是审美主体与审美客体的心灵相通,我的审美情趣更偏重于陈若曦的艺术个性,更认定其艺术价值所在,更多从鉴赏的角度审视其"小说素描"手法。自传散文曾写到作家的朋友——画家、诗人楚戈,有感性的直观的"生态旅游",从生活到艺术的感受,则另有一种"心诚则灵"的高山流水情,因而能"心心相印"。陈若曦向以襟胸坦白、心直口快、为人正直、待人热情而博得海内外文学朋友的敬重和挚爱,因而她在海峡两岸,在岛内岛外,都有许多可以推心置腹的知音。这是因为她与人为善、助人为乐、热爱朋友、珍惜友谊之故。以此"心诚则灵"感动知音者,楚戈可以说是一个代表人物,他们在现实生活中所表现的挚爱真情,文学友谊,是可以谱成一曲高山流水之歌的。楚戈的评论文章《小说家的素描集》和陈若曦的自传散文《我为楚戈描山水》,是很能表达他们之间那种钟子期因知音殒命、俞伯牙为知音摔琴的高山流水之情的,是可以听见他们友谊之歌的主旋律的。因而要解读陈若曦的自传散文,必先研读艺术知音楚戈的评论佳作。

楚戈不仅是诗人、画家,出版有诗集《青菜》《散步的山峦》,画论集《视觉生活》,等等,还对中国古代青铜器颇有研究,出版过科学著作《中华历史文物》等书。他以诗人的敏感,画家的视角,科学家的态度,审视知音老友陈若曦的散文,有独到的见解,有精确的透视,有客观的评价。陈若曦是小说家,是散文家,文学成就显著。影响较大的文学作品,有《尹县长》《陈若曦自选集》《老人》《城里城外》等。其长篇小说《归》《突围》《远见》《二胡》《纸婚》《慧心莲》《重返桃花源》,散文集《我们那一代台大人》《文革杂忆》《济慈人间味》《打造桃花源》《域外传真》《生活随笔》《无聊才读书》《天然生出的花朵》,皆脍炙人口。但在其等身著作中,要以作家的个性论之,人格论之,陈若曦的"桃花源绿洲"文化之旅的自传散文,则更见"文以载道"之见,而且表现得最直接最显著。对此,楚戈也是有同感共鸣的。楚戈文章题目,就开门见山标出其观点——"小说家的素描";文章内容,就直截了当道出其见解——"如果说单色线画,是画家的素描,一如厨师大宴外的小点,则小说家的素描应当就是她的散文了"。一言道出其真知灼见。确实,在小说家陈若曦的素描里,所勾勒的,无不是这位平民作家思想性格所决定的艺术风格。故楚戈进而道出:"以陈若曦来说,我们读她的散文,就像读许多小小说,所不同的是,她散文中的主轴都是'我',小说就不一定,无论是第一人称或第三人称,那主轴多半都是别人。在'我'的记述中,读者可以清晰地看到这位作家的真面目,她热心、直爽、爱开玩笑、语多嘲讽,随时都可使人开心……"又说:"读陈若曦的散文,你才知道这些记述,其实就是小说的素描,她总是用小说的眼光来看世界,看她的周遭。我想诗人也是长于用诗的感情来写散文的,思想家和纯散文家、画家也都有各自不同的思考方法,这使我相信,一个人的个性就是他的命运,他的命运也就是他的人生态度。"这是台湾诗人、画家的敏感,对台湾散文家、小说家的发现,因而能道出陈若曦自传散文鲜为人知的"小说素描"的艺术个性,指出陈若曦人品决定文品的真谛。因为这位平民作家像平民画家楚戈一样,有洞察自然和心灵的眼力。因为罗丹说:"艺术家所见到的自然,不同于普通人眼中的自然,因为艺术家的感受,能在实物外表之下体会内在真实。"[①]可以说,知

---

① 罗丹口述、葛赛尔记:《罗丹艺术论》,沈琦译、吴作人校,人民美术出版社1978年版,第19页。

若曦者,楚戈也;与罗丹心灵相通者,楚戈、若曦也。

中国自古以来是一个诗歌大国,也是一个散文大国,从诗经和先秦诸子散文发展而来,一直长盛不衰。自五四新文化运动以来,中国散文即发扬光大中国文学传统,有自身的繁荣昌盛,百花争艳,学术界对散文艺术的研究也取得客观的学术成果,百家争鸣。诸如夏丏尊、叶圣陶的《文心》,李素伯的《小品文研究》,陈光虞的《小品文作法》,郭莽西的《一篇文章的构成》,等等,都从不同的研究视角探索共同的艺术规律。更有不少散文名家谈出自己创作实践的独到见解。诸如,冰心的"选材观":"一室便是宇宙,花影树声,都含妙理","在平凡的小事物上,我仍宝贵着自己的一方园地……"朱自清的"体物观":"于每事每物,必要拆开来看,拆穿来看;无论锱铢之别,淄渑之辨,总要看出而后已","这样可以辨出许多新异的滋味,乃是他们独得的秘密……"徐蔚南的"描写观":"跳荡地写出那印象来的文字,是活的,既非典丽矞皇,仍旧是活的……"周作人的"载道观":"以此为志,言志固佳,以此为道,载道亦复何碍……"郁达夫的"文字观":"所以可爱的地方,就在它的细,清,真的三点……"杨朔的"意境观":"我在写每篇文章时,总是拿着当诗一样写……"等等。而作为散文家的陈若曦,是多少得此先师先辈之精髓的,是承受其散文艺术营养之哺育的。就像蜜蜂一样,她广采花蜜,博取众长,自成一家,以"小说素描"的笔法在台湾散文界亮相,工善其事,标能擅美,而深得楚戈以至学术界之青睐。可以说,以"小说家的素描"赞誉陈若曦之自传散文者,乃敏感之知音诗人、画家楚戈也。他对陈若曦有独家之论,有其素描观之灼见,也是一家之言,而参与现代"诸子百家"之百家争鸣,加入了先师先辈各种真知观之大合唱。

楚戈不仅以诗人的敏感发现了陈若曦,而且从画家的视角进而对其散文作了精辟的评析。他说:"耿直、热心的陈若曦,他的小说、散文也都是直话直说,读者们皆可共同的体会到那真实的情境,就像身临其境一般。"真是知音之论。像陈若曦类似《〈突围〉的麻烦》《征婚启事》的自传散文名篇,那令人啼笑皆非的描写,是很叫人进入角色的,沉迷其中的。画家正是以他那窥探人生的眼光,加以"聚焦",对陈若曦的散文世界进行透视的。诸如,在台湾大学校园文化之旅的自传散文中,常能看到有一位男同学冷不防将若曦抱住就不顾一切狂吻得她透不过气来的情景,就因为写得太逼真,而被认为"可能是亲身体验"而带来"麻烦"。因而由自传散文,甚至波及到长篇小说《突围》,当时在报上连载期间就招来了种种揣测:"她像是写"某某人,台北文学界也盛传男主角是写夏志清——就连夏志清本人看了也"觉得似我非我"。甚至当作家胆切除手术期间,代抄小说稿的流体力学博士丈夫段世尧也都惊奇问道:"你这男主角不是写我吧?"更有作家周围的人,认为男主角"喜穿红衬衫,打红领带,又是一头白发",正与美国著名的华侨评论家许芥昱一模一样……这都是因为她立足生活，面对现实，客观描写，"在反映社会这方面太过真实"而引人入胜，叫人身临其境，才惹来"麻烦"的。这种因创作惹来的"麻烦"，又汇集而成为《〈突围〉的麻烦》的自传回忆文字：一天，作家在加大图书馆偶然碰到了好久不见的朋友阿珍，被拉去喝咖啡，当时《突围》正在《世界日报》连载——她说："陈若曦呀，我交你这朋友真是又怕又喜！"怕什么呢？"怕你把我写进小说里去啊！"作家则回答说："阿珍，这可能是我的一点信念，小说人物可以虚构，但故事背景要真实。"而作家这种背景的真实，则是从台湾大学校园的文化之旅——自传散文创作的"小说素描"，开始练笔的，开始起步的。所以楚戈说："这自始就是陈若曦写小说的'信念'，打从她学生时代起，她就一直在描写她所处的社会之各种真相，不论这社会的角度是大是小，是大学的校园，还是'文革'的状况……"但归根结底，是要归功于自传散文"小说素描"的艺术手法的。另一篇《征婚广告》，写路过上海和老朋友唐方见面而热心为其女儿"做媒"的所见所闻，也写得很滑稽，很幽默，很好笑——但它却叫人笑出了眼泪！这里运用的也是典型的小说素描笔法。似此小说里的素描和素描里的小说，艺术里的真实和真实里的艺术，在陈若曦的创作实践中，是相互交融的，相辅相成的，相得益彰的，举不胜举的。这就是陈若曦自传散文的艺术个性和人性美。

罗丹说："紧抱着的美就是上帝！"[1]陈若曦的自传散文的美和楚戈的素描画的美，是交融在一起的，是紧抱着美不放的。有诗人楚戈的独特发现，有画家楚戈的精确透视，也才有研究古代青铜器科学家楚戈的评论文章，及其实事求是的评价——这就是：陈若曦这本自传散文素描集，"只要你读了第一篇，保证你会忍不住想要一口气把每一篇都看完为止，她的幽默，机锋，对社会谑而不虐的批评，有时会引起你会心的一笑，有时则令你深思不已……"楚戈曾说"若曦恐怕是林云少数的知音"，其实，楚戈才不愧是陈若曦真正的知音呢。他为若曦说散文，都是说出别人没有说出或说不出的。他以"发现"——"透视"——"评价"勾画作家性格及其散文风格，也正是画家为踏上台湾大学校园文化之旅的陈若曦，所速写的一幅人物素描画，线条明快，形神兼备。而作家的自传散文素描，闪烁其间的光辉，则有祖国雄奇的山水，还有校园绮丽的景色。

第二节　作家山水素描

陈若曦起步的文化之旅，走出了台湾大学校园，也走来了作家的青春成熟期，带有校园文化之优质，兼有《现代文学》之特质。《我们那一代台大人》一书，

---

① 罗丹口述、葛赛尔记：《罗丹艺术论》，沈琦译、吴作人校，人民美术出版社1978年版，第63页。

除了写台湾故土生活感受,还扩大扫描而有广阔的文化视野,写到祖国大好河山和"第二个周恩来"胡耀邦,还有大陆同胞生活现实的种种观感,以及旅居北美对异国他乡华侨社会众生相的诸多感受。大陆"生态旅游"挥笔成篇的自传散文名篇《我为楚戈描山水》,是作家游览祖国名山大川而为楚戈拍摄下来的一幅山水画。一笔一画,都浸透爱的情怀,美的色彩;每字每句,均流露赤子之心,乡土之情。这一名篇似乎是"回应"前面楚戈的文章,为其评论作"照应",乃彼此知音之"感应"。这是作家在台湾本土回忆大陆山川之行的佳作,写得情文并茂,诗意盎然,感人肺腑,令人激赏。

《我为楚戈描山水》,往事回忆,感情奔涌,意识流漫,是作家艺术构思的必经之道,可承前启后,"衔接"自然。抓住这一审美关键,对研究陈若曦自传散文有实质意义。继楚戈的《小说家的素描集》之后,再读《我为楚戈描山水》,更能打开鉴赏思路,启引灵智。不忘祖国情、同胞情的作家,继大陆破冰之旅后,曾多次来"第二次解放"的祖国大陆访问、旅游、参观、讲学。有西藏之行,有北京之旅,并曾在大陆各地居住较长时间。她这一篇《我为楚戈描山水》发表于一九八五年二月五日《人间副刊》,属于台湾乡土作家的乡土文学。尽管她浪迹天涯,却像伟大文豪巴金一样,总忘不掉海峡两岸作家朋友,还有海外文化界老相识。诸如她自传散文中写到的聂华苓夫妇、许芥昱夫妇、曹禺夫妇及白先勇、郭松棻、吴鲁芹、高信疆、吴作人、陈省身、侯宝林、黄苗子、英若诚、白桦、杨宪益、吕正操、王文兴、张系国、汤淑敏、刘国松、张洁、北岛、刘绍铭、加博、唐方……都是活跃于她内心世界和散文世界的人物。而楚戈,则是以其"专论"为之"树碑"的知音,字里行间,无不见出其交往之深,友情之真,人性之美。

陈若曦是一九八二年六月来大陆游黄山的。才一进山,眼前即呈现七十二峰之首,高一千八百一十米的天都峰:"山峰拔地而起,像天神发怒一斧劈出来那般平直。峰顶没入白云深处,神龙不见首,更增一份诡秘。上山的道路既窄又陡,宛如天梯。络绎不绝的爬山者,四肢并用地匍匐前进,望之如天空挂着一半辣椒……"这是在赞祖国名山之雄奇,也是在为楚戈描山水。当时导游问作家:"没见过这么陡的吧?"作家说见过——"朋友楚戈为我作的山水画,一样雄伟的山脉,还多了一份浓得化不开的乡愁。正是为了印证他的画,我才来黄山。"这就是:为什么她要为楚戈描山水。原来,那年四月,作家刚去台北看了这位画家——他正和癌症搏斗,胜负未卜,"虽然仍是顽童本色,置生死于度外,但言谈感觉得出,耿耿于怀的是睽违卅多载的故土和亲人"。一个跟死神搏斗的老画家,早已把生死置于度外,却对阔别三十多年的故土和亲人耿耿于怀——这也正是感情丰富和看重友谊的陈若曦所"耿耿于怀"的,所以作家是为了印证画家的山水画才来黄山的。可以说,这是设置在散文开篇处的文眼——作家感情的抒发和山水景物的描写相互交融,由此焦点而辐射出山水的艺术景观。就在观赏祖国黄山之雄奇和联想楚戈山水之雄伟的相互映衬对照中,以黄山"惊险"的景象,带出楚戈"凶险"的病象,托出画家"乡愁"的意象……此景此情,作家自然而然又联想到陈子昂的诗句:"念天地之悠悠,独怆然而涕下!"但可惜的是作家近年来"不会流泪"了,即使"去年朋友被杀,也只有怒无泪"。由陈子昂的诗句和自己的"不会流泪",又自然而然联想到楚戈,要是他也来到天都峰上,"至情至性的他,对此奇景必定喜极而泣"的。由此又一再联想到,当年和一群诗人向胡适的遗体告别,悲掉"一代哲人逝去"而又"不知如何表达",惟有楚戈在大家的沉默中发出了一声痛哭的哀号而"包容了一切"——就只这一声哀号,即叫作家"永生难忘"。就是这么一位画家,一位"流着浓浓中国人血液的朋友",当别人在"用乡愁堆砌现代诗"的时候,他却"默默地在画上涂抹满腔的怀念",因而看了他的画,方知人对山河的"痴情",正是"原始的初恋"……就在这一幅山水画里,可以看出有几笔勾勒,是很富于画家素描的个性特征的。接着是另一幅画面:"攀上铁索,越过鱼背,跨上'天上都会'……"其引人遐想,实意味深长。

作家在此要为画家多瞄几眼青山的意愿,与山道沿途许多人在写生的情景,正彼此照应,"触景生情",有一连串画面。那么多人在写生,"年纪老中青俱全"——那么,带有"思乡之苦"的楚戈呢?面对自己所瞄的画面,又瞄到了楚戈那诗人的诗情和画家的画风来:"我但愿台阶上站的,是我那苦恋故土大半辈子,却被活生生阻断了血缘脐带的朋友,以他的才思和顽童心灵,对此山色,不知能谱出多少乐章——他的山水飘逸潇洒,具有动感,一幅不就是一首狂想曲吗?"但这已经是一种"画论"或"画家论"的观点了,已经是把黄山的景,画家的画,作家的情,相互交融为一体了。正是:"世界上有多少艺术家,就有多少种素描和色彩。"①陈若曦的散文艺术,楚戈的素描艺术,各自色彩,绚丽多姿,相互交融,相得益彰。于是带着作家的情,画家的画,彼此多种的素描和色彩,陈若曦的眼睛又从画家的天性和艺术瞄到了最富本质特征的黄山景观及其艺术意境。黄山的石,黄山的松,及其独具人格化的对应景观,还有象征物象:"黄山无石不奇,也各有名称。手指峰、飞来峰、金鸡叫门、犀牛望月、仙人飘海、太白醉酒、苏武牧羊……"然而,作家只"叹黄山之奇",却"无惊讶之意",因为"早在楚戈的画中亲近过"了。由此又一再而联想到,曾经"坐船经过三峡"而"似曾相识"的景象——"水流湍急,客轮在悬崖峭壁间穿梭而行。眼看要迎面撞上山壁,到时却峰回路转而另现一番风光"。原来在作家的客厅墙上早就有楚戈这样的山水作品了:一江春水穿越万重山,一路奔腾澎湃而来,作家的思想感情也因之而任其奔涌飞

---

① 罗丹口述、葛赛尔记:《罗丹艺术论》,沈琦译、吴作人校,人民美术出版社 1978 年版,第 55 页。

腾——为"长江水质的污染"而担心"翘首北望"的楚戈老友,有朝一日得饮长江水而"伤心失望";从"吃惊"于长江修筑水霸的消息,而惋惜"举世闻名的三峡风光势成历史名词"!心理意识翻滚,如三峡浪涛……至此,作家又为祖国山水,为山水画家,发出震撼山水的喟叹:"不知那云雨巫山,还等得及让楚戈为她断一寸肠否?"

　　沿着描山画水、思绪万千的文笔,作家一路写来,无不诗情激荡,画意飞扬。整篇散文,正如黄山景观,雄伟奇丽,变幻多姿;恰似三峡波涌,湍急腾跃,峰回路转。而结尾又出人意外地为画家特别加上一笔:庆幸老友已经"战胜癌症"而"活得健康踏实",已经"见到老母",并"暗祷上苍"让他"早日踏上故土"——到那时,"我情愿陪他再走一趟鲫鱼背";而长江三峡,你也"等等我朋友吧"!这是《我为楚戈描山水》的最后一笔,一笔浓浓的乡情,一抹闪闪的人性……游黄山,描的是祖国的山水,写的却是画家的风骨。游黄山,绘的是祖国的景,抒的却是朋友的情。整个山水背景中,突出的是画家朋友的人物素描。描祖国山水,是散文结构的一条明线,把登临黄山千奇百险的绘景写人画面与怀念朋友万千思绪的叙事抒情片断,连缀起来,结成一体。写画家风骨,则是散文结构的一条暗线,把这些绘景写人画面与叙事抒情片断,前后间错,交织成有机整体。整篇散文,绘景,写人,叙事,抒情,交融为一,明暗互见,虚实互藏,构成一种跳宕、明快的旋律——赤子心,故土情,海峡彼岸,海峡此岸,紧紧相连,心心相印。从《我为楚戈描山水》的景观中,听见作家的心声,看见楚戈的画魂,以及自传散文为之捧出的一颗诗心。而画魂和诗心,交响演奏,高山流水,感人肺腑。可以由此导入台湾大学校园文化之旅,深入"桃花源绿洲"自传散文的艺术境界。这是人性作家和人性画家的心灵交流,朴素,率真!正如罗丹说的:"艺术就是感情。"①人是有感情的动物,如果说人起码具有的感情是"十",那么,作为文学家艺术家的感情,即应该是"百"。没有感情的"人"就是动物,只达到"十"之感情的人也成不了文学家艺术家,因为他们只能拿出一片沙漠一样的"作品"来。

---

① 罗丹口述、葛赛尔记:《罗丹艺术论》,沈琦译、吴作人校,人民美术出版社 1978 年版,第 3 页。

第三章
陈若曦自传散文
——教育视野台大缘

　　窥一斑而知全豹。探赏作家自传散文名篇的"小说素描"艺术,可以看到陈若曦走出台湾大学校园的文化之旅,散文创作独具的艺术手法,及其诗美醇情之特质,有其个性化、人格化之表现。五四新文化运动以来,我国现代散文发展基本有两个方向:一是以叙事议论见长的精品,一是以写景抒情著称的美文。以前曾有现代散文家梁遇春尝试兼融二者之精美的创作实践。而散文家陈若曦则更富创造性,不仅兼融写景、抒情、叙事、议论之美,而且开拓了写人的"小说素描"新路。她的自传散文均能以"我"为中心,写出真人真事或在此基础上加以典型化,形成自己的"小说素描"风格。即运用小说家塑造人物形象的素描笔墨,绘写她周围人际中所接触所熟悉的生活原型和人物素材——比如说,自己的老师、同学、朋友等等,融入自传成分,现身说法。因而她在散文创作中独辟蹊径,有画家、诗人楚戈在评论文章《小说家的素描集》中的中肯评价:"一个人的个性就是他的命运,他的命运也就是他的人生态度⋯⋯"而陈若曦自传散文以"小说素描"眼光和文化视野长期实践的,还有《我们那一代台大人》与《文革杂忆》《生活随笔》《域外传真》《归去来》《柏克莱传真》等十五种散文集。其创作新途径均见出作家"文以载道"的使命感,开拓华侨文学创作的新天地,独标一帜,卓特不凡。

第一节　校园小姐素描

　　这些散文,感情真挚,实话实说,热情洋溢,语言简朴,描写生动。勾画人物性格,速写人物素描,抒发所见所闻,文笔绚丽多姿。这是陈若曦自传散文最具个性的艺术特征,皆为作家朋友所赏识。其艺术磁性,即在于:散文家陈若曦的散文,乃小说家陈若曦之"小说素描"。这种艺术实践,楚戈看成是作家的一种"暖身运动",是散文中的"小小说",故能引人入胜,手不释卷。如代表作散文集《我们那一代台大人》,大陆散文系列中的《我为楚戈描山水》,台湾散文系列中的《啊,台大》,更是明显可见的。

　　华侨作家陈若曦从加拿大移居美国后，担任多年的旧金山华文报刊《远东时报》顾问兼总编辑，于一九八二年三月回到台湾故土探亲，曾重返母校台湾大学校园旧地重游，回忆往事，触景生情，创作了《啊，台大》这一自传散文佳作，以《都是小姐惹的祸》和《"寡妇"的威严》不同艺术视角，写出校园文化的春天气息，反映大学时代的青春友谊。其中姊妹篇为作家提供创作的两幅人物素描，发表于同年十月二十六日的《联合副刊》。《都是小姐惹的祸》开篇展示的，是五四新文化运动干将傅斯年首任校长的"傅园"场景，台湾大学校园闻名的文化景点。作家以浸透感情色彩的笔墨，写出一段纯真无邪而又缱绻缠绵的大学生初恋经历，春情诗意荡漾。其感情的导火线，只是由于同学中男性女名引起"小姐"的偶然误会而"惹祸"，却惹出了一对少男少女心灵的碰撞而迸射出恋情与友情交织的灿烂火花，照亮青春友谊。"小说素描"画中，情节柳暗花明，结构山回水复，人物栩栩如生。

　　大学时代，青春觉醒，初恋朦胧，是有许多美好景象可以展示的，更何况是一位感情丰富、眼光敏锐的人性作家——她被时间遗忘在台大校园的，有少女的美梦，有友情的鲜花，俯抬皆是，采撷不尽。而她来母校重拾旧梦，恰好又正是鲜花烂漫的春天，那熟悉的杜鹃花还是灿烂如昔……但仔细打量，竟是"和从前不尽相同"的了——"以前是矮的灌木丛，春来花开时，绵延一片像海洋，但行人可以隔海相望，彼此交谈……"这是一种象征，同学少年，亲密无间，和谐融洽，是一个花的世界，美的背景；而现在呢？虽然杜鹃花品种变得"齐人高"，花朵繁茂，硕大无比，但已经"形成一道篱墙"，把路和人都隔开了——这是一种暗示，看出"今不如昔"，岁月无情，人事变迁，虽然物质生活在提高，但是精神生活在下滑，已经不如作家那值得回忆的大学时代了。作家起笔，即以校园花木景观的对比，托出大学时代少男少女校园交际的亲情氛围，酝酿一种恋情初露的氤氲之美。作家说："我对台大记忆最深的，便是傅园。"这是因为她与散文里的主人公稚华同学，当时的感情交流，是从傅园开始的……全岛大专院校联考后，她曾收到校友联谊会活动的通知，写信人署名"稚华"，一阵高兴，就以为是同性小姐而回信给"她"。到一起考进台大外文系，大一国文课分在同一个班，叶庆炳教授点名时，才第一次见面——原来"她"竟是一个"魁伟的男生"，"皮肤白皙，鼻梁上架副眼镜，一副文质彬彬的模样"。就这一件事，竟使刚成为大学生的若曦羞愧得无地自容——"完了！我低下了头，恨不得连人带椅子都能缩进地里去"。由此，也就引出了从"傅园训话"到"家中探病"的情节进展，写到了感情碰撞的两个场景，支起了散文构架的两个支柱，借此勾勒人物的性格和描绘人物的形象：一个重在初恋纯情的抒发和心理活动的昭示，一个则偏于理性神态的显示和友善对话的描述；一个是主体的感受，一个是客体的观照；一个用细笔渲染，一个用粗线白描。内在与外在交流,主体和客体交融,细笔同粗线交织,展示的是作家少女的情感经历,彰显的却是台湾大学校园文化的青春美,恋情美,友谊美,人性美。

性别差错造成笑话的难堪过后引起少男少女感情的碰撞,又是从经常在校园"狭路相逢"而四目相对开始的。少女若曦生性胆小却性格开朗、爽直,有"认错"勇气,以为向他"道歉"就可以心情轻松愉快,"从此天下太平"了。而对此,稚华虽是"声宏气粗"地连声说:"没有关系,没有关系!"还"摇头摆手"来加重语气,却已经"羞得耷拉着脑袋",而眼睛只"瞧见自己的帆布球鞋"。但一波未平,一波又起。过两天他又"悄悄塞给我一封信",还要求"答复"。这是若曦第一次收到的使她"恍然大悟"的"真正叙说男女情感"的情书!这一封情书,就是通往"傅园训话"的桥梁,而让人物在此大亮其相。若曦是认为"来得不是时候",她的大学正在开始,她的少女青春正充满幻想、梦想、理想;而作为保守的五十年代的台大人,她又"特别古板",竟把恋爱和结婚画等号而"不想结婚"。但她又认为恋爱容易排斥,友谊却是难以抗拒的——"我不是心硬的人,对着这样文情并茂的书信,真是感动得热泪盈眶"。因而她遵从稚华"要求单独倾吐胸怀"而相约在傅园见面。但首先"倾吐胸怀"的,却是若曦:"我站在水泥石阶旁,正视着他,暗自吸了一口气,这才开口……"这就是所谓的"傅园训话"——却是因同学背后议论而满城风雨,在台大校园留下的一段佳话。而作为人物的对比与映衬,稚华来傅园约会,则是兴奋得咧着嘴,腼腆地笑着,激动得呼吸也急促,好像是一路跑过来的,羞得"脸上泛红",窘得"顾不上说话却先踢了脚下的一粒石子"。直到听完"傅园训话",脸色"却由红转白",脑袋逐渐下垂,嘴巴一张一合——整个"训话"过程,他的反应,是"除了我的姓名,就听不出他说些什么"。这是轮到稚华难堪了。若曦于心不忍,即于"慌乱"时刻脱口而出:"我愿意做你的朋友……"这可以说是"傅园训话"的最强音了,也可以说是校园佳话的主旋律了。因而才如此富于魅力,终于赢来稚华"感激的一瞥",而且"慢慢地,他的头又抬起来"了。后来,"我请他不要再写信,他点头答应。随我说什么,他都点头同意,只是一双大手在胸前交叉又分开,好像专心捏弄着一团面,令人怀疑他究竟听到我说些什么"。这时候,若曦那少女敏锐的眼光,才注视到他的一双大手,"手指修长而且有力",忽然想到,如果他弹钢琴,一只手就能遮盖十个琴键。在这里,若曦的观察多么详细,感情多么深细,描写又多么精细。

后来是又塞来了第二封情书,"傅园训话"还在继续,校园佳话还在传诵。在他们的台大校园生活中,就维持着这种关系。然而,"他的感情是纯真的,我的友谊也不掺假"。所以纯洁、善良的若曦好几次想"不理不睬",又都于心不忍。她相信"男女之间"是可以而且应该"存在友谊"的,也可能是不相信"爱情与友情是水火不相容的",这是她的信念,因而"凡是友谊范畴内的,我绝不吝啬或退缩"。

就这样，他们大学四年的各种活动都在一起，"从大一的南北社，到大三的办文学杂志，我们不曾分开过，了解和信任是这种感情的支柱"。这正是未来作家的可贵之处！可以说，像世纪文豪巴金和冰心一样热爱和追求纯真的友谊，是贯穿陈若曦一生的创作实践的。这实际上也就是人性作家对人性美的执著追求。表现的，也正是陈若曦最可宝贵的一种作家的美德。所以，凡是认识她的，凡是读过她作品的，都会爱上她这样一位浑身浸透友情而又能真心相见的高山流水。这就是，为什么五湖四海都有陈若曦的知心朋友，为什么与画家、诗人楚戈会有世所罕见的真诚情谊，及知音之论。这是一位名震海内外的"友谊作家"，在非常时期，更为难得，也是我在大陆极难找到的，因而拙著挖掘与珍惜的，也就是这种文学友谊，知心朋友。

　　虽然知音难求，只可遇而不可求，但陈若曦却能"从付出的友谊中，获得了更多的回报"。她切身体会到，"许多经验和教训，二十年来一直使我受益无穷"。但她对稚华付出的友谊之情，并不是为了得到回报。而稚华恰恰相反，他付出的，则是一种初恋苦恋之情，感情代价惨重……就因为不忍心"伤害一个纯真的灵魂"，她才无私地献出纯真的友情。甚至当稚华感冒了，希望她去看他，她从别的同学处得到消息后，也立即赶去探望他，十分焦急。而同学若曦之降临，竟使"正闷得发慌"的稚华"大为开心"而"又说又笑"，甚至"手舞足蹈"起来，"像个逃学成功的小学生"。两人因谈心而开心，感情交流，这是第一次，竟谈得"相视哈哈大笑"起来——在稚华家的客厅弥漫的，是纯真的笑声，是青春的欢乐，是世间难得的人情味。友谊的人情味——是绚丽的花朵，发出奇异的芳香；是苦斗的润滑剂，带来前进的动力；是绿洲涌泉，可以净化心灵。若曦知道，稚华的父母是虔诚的基督教徒，宣扬福音不遗余力："神爱世人"，"耶稣救赎灵魂"……散文峰回路转，情节起伏跌宕。但父母却不了解自己的宝贝独子。当做父亲的看到宝贝儿子正在客厅跟一个女孩子亲密说笑，如临大敌，即"气急败坏地嚷起来"。尽管"稚华涨红了脸"，央求的眼睛企望着父亲，"嘴角蠕动半天"，慌张得"话音含糊不清"，他父亲也"完全不理会"，挥着手一叠声说："走，走！赶快给我躺回去！"父母不知道：独子之孤独，正需要同龄异性的柔情温暖，甚至还应该有爱，这也是一种"爱的教育"——平民教育应该遵循的法则！父母不知道，"慰藉"他们宝贝独子的"寂寞"灵魂的，正是付诸柔情温暖以关怀爱护的纯真友谊，同龄异性，以及心灵泉水的彼此交流……

　　在《啊，台大》系列的第一篇散文《都是小姐惹的祸》中，始终洋溢的，乃少女若曦之纯真友情。这是从内心喷涌而出的泉水，清澈，透明；又好比是从灵魂唱出来的乐曲，优美，动听。所有这些，都来自作家大学生活的亲身感受。即前述楚戈知音之论：陈若曦总是用小说家的眼光来看世界，看她的周围环境——她的散文就是"小说素描"。《啊，台大》的第一幅素描：就有环境设置——台大"傅园"和稚华"家里"；就有情节起伏——从"训话"到"探病"所掀起的感情波澜；就有人物写真——纯洁、坦诚、良善、可爱而又情感丰富、内心活跃的理性少女，单纯而又真挚、害羞而又执著的初恋少男，固执、专断而又盲目溺爱的父亲，还有那在傅园"默祷"而被少女若曦撞见一面的高傲、威严、深沉的俞大彩教授……这些人物，都只用很少的浅淡的笔墨，即能点触性格，勾勒形貌，画龙点睛。还结合运用了语言、心理、表情、外貌的多种描写，有叙事，有写人，有绘景，有抒情，有议论。自传散文的创作，全是小说家的眼光，小说家的笔墨，小说家的素描。这种艺术个性除了见之于陈若曦台湾大学校园的文化之旅，所经历的"小姐"惹祸事件，所走过的感情波涛的一段路程，还见之于傅园"寡妇"，及其为人师表、教书育人的一幅素描画像，让人看到有别于台北第一女中江学珠校长而又异中有同的俞大彩教授，所呈现的台湾校园文化。

第二节　傅园寡妇素描

《"寡妇"的威严》，是台湾大学校园文化之旅，作家经历大学生活的另一种"小说素描"奇观，另一种文化校园感受。作家的自传散文一路写来，始终是以小说家的眼光观察现实世界，捕捉周围所见所闻的"素描人物"，来创作她的自传散文的。在她看来，她所接触所认识的亲人、朋友、老师、同学，都无不具有各自的鲜明个性和本质特征，带有各自的生动之画和感人之笔，都能见到她散文艺术形象的生活原型。这是作家创作前的一种"暖身运动"，一种驰骋笔墨的演习场地——由此进入角色，选定表演舞台，备好各自道具，运用小说家的文笔，把生活原型和人物素材熔铸于散文家的作品之中，塑造她的表演主角。其创作构思，始终是以她学生少女的敏锐好奇的眼光看世界的，而不断拍摄她生活化艺术化的自传镜头，创造她独擅"小说素描"之美的艺术精品。这就是为什么，有不少朋友以至亲人，如华太太阿珍、夏志清、丈夫老段……都那么关心或者怀疑自己是否也被她写进自传散文，以至在她的笔下活动"示众"。

要说散文最具小说雏形的，《啊，台大》里的"小说素描"姊妹篇《"寡妇"的威严》，要比《都是小姐惹的祸》更具代表性。而两篇自传散文的往事回忆，心理波涌，意识闪烁，"小说素描"，艺术个性，文笔情调——相比之下，可以说，《都是小姐惹的祸》是带有一点浪漫色彩的，《"寡妇"的威严》则是典型写实主义的，但也夹杂一点黑色幽默的怪诞味道。《"寡妇"的威严》里的人物多了白先勇、郭松棻，都是作家的同班同学。而主人公，则与《都是小姐惹的祸》以写学生若曦、稚华为主不同，是以写台湾大学外文系的俞大彩教授为主——她是我国五四新文化运动健将、平民教育家、北京大学和台湾大学历任校长傅斯年教授的遗孀。这是学生写老师的典型篇章。她教过若曦他们班大二的英国散文课程。未来作家在俞大彩教授一年的教学接触中，对她那为人之威严和个性之独特，有着深刻的了解，因而学生写老师，就显得特别的亲切而独具真实性。俞大彩是大学教授的另一种典型。这位女教授在女作家的笔下，一路写来，栩栩如生，呼之欲出，简直是小说里的一个典型人物，一幅素描画，其艺术魅力，令人难忘。

　　链接起来，活跃在台湾大学校园文化环境的俞大彩教授，早就在《都是小姐惹的祸》里出场亮相了。那是刚跨进台湾大学校门后的若曦应稚华的约会，先来到静悄悄的傅园，却发现"亭边站着一个女人的侧影，穿着黑衫黑裙黑高跟鞋，低着头，双手合十"，正在向她的傅斯年校长"默祷"。她显然是不喜欢被打扰，一觉察有人，"就匆匆离开"，而且是"头抬得高高的，目不斜视，脸上淡施脂粉，神情严肃而且深沉"。傲骨嶙峋，清高自尊！她给大学生若曦留下的第一个印象是："做寡妇真有威严，俨然神圣不可侵犯……"但到了《"寡妇"的威严》上第一堂课，她却给若曦另一个"崭新的印象"。先是她的服装"无异经过色彩的革命，鲜艳极了"，此外，"脚上是暗红高跟鞋；手指甲涂了大红的蔻丹，配着樱桃的唇膏；头发烫得又屈又鬈，而且梳整得有条不紊，似乎上课前才去过美容院"。这几笔素描，先集中于人物的肖像，把俞教授勾画得神采奕奕，就连若曦也发出如此感慨："我最讨厌寡妇常有的悲苦相。她这样浓装艳抹，非常合我的心意，觉得这样才像个新女性，非常佩服她的胆识。"但是若曦认为：俞教授最慑人心的，不是"服装打扮"，"色彩革命"，而是她的"神情"——也就是她的"威严"。因而作家的素描笔墨，主要是对准人物带个性特征的语言、心理、行为的一些表现，加以勾画的。

　　若曦"经常逃课去旁听别系的课"，唯独俞教授的大二英国散文"不敢逃"。俞教授上课点名有特别严格的措施，全班同学按姓氏的英文拼音字母排列座次，出席情况，一目了然。但尽管如此，由于她"以严厉闻名，据说给分数很苛刻，又好整学生"，同学还是不断逃课，纷纷转到别的教授之旗下，使原有三十八名学生只剩下十六名。这十六名意志坚定者，或"出于好奇"，或"不信邪"，而若曦却坚信名牌教授凶也要凶得有理，何况"名师出高徒"，"将来说不定很有出息"……这里也有作家安设在散文开头部分的"文眼"，由此"文眼"即可让读者看到那隐藏和封闭在教授威严形象之中的人物的自我价值。但这只是小说家惯用的微露端倪，作家的这一幅人物素描，其价值，主要不在于揭示，而在于隐藏，在于封闭。用什么来隐藏？用什么来封闭？——用威严。因为威严，恰恰又是俞教授最突出的一个性格特征。作家抓住的，正是最能揭示人物内心隐秘的本质特征；人物的自我价值，就隐藏和封闭在性格的本质特征之中。抓住了性格的本质特征，也就抓住了人物的自我价值。这又好比是小说家所巧用的一种"铺垫"和"蓄势"手法。作家一支生花妙笔所触及的,更多的是台湾大学师生教学中的细节描写,对准的是俞教授的威严形象,借此而反复皴染——

这里有她的教态:她上课时是不大看学生的,好像学生都不在她的眼里。那不屑一顾的眼睛"不是瞧着窗外,就是盯着天花板";那高傲的头"永远是抬得高高的,像引吭高啼的姿态"。要是逢上她穿旗袍,气派则"比慈禧太后还威严",而且"双手架在背后,旁若无人地在讲台上来回走动,演独脚戏似地唱做俱佳"。但表情"显得冷漠而且遥远",其思绪"不飞到天涯海角",起码也有"傅园那么远的距离"呢……这里有她的课业:一次课堂作业居然叫同学举例"分析句子的构造",这种属于初中语法范畴的作业不由使大二学生"面面相觑",不知何意。但由于"教授的威风凛凛",很吓人,即使是分析"我是一个学生"这样的英文句子,被提问的女生也都或措手不及,或张口结舌,或不知所云,有的则"语无伦次",甚至"答非所问"。这就把俞教授气得直嚷道:"你们的英文程度这样糟呀!"经这一吓,几个女生都"低垂着脑袋",惟有若曦"头抬得高高的",但俞教授却"看也不看我一眼,管自煞有介事地分析这个句子的语法,好像台下是一群初中学生"。再是一个被"罚站"的女生因受不了这种"侮辱"而"掩面而泣",又引起俞教授发火:"出去,出去! 要哭到外面哭去!"而且还"气呼呼地"亲自把教室门打开,硬是把这一女学生"撵了出去",才继续讲她的"主语和表语"。直到下课前发给大家几页讲义后,她才"昂着头离开教室",好像什么事都不曾发生过……

这里也有她的偏爱:若曦说,俞教授一向有"不喜欢女生"而"偏爱男生"的美名,"在系里流传颇广,在我们班上也得过证实"。这就是散文写到的,一个是稚华,一个是白先勇。稚华是俞教授严厉教学法的知音,崇拜者,当时他正想出境而下苦心专攻英语,很想向老师请教进修的窍门。但老师行踪"飘忽如云",又"不苟言笑",谁也不敢拦阻她片刻;课后更是找不到她,因为她家大门紧闭,大门上的小门最多也只能"开了约四寸宽的一条缝",以供"老师露出了半部脸"向外窥探……俞教授就整个儿隐藏在这一完全封闭的小城堡里。所以寒假当稚华拉着若曦借口拜年要向老师请教时,俞家竟紧闭得连学生一句"新年恭禧"都听不进去,而让他们"愣在门外",一直瞎等到里面俞教授嘟嘟嘟的高跟鞋声消失了,才"怅然离开"……问题就出在稚华拉若曦一起来——若曦说,要是稚华单独来,是不会吃闭门羹的,因为俞老师不喜欢女生。不喜欢女生,就有女生答不出问题而被罚站;偏受男生,就有男生答错问题而得到客气的优待。跟随孙中山革命的将帅白崇禧的五公子,长得很帅气的白先勇就是一例。那天他被叫起来提问,是关于第二次世界大战爆发的年月,是小学生的问答题。但白先勇却和所有的女生一样,也紧张得"方寸大乱",竟答到"一九四二年"。若曦正在为他"捏着一把汗",全班同学也正在屏声静气、心慌意乱之际,却意外地听到俞教授一声亲切的

"请坐下",战争乌云一扫而光。这正说明,俞教授并不是不分青红皂白的一味威严可怕的,对男生就特别宽大宽容,也特别柔情客气。

若曦说得对,俞教授"也有她仁慈的一面"。这是作家的人物素描从平面转向立体。那是下学期的最后一堂课,她突然说:"这样吧,我们玩一个游戏。"好比是从天而降的福音,简直难以置信!又搞得同学们"面面相觑"了。什么游戏呢?竟是要每一个人轮流"说出一项心愿,随便想什么,说什么都行"。于是作家的小说素描,画出了几个动人的画面,完全扫荡了一学年来由于师道尊严而带给学生的紧张、恐惧心理。大家自由诉说,表达心愿,像得到了个性解放,"人权自由"。当若曦被第一个指着发言而"像跟着乐队指挥棒似的"立即从座位上"弹起来"的时候,"心情激动得很"。但若曦毕竟是心直口快的,她的心愿就是她的观点:"我但愿,天下的寡妇都再嫁。"简短一句话,如一声响雷,震荡强烈:女同学是"咬着唇皮"而"强忍着不敢笑"。俞教授呢?是"鼻孔扭曲了一下,随即朝窗外望了一眼",内心里似乎正在忍受着一种寡妇固有的悲伤,莫名的痛苦。但她这次没有发火,一点都不威严,而是"回头就示意我坐下"。居然没有对女生"罚站"。轮到郭松棻,他的心愿,正热衷于西方加缪和萨特的存在主义,在神游西方现代主义文学世界中,他正从理想王国"魂游归来",慌慌张张,就脱口而出:"我……我愿意娶一个有钱的寡妇!"男生的这一心愿,正与女生若曦的心愿,彼呼此应,不谋而合。这一下子,整个课堂炸翻了锅,笑浪汹涌,激情澎湃。就像《红楼梦》里刘姥姥二进荣国府那场凤姐和鸳鸯在贾母面前导演而惹出来的笑剧,若曦是"忍俊不住,轻声笑了出来",全班同学更是笑态百出。就连从来没有在学生面前笑过的俞教授,也忍不住,"也笑了"——真是难得的千金一笑,一笑千金!但她是笑得那么短暂,有如闪电,"稍现即失"。随即,"她又把脸投向窗外,表情仍然是神圣不可侵犯",又威严了,又可怕了。但尽管如此,这"千金一笑",毕竟是开放在寡妇痛苦心灵中的一朵耀眼的鲜花,毕竟是投射在教授威严性格上的一线阳光——阳光让学生在她身上得到师生感情的温暖,闻到了教书育人的人情味,见到师道尊严的一线光明。

若曦在散文中说得好:"这短暂的莞尔一笑,却使她在那一刻显得无比的美丽和温柔。看到这一笑,我整年的羞辱和挫折都得到了补偿。"未来作家不仅得到了补偿,也是得到了收获的。若曦自己就认为俞教授这门课,"使我在大学四年中,真正用功了一年,这一点叫我终生感激"。因而若曦后来所取得的散文创作成就,不能说就没有受到俞教授大二英国散文课程的教益。还有后来跟陈若曦等一起留学美国一起崛起于华侨文学世界的著名作家白先勇,课业成绩一年中一直保持九十分的全班最高分,也都是俞教授的为人师表教出来的。更不用说稚华对俞教授的无限"崇拜"了。仅就这些有代表性的事例,培育人才的成果,即足以说明俞教授威严的为人和严厉的教学,是不愧为傅斯年的遗孀的,是不愧为台湾大学的教授的。比起当今高校多如牛毛的"校长教授""书记教授""假教授""伪博导"团队的为人为师,比起这些宝贝们的教学态度与年年先进的"教学成果",比起他们对学生的"教书育人"及其影响,则是"不可同日而语"的。散文到了结尾部分,所突显的封闭和隐藏在教授威严形象之中的自我价值,正好与作家安设在前面的"文眼"相互照应。这一亮"底",也正是平民作家陈若曦在她的"小说素描"散文中一路追求的。即如老一代小说家、散文家老舍说的:"小说的'底',在写作之前你就要找到……'底'往往在结尾时才表现出来,'底'也可以说是你写这小说的目的。"①这一结尾,又好比是世界三大小说家之一欧·亨利小说的"强铺垫式"结构②——有了"情理之中"的"强铺垫",才有"意料之外"的结尾。

---

① 老舍:《小花朵集》,百花文艺出版社1963年版,第97页。
② 阮温凌:《走进迷宫——欧·亨利的艺术世界》,中国社会科学出版社1997年版,第445—446页。

第四章
陈若曦自传小说
——教育视野破冰旅

陈嘉庚、李清泉故乡泉州,也是旅居加拿大、美国的华侨作家陈若曦祖辈的故乡。祖籍地有史缘、亲缘的吸引力,有两岸统一的感召力,推促她踏上大陆破冰之旅,诞生她第一声春雷的"文革"小说集《尹县长》,与白先勇的民国史小说异声同响,响彻华侨世界。陈若曦台湾"桃花源绿洲"文化之旅的自传散文体现"小说素描"艺术个性,而大陆"古拉格群岛"文化之旅的自传小说则兼有"散文笔法"创作风格,带有自传的真人真事成分,各篇小说都有作家的形象与化身,如文老师、小文、"我"、陈老师、柳向东、耿尔诸多角色,而活动地点和生活环境,也多被安置在南京的水利学院或其他学校。台湾大学同窗,陈若曦和白先勇,都关注大陆同胞命运,都是奔走于华侨世界的文化使者。陈若曦有"文革"破冰之旅,白先勇有昆曲艺术之旅。陈若曦书中的自序,白先勇的《乌托邦的追寻与幻灭》,均异口同声否定"文化大革命",与邓小平在《党和国家领导制度的改革》否定"文化大革命"之言论此呼彼应,两岸共鸣。胡耀邦则读过陈若曦的《尹县长》一书,"下了评语"说:"我看过你的书,写得很真实,没有夸大嘛……"[①]以此为鉴,借"桃花源"反观"古拉格",探索新领域,写下新篇章,有"六座岛屿",有"独行女侠"。

第一节　六座岛屿

陈若曦经大陆破冰之旅之后,回归北美旅居加拿大六年,成了华侨世界的一颗文学明星。她以痛定思痛的复杂感情,以亲临其境的深刻体验,以第一个见证人的特殊身份,创作她第一部反映"文化大革命"亲身经历的小说系列,并被翻译成其他国家的文字,世界瞩目。这是作家带给自由民主的加拿大旅居地的一份贵重的见面礼。她是完成早期创作之后,从加拿大开始走上世界文坛的。就其创作意义和小说影响而言,陈若曦可以说是影响深远的加拿大华侨作家。当时

---

① 陈若曦:《坚持·无悔》,台湾九歌出版社 2008 年版,第 289 页。

白先勇"隔岸观火",也写过反映海峡彼岸知识分子受尽浩劫的小说,如《夜曲》《骨灰》《冬夜》等,都属于"反右"小说和"文革"小说。他俩虽有直接、间接的不同体验,却有正面、侧面的"交融互补",各自的创作道路和艺术个性都有相通之处和迥异之别,而对彼此的小说也都很了解。但有趣的是,若按大陆时髦的"有成份论"观之,他们的家庭成分却正好是"对立"的——跟出生在大陆将帅之家的白先勇不同,陈若曦是出生于前辈三木匠之家的台湾农村贫民,是"无产阶级的女儿"①,带有反叛性格和探索精神,上流社会与底层社会,家境身世,天差地别。环境影响性格,性格决定命运。只有"无产阶级的女儿",而不是"将帅之家的五公子",才有可能出人意料的,为海外作家所不理解的,毅然抛弃留学美国后的美好前程,投奔祖国大陆而卷入"文化大革命"的旋涡。而以此壮举与七年熬煎为代价,才磨炼而写成作家的一部大陆同胞的灾难史、血泪史。

华侨作家陈若曦登上"古拉格群岛"磨炼七年带来自传书写的六篇小说,反映"六座岛屿"悲剧真相的《尹县长》一书,是如何诞生的呢?作家回忆说:她同夫君俩于一九七三年十一月携带在"文革"诞生的两个小孩来到香港,惊魂未定地在香港居住了一年,此间她受聘于新法书院教英文。放弃文学理想桃花源的作家,搁笔十三年后才又重新提起笔来。"当时胡菊人要我写点东西,对于'文革'发生的事,我知道得很多,创伤很大,原来也不想去揭,后来学校放假,实在没有事可做,而那些年的事情却天天都盘踞在你的脑子里,我想念那里善良的老百姓,所以我才开始写。"就这样,小说代表作《尹县长》捷足先登,在香港《明报月刊》一九七四年十一月号发表,一炮打响,一举成名。在香港写的还有《耿尔在北京》,也是名震海外的代表作。

白先勇所谓的无产阶级女儿,是来自西欧批判现实主义文学的一种政治名词,一种文化称谓。十九世纪"无产阶级革命"的典型环境,出现西方文学名著的"无产阶级女儿"的典型人物。出自天真纯朴、吃苦耐劳的美好天性,这些无产阶级的女儿经常遭受有产阶级的公子糟蹋,在金钱社会遭劫受难,酿成悲剧,成了十九世纪西方批判现实主义文学常写常新的"陈旧主题"。而在东方批判现实主义作家中,二十世纪的无产阶级女儿陈若曦,则受其纯真纯朴、正直正义、无私无畏的美好天性之推使,追求真理,胸怀祖国,向往大陆而陷入同胞内斗相残的"围城",从悲剧中逃生,回归西方,写下二十世纪批判现实主义文学的常读常新的"古拉格群岛"自传小说。白先勇的评论文章把《尹县长》一书与"古拉格群岛"相提并论,说"人类自古至今,不停的在追寻乌托邦,在制造乌托邦。基督教的伊甸园,佛教的西天极乐世界,儒家的礼运大同,道家的世外桃园,还有无数的政治

---

① 白先勇:《乌托邦的追寻与幻灭》,载《尹县长》,台湾九歌出版社2005年版,第15页。

家、革命家拟绘的乌托邦蓝图,使得人类如痴如狂,永远不断的在追逐这些美好的远景。"①为了追求乌托邦,陈若曦也正如当时对苏联标榜的无产阶级乌托邦抱有美丽幻想的奥登、纪德等左倾作家一样执著。她在美国获得硕士学位后即急于"回归",于非常时期的一九六六年取道欧洲来到大陆,目睹了七年文革民族大浩劫大灾难的真相。一时江山变色,日月无光。其遭遇恰如从天堂掉进地狱,无不因此而冷静了头脑,加深了认识,增强了理智,扩大了视野,以另一个世界的炼狱人生,完成了惊心动魄的"古拉格群岛"的文化之旅,"把目击到'文革'这场大劫难,作一个记录,向历史作证"。作家曾在《写在〈尹县长〉出版后》一文强调说六个短篇小说"是根据真实故事"来写的,虽"以小说方式处理",但只有《任秀兰》例外"——"任秀兰的事件使我很悲伤,所以我如实叙述,与其说是写给读者看,不如说是写给我自己看,纪念那一段惊心动魄的日子。为了存真,我放弃了小说写作常用的手法,即把传闻化为亲身经历来增加可信性。"而且真实到连任秀兰这一姓名都没有改变,按真实姓名,指名道姓请上"文化大革命"的政治舞台。

　　"文革"小说集《尹县长》反映"古拉格群岛"的政治气候和社会形态,也正是:"一九七四年山西太原市的国家干部张珉、赵凤歧、罗建中等十二人,出于对党和国家的命运的担心,对林彪、'四人帮'推行的极左路线和散布的种种谬论,进行了揭露和批判。他们指出:'批孔是作批判周总理的准备'……'张春桥、姚文元把别人打下去,自己上台,是真正的托派野心家';江青飞扬跋扈,横行一时,必将'千古遗臭,万人唾弃'……"②就在这样的一个时代背景,文学独行侠陈若曦在"古拉格群岛"的典型环境,创作她"文革小说"形形色色的典型人物。这些典型人物就分布在《尹县长》一书的六篇小说——《晶晶的生日》《耿尔在北京》《尹县长》《值夜》《查户口》《任秀兰》,可以看成是作家串联"古拉格群岛"的六座岛屿,构成一个统一体,又好像是一部长篇小说的六个章回。"古拉格群岛"的六座岛屿,林彪和"四人帮"制造大悲剧大灾难,触目惊心。当时被打进地狱的受害者,就有老干部和知识分子两大"家族"。即如白先勇在《乌托邦的追寻与幻灭》概括的:"老干部上至刘少奇、彭真,一直下来,株连万众,纷纷遭遇到兔死狗烹的悲惨命运;而知识分子,牵连更广,著名的如老舍、傅雷、吴晗,皆死于非命,许多不死的也斗成了废人。"打开这些血泪斑斑的小说细读,可以看到作家对"古拉格群岛"的考察与描写,比当年伟大的无产阶级作家高尔基更直接,更深入,也更能展示人类最残酷最黑暗的一幕——中世纪反动教会的罪恶统治在"古拉格群岛"的重演与再现。"文化大革命",众多悲剧人生,六座岛屿的社会惨案,都在陈若曦

① 白先勇:《乌托邦的追寻与幻灭》,载《尹县长》,台湾九歌出版社 2005 年版,第 17 页。
② 戴煌:《胡耀邦与平反冤假错案》(修订版),中国工人出版社 2004 年版,第 159 页。

的写实手法和质朴文字中得以展现。

文学独行侠陈若曦的文学创作生涯,眼光是始终向下的,面向平民百姓的,面向底层社会的,面向苦难人生的。从反封建、反迷信的写实小说创作早期,延续到"古拉格群岛"自传小说创作期间,所表现的对劳苦大众的同情与关爱,是一脉相承的。批判现实丑,追求理想美,所彰显的人性主题,所表现的文学倾向和艺术风格,均有发展轨迹可寻。而回归祖国的破冰之旅,炼狱之作,则是冒险家独行侠在"古拉格群岛"六座岛屿的捷足先登。她一路走来,起自台湾本土,留学美国,成为作家,远离西方文明,深入大陆"禁区",获得"新生"而诞生"文革小说",炸响海峡两岸的第一声春雷,标志着陈若曦创作的一个新的里程碑,填补中国当代文学和华侨文学的一项空白。

海峡彼岸的九歌出版社出版《尹县长》一书,还在书的封底,写上综合性的肯定与评价:"陈若曦细腻地刻画出中国'文革'时期对人性的扭曲与百姓的迫害,这六篇小说实际上就是她在大陆生活中所见所闻的具体呈现。在当时国共对立的敏感时期,她以亲身经验直抒于文,让人直接目睹并感受到对岸人民生活的艰辛与苦楚。"对独行女侠登上六座岛屿的探险之行,海峡两岸学者的理解见解,分析评论,是同感共鸣的,心有灵犀的。

第二节　独行女侠

陈若曦似乎是带着"朝拜圣地"的宗教虔诚之心,兴奋"回归"的。却没想到兴奋得发热发胀的头脑,一下子被蒙上一头"雾水",在反常而又狂热的世界历经七年的炼狱生活,进行一次恐怖的脱胎换骨。她是怎样的一位作家?她有多少探险的勇气?竟敢身先士卒,闯入禁地,踏上戒备森严的"古拉格群岛"!这是一种反叛,也是一次追求。但为什么有人怕她,恨她,压她,拒她于千里之外?为什么又有人爱惜她,敬重她,鼓励她,为她的祖国万里行保驾护航?为了深入"古拉格群岛"自传小说探魅,这是首先要探究的问题。归根到底,是来自生活境遇,来自民族素质,来自道行修炼;是环境影响性格,性格决定命运,命运激起反叛。要揭开"古拉格群岛"的探险之谜,还应从作家的文学生涯及其具体作品去寻找答案。美国著名理论家雷·韦勒克、奥·沃伦指出:"文学研究的合情合理的出发点是解释和分析作品本身。无论怎么说,毕竟只有作品能够判断我们对作家的生平、社会环境及其创作的全过程所产生的兴趣是否正确……文学研究的当务之急是集中精力去分析研究实际的作品。"[①]这一论断,对理解闯进"古拉格群

---

① 〔美国〕韦勒克、沃伦:《文学理论》,生活·读书·新知三联书店 1984 年版,第 145—146 页。

岛"的独行女侠,有指导意义。再看作家所强调的:"十多年来写小说,我一直坚持故事背景的忠实,也即故事情节可以虚构,但是时空要真实反映,好歹小说也可作为历史的一种纪录。"①这样一来,对作家作品的探赏与研究,就有自己的把握,就有理直气壮的通行证了。

独行女侠陈若曦比同学作家白先勇迟生一年,于抗日战争爆发的第二年出生在台北县农村,祖籍闽南,父母是来自泉州、漳州的第四代移民,父亲家是木匠,母亲家是佃农。由于出身贫苦,她九岁以前一直生活在乡下,在田地劳动中拓展人生视野,跟劳苦大众生活在一起,开始她"无产阶级的女儿"之成长历程。考读省立台北第一女子中学后,即爱上文学,勤于写作,靠投稿赚稿费供学费之用,曾获《中学生杂志》征文比赛冠军,是当时颇有影响的《国语日报》的热心作者,与同班同学琼瑶,还有欧阳子等一群少女作者,一起在文学艺术的环境中长大,成为中学时代的女才子,走上文学独行侠之路。考进台湾大学外文系,有幸受教于傅斯年校长和黎烈文、夏济安、台静农、俞大彩等名教授之门下,曾连续在夏济安教授主编的《文学杂志》发表最早的系列小说,从此走上平民文学和平民教育的人生之路,大展宏图。与白先勇、王文兴、欧阳子、刘绍铭、叶维廉、李欧梵等同窗发起组织南北社,创办中国大学生第一家杂志《现代文学》。由于热爱中国古典文学和五四运动进步文学,特别是鲁迅小说,她受中国现实主义文学传统的影响很深。又在台湾大学接受西方文学思潮的影响,因而早期小说带有现代主义色彩,善于幻想,注重抒情,追求诡秘,文笔超脱,扑朔迷离,伤感怪异,如《钦之舅舅》《灰眼黑猫》等,可视为代表作。

当时《现代文学》标榜"现代主义",注重"横的移植"。作家曾回忆说,在大学时代,觉得台湾文艺不行,落后,所以把海外的东西都搬过来,从"虚无神秘"一变为向往存在主义,特别受卡夫卡、加缪、萨特的影响更大,其实也只是"学到人家的一点皮毛",甚至连同他们的虚无、颓废的东西,都"兼收并蓄"了。这种盲目模仿,其实是跟文学独行侠陈若曦的家庭身世、生活经历不兼容的,甚至是格格不入的。因而大学毕业前她曾有过创作反省和文化反思,而从"现代"回归"传统",并有所创新,寓"传统"于"现代"。当时作家创作《最后夜戏》,反映她熟悉的台湾故土现实生活,描写一个歌仔戏女艺人的人生际遇,独行女侠的风格即为之一变,而奠定她回归中国文学传统的现实主义创作基础。获得奖学金留学美国后,她在曼荷莲女子学院和约翰·霍普金斯大学深造并获得文学硕士学位,与於梨华、白先勇等留美学生形成最早崛起的"留学生文学"作家群而成为有影响的代表作家之一。为促进和繁荣海外华侨女性文学创作,她曾创组一个海外华文女

① 陈若曦:《坚持·无悔》,台湾九歌出版社 2008 年版,第 324 页。

作家协会,当选首任会长。历任中华妇女作家协会常务理事,中华民国著作权人协会秘书长,专栏作家协会副理事长,晚晴妇女协会和荒野保护协会永久会员兼义工。两度获中山文学奖,连续获《联合报》特别小说奖、吴三连文学奖、吴浊流文学奖等多种奖项。其文学实践和文学成就,让人看到"无产阶级的女儿"的志气和勇气,看到独行女侠之正直、正义、正气,特别是她的探索与探险,始终表现一位文学独行侠的叛逆个性和民族精神。

独行女侠精神,是为其叛逆性格所决定的,决定作家走过的人生道路。一来到世上,即见日寇侵略战火遍地燃烧,两岸同胞灾难深重。非常时期诞生非常作家。民族忧患,血与泪,剑与火,推促平民作家成熟,因而她敢怒敢言敢写敢为,勇往直前,追求理想,捍卫真理,表现出她独行女侠的英雄本色。她的文学创作像巴金一样,敢说真话,把心交给读者,始终渗透有自传成分,把文学创作的主客观因素交融为一体,从桃花源反观古拉格,反映时代风云人物,伸张正义,张扬人性。然而能够理解人性作家的知音极少,能挖掘到隐藏在"文革小说"《尹县长》一书之宝者也不多见。惟巴乌斯托夫斯基之见解,可作研究之参照:"就其实质而言,每一位作家的创作,同时也就是他的自传,在某种程度上以想象力加以改变了的自传。这种情况几乎永远如此。"又说:"对于所有著作,特别是自传性质的作品,有一条神圣的规则——只有到作家能讲真话的时候才应该写。"①陈若曦的大陆破冰之旅自传小说,就是历经七年炼狱逃出"围城"之后,经香港返北美旅居地而能讲真话的时候,"才应该写"的。

"古拉格群岛"的六座岛屿,六篇揭示罪恶现实的自传小说,无不渗透独行女侠大陆噩梦的自传成分,而且是以人性的良知写出她性格的反叛和理想的追求的。就连小说人物,如《晶晶的生日》和《查户口》里小心谨慎的文老师,《任秀兰》里规规矩矩的陈老师,《耿尔在北京》里从美国留学归来的多感多愁的耿尔先生,《值夜》里从台湾花莲港到美国留学又从美国回归大陆的正直正义的柳向东先生,以至《尹县长》里从红色的革命首都北京来的冷眼旁观的"我",等等,都有作家自己的形象影子和生活原型。通过"她"或"他",在"代言",在"表白",在"申诉",在"哭泣",悲剧形象,到处闪现。就连这些人物的活动场所,如水利学院,"五七道路"劳改地,苏北劳动农场,等等,也都有独行女侠劳动过生活过的鬼门关,成了小说典型环境的构成部分。平民作家遵循的是巴乌斯托夫斯基的"自传规则",即只有到了作家穿过"文革"黑幕而来到自由世界的时候,才能写出她"能讲真话"的所见所闻,而见出独行女侠之反叛、之追求、之好强、之好胜。这种人品文品,即使来自台湾大学校园文化之旅的自传散文,及其自传书写的回忆篇

① 〔俄国〕巴乌斯托夫斯基:《一生的故事》(第1卷),河北教育出版社2001年1月版,第1—2页。

章,也随处可见,也有感人文字可读。

早在青春觉醒的少女时代,陈若曦即能在无产阶级家庭苦修苦练,胸怀大志,心系同胞,在丑恶环境"出淤泥而不染"。她有幸恩承平民教育名校名师的良好教育,沐浴民族文化的朝露和传统美德的甘霖,吸纳祖国宝岛的春风夏雨和乡土母奶的丰富营养,脱颖而出,成为奇才。反叛性格,探索精神,知人知心知情知性知音,独行女侠崇敬的,受其影响的,有三位精英人物:一是《我们那个年代的中学生》里的台北第一女子中学的江学珠校长,平民教育家;一是《杨逵精神不朽》里的抗日斗士杨逵,平民作家;一是《知识分子的朋友胡耀邦》里的胡耀邦总书记,继周恩来之后的平民领袖。他们都是海峡两岸的圣者,其影响之最,感受之深,早已渗进平民文学的血液之中。因而文学独行侠陈若曦一生从事文学事业、涉足高校教育,过问国家大事,有了指路明灯,凝聚成春秋史笔,在人生写照和自传书写中,笔下风雷激荡。

陈若曦虽没有机会见到举世共仰的平民领袖周恩来,却有幸见到被誉为"周恩来第二"和"知识分子的朋友"胡耀邦,亲聆其教诲,恩承其关爱,深受其影响。胡耀邦又是作家"古拉格群岛"文化之旅过后唯一读过陈若曦"文革小说"的平民领袖,并赞赏她"写得很真实,没有夸大"的唯一的一位中国共产党总书记。在《知识分子的朋友胡耀邦》一文,独行女侠写道:一九八五年春天,她蒙胡耀邦约见于中南海交谈了两个小时。从小受苦的放牛娃出身的胡耀邦,"小时失学,但向来尊重知识和知识分子,自己也从不放松学习","日理万机,每天仍然挤出一两小时看书"。他衣着朴素,笑容可掬,平易近人,没有"一人之下,万人之上"的威严,且言辞活泼,表情丰富,说话坦率,心口如一,常辅以手势,加重语气,激动时全身姿势都会调动起来,"不怕流露真情",也"不拘小节","具有改革家的特征"。那挥手让座的"亲切和诚挚",让人顿忘这是警卫森严的中南海,而仿佛置身于朋友家中,有宾至如归之感,随和得让人随时都愿把心掏出来。而与那些即使是芝麻小官也不可一世的贪腐之辈相比,是很有教育意义的。平民领袖对平民作家谈心,其开朗坦诚,温和亲近,谈笑潇洒,春风化雨,有如"倒吃甘蔗,渐入佳境"。其吸引力和感染力对独行女侠之震撼,印象最深的,是"他能接受不同意见,并有承担错误的胆量",是既"承认一些缺点错误,也坚持他的原则,却没有强加于人的意思"。——"难怪知识分子信任他,有困难都去找他",而且随时找他随时接见,哪怕中午休息,哪怕深夜办公。因而作家跟总书记平起平坐,也向他坦诚提出"一国两治"问题,藏族文化问题,共同讨论国家大事,发表政治见解,十分融洽。交谈中,胡耀邦"谈锋极健,我提一个问题,他回答上半小时,旁征博引,洋洋洒洒"。而令作家感动的是两件事:一是解放干部和起用知识分子,他们大多是陈若曦"文革"小说中"古拉格群岛"的岛民,以及受迫害最惨的文学家、艺术家、科学家等等。平民领袖胡耀邦做了大量工作——"任党校校长时,正是他首先扳倒了康生的打手李某,为邓小平和彭真等老干部的复出铺平了道路";在平反冤假错案时,他更是事必躬亲,"小到像林希翎——一个右派分子的摘帽问题,他便下过两次条子"。二是他六十岁半高龄还冒险登上世界屋脊,"高烧不退还抱病工作,躺在床上也接待各路干部","与疾病和岁月争分夺秒,顽强到忘我无我地步"。忧国忧民,爱惜人才,真正做到为人民服务,一生都是人民的奴仆,堪称继周恩来之后的"周恩来第二"! 周恩来和第二位平民领袖胡耀邦,才是真正的表率、典范,深得民心,令华侨作家和全国人民尊敬。

胡耀邦平反冤假错案,以实际行动彻底否定"文化大革命",所表现的英雄胆识和革命壮举,是功勋卓著的,永载史册的。"胡耀邦对平反出力最大,最有胆识,态度最坚决,断案最公正"①,对此历史评价,早已在神州大地传颂不息。平民作家早在书中哀悼:"今日的大陆,知识贬值,知识分子的地位跌到谷底;而干部的腐化,以权谋私,改革正处于难关重重之际,他的逝世特别令人感到惋惜!"受胡耀邦的启迪,陈若曦回台湾后还联合台湾作家创立"西藏文艺研究会",致力于促进民族文化的交流交往。后在《青藏高原的诱惑》一书前言,作家还提到:一九八五年有幸与胡耀邦晤谈,"承他邀请,让我去西藏看看","初次实地接触了藏族文化",自小向往青藏高原盼望前往探险考察的愿望得以实现。她又以顽强的探险精神,面对高山气候不适、生活差异的种种困难,两次深入青藏高原的神秘世界探险。沿着唐蕃古道,追上世界屋脊,踏上青藏公路,转向险绝的川藏公路——历经青海湖和鸟岛,月球般寂寞的柴达木盆地,高原新城格尔木,世界最高的城市那曲,尼洋河畔的明珠林芝,西藏的"黄河"雅鲁藏布江,日光之城拉萨,后藏首府日喀则,英雄城市江孜,美如天女下凡的羊卓雍湖。进而探访白教古刹瞿昙寺,黄教始祖诞生地塔儿寺,两百七十年历史的孝感寺,包罗万象的藏医院,一千三百多年历史的昌珠寺,藏族历史第一座宫殿雍布拉岗,萧索凋零的藏王墓,建筑艺术登峰造极的布达拉宫,历尽沧桑的大昭寺,繁花似锦的宝贝园林罗布林卡,历代达赖"母寺"哲蚌寺,灿烂辉煌的扎什伦布寺,汉藏合璧的夏鲁寺,明代建筑白居寺和"十万佛塔"八角塔……独行女侠深入祖国的文化博物馆,探索人类的神话世界,马不停蹄,探险探胜。了解藏传佛教,游览西藏风光,访问藏胞生活,沟通民族感情。青藏高原文化之旅是"古拉格群岛"文化之旅之延续,是又一次人生磨练与文学升华,是又一次追求真理的倔强性格和勇往直前的探索精神之高扬。

陈若曦身为探险作家,独具独行女侠的英雄本质和传奇色彩,在海外华侨作

---

① 戴煌:《胡耀邦与平反冤假错案》(修订本)提要,中国工人出版社 2004 年 7 月版。

家中是独标一帜的,堪称一绝的。她追求理想的坚强性格和无往不胜的探索精神,先是遭遇无产阶级"乌托邦"和社会主义"理想国"之幻灭,再是经历大中华民族文化及西藏佛教文化之洗礼。一个是政治环境的冒险,一个是自然环境的探险,都有对大陆同胞的亲近之写,都有对祖国河山的观感之言。而根据作家《写在〈尹县长〉出版后》的自叙"三部曲",此前走过来的文学之路——在与同学创办《现代文学》时期,是相信"文以载道"的,认为文学本身负有严肃之使命,绝非贵族或有闲阶级之消遣品,若不能为民之喉舌,至少也要客观地反映生活,"于是我走出了自己的象牙塔,开始研究起自己所来自的阶层,关心他们的遭遇,体会他们的感受,尝试着去表达他们的喜怒哀乐";美国留学时期则突然来个大转变,觉得写在纸上的"文以载道"还不够,还应该身体力行,而且只有政治才是大方向,行动本身才有力量,个人要对国家民族做出贡献,非投身到"革命的洪炉"去不可——所以当马丁·路德·金领导和平示威由南方步行到华盛顿时,"我也加入了队伍的尾巴","黑豹党崛起时,我特地赶到南方去调查'学生非暴力行动委员会'的活动";到了"古拉格群岛"探险时期,最大的行动是在一九六六年秋经由冰岛和欧洲而飞去北京,"除了照抄如仪的政治八股外","没有提笔写过什么","那场文化大革命把我的雄心壮志全革去了",十年后再提笔写"文化大革命"的纪实小说时,则来了一个飞跃,"可不是要重温当年想当作家的美梦了"。其升降浮沉成败得失,都是造就作家的必由之路,都能见到作家"爱拼才会赢"的性格发展和精神发扬的人生轨迹。而且由彼岸而此岸,一直延续到回台湾定居的世纪之交,还可以追溯到台湾大学校园文化之旅的回忆文字,从"桃花源"反观到"古拉格"……

第五章
陈若曦自传小说
——教育视野文化观

独行女侠的大陆破冰之旅自传小说,之所以与华侨作家白先勇的民国史小说异声同响,响彻世界文坛,即在于有一样的人性善恶之共识,有一样的悲悯情怀之表达,都一样揭示了非常时期两岸同胞不应该发生的悲剧命运。以教育视野观之,他们的人性觉醒和文学起步,始于台湾大学同窗创办文学杂志《现代文学》,继而启动大陆的文化之旅,关注海峡彼岸的风云变幻,成为中华赤子的文化使者。拙著华侨文化研究书系中,两位华侨作家专著之构成,乃源自研究生教材教学之课题,来自陈若曦赠阅大陆找不到的《尹县长》与《我们那一代台大人》等著作,而从此海峡子规飞鸿不断。陈若曦以"文革"小说集《尹县长》加入巴金建造的"文化大革命"博物馆,与老革命家老共产党员老作家韦君宜的《痛思录》一起成为其中成员。邓小平以《党和国家领导制度的改革》言论否定"文化大革命",胡耀邦以超人智慧和非凡胆识彻底平反冤假错案否定"文化大革命",陈若曦则以大陆破冰之旅的自传小说集《尹县长》否定"文化大革命",白先勇也以评论文章《乌托邦的追寻与幻灭》否定"文化大革命"。先知先觉者都以自己的影响威力,宣判"文化大革命"死刑。这里有其"前因后果",还有到处泛滥的"愚忠文化""监谤文化""惩艾文化""戕贼文化"。海峡子规啼血叫唤,声声教育子孙后代。

第一节　前因后果

深入"禁区"探险,独行女侠才发现"古拉格群岛"的各个岛屿,都有"江青反革命集团"极权统治者在制造人间悲剧。他们以强权政治、僵化思想、庸俗哲学、腐败文化,灭绝炎黄子孙的人性,摧毁中华民族的传统,而以愚民政策的神化统治和兽性行为,标榜为革命准则。所谓时代主流,是红卫兵与白卷英雄,是红色海洋与白色恐怖。这是陈若曦"文革"小说创作的思想主旨。假如不认识强权政治的这种典型环境,就无法认识"古拉格群岛"的文化形态,及其魑魅魍魉之危害。作家步履所至,触目所及,探索的文化形态,不管今后历史是否演变,政治是否改良，后人是否反思，都无法改变其先入为主的创作动机及其教育效果。积淀于人性作家生活体验的春秋史笔，常写常新，永不忘怀——因为历史不能遗忘，不容遗忘。大陆破冰之旅跟纪德、奥登等人一样追寻无产阶级"乌托邦"的华侨作家陈若曦，在"文革"小说集《尹县长》的新版自序直言："毛泽东发动文化大革命……随着时光流逝，人们对这场几乎革掉中华文化的政治运动，可能记忆淡忘了，甚或全然陌生。无论如何都是可惜的事，因为忽略历史的经验和教训，悲剧可能一演再演。《尹县长》写作不够完美，却是那个荒谬、动乱时代的见证。读者若能从中有所体会，譬如一个民族不追求民主进步并自我反省的话，会有集体疯狂而堕落、沦亡之虞……"这与邓小平否定"文化大革命"的论断，跟胡耀邦平反冤假错案的行动，也是异声同响的，步调一致的。但陈若曦亲自飞渡"古拉格群岛"探险，"乌托邦"理想幻灭之感，却是比纪德、奥登等人更加痛苦的，更带反思性质的，因为她看到"古拉格群岛"的文化形态，并不孤立，是有其前因后果的。

白先勇在评论陈若曦的"文革"小说集《尹县长》说："陈若曦追寻乌托邦的心路历程大概也跟纪德、奥登等人相类似，然而她幻灭后的痛苦，恐怕要比他们深得多。因为纪德等人看到的悲剧，到底发生在别人的国家里，不免隔岸观火。陈若曦却身经炼狱，更有切肤之痛。幸亏陈若曦会写作，可以把目击到'文革'这场大劫难，作一个记录，向历史作证……"①还说，当时索尔仁尼琴逃出苏联后，在法国召开的一个座谈会上就预言二三十年后会有"古拉格群岛"在这个地方"问世"，但不必等二三十年，陈若曦笔下就出现"古拉格群岛"了——出现在二十世纪六十年代，有它的政治温床、思想土壤、文化气候、历史根源；特别是有长官意志、神话迷信、"最高指示"、个人崇拜。但这种文化形态，在前此十年就有"先行者"的"反右派"运动了。文明古国，中华文化，传统美德，源远流长，却在二十世纪中后期出现逆流，从"反右派"运动流贯"文化大革命"运动，前因后果，一脉相承。白先勇接着写道："学校关门……书籍统统禁掉，无疑的，'文革'前后十年，是中国文化史上的黑暗时期，秦始皇焚书坑儒，莫与伦比……古代中国，危邦乱世，道家的遁世哲学，往往是传统知识分子的避难所，隐避山林，纵情诗酒，其实是一种消极的抗议。现在大陆知识分子无处可遁，他们抗议的方式是什么？是不是像耿尔所说的……大家心照不宣的说假话，玩世不恭？"②陈若曦和白先勇，在"中国文化史上的黑暗时期"，均有共同的海峡子规情结，带有"大陆观"和"同胞情"，也是"心照不宣"的，心有灵犀的。"鉴败莫如亡国"，"历史的经验值得注意"——"以往鉴来"，激浊扬清，旗帜鲜明。

---

① 白先勇：《乌托邦的追寻与幻灭》，载《尹县长》，台湾九歌出版社2005年版，第18页。
② 同上书，第25页。

"文革"小说集《尹县长》触及的主题背景、政治气候、生活环境,其实都由陈若曦的《尹县长·新版自序》和白先勇的《乌托邦的追寻与幻灭》揭示出来了。统治"古拉格群岛"各个岛屿的强权政治的代表人物及其追随者——《晶晶的生日》有政工组长老王,党员组长及卓先生一家人;《耿尔在北京》有棉纺厂领导,科学院"领导一切"的工宣队员,抄家的红卫兵,研究所的组长;《尹县长》有兴安县的造反团红卫兵,党委书记,办学习班的干部;《值夜》有学院领导,农场党委,专案组;《查户口》有某高校某系长期奸淫众多妇女的党支部书记马遂,系领导,组长,居委会常主任;《任秀兰》有水利学院工宣队,军宣队,军区领导,学院二十几个学习班的干部,造反派的头头,"誓死捍卫毛泽东思想"的红卫兵;等等。"谁主沉浮"? 答案是:"文化大革命"主宰者大肆迫害知识分子和革命干部,演出大惨剧、大悲剧、大闹剧、大丑剧、大笑剧。枪毙"现行反革命",残害"历史反革命",凌辱"走资派",整个"古拉格群岛"到处都是红卫兵的敌人;"业余"感兴趣的,是捉奸夜袭"潘金莲","政审"恋爱者扼杀姻缘;摧残祖国花朵,幼儿园夜审逼供四五岁幼童;革命依靠对象的贫农分子,成了背叛自己阶级的伪君子、惯偷犯……司空见惯的惨案、冤案、假案、错案,"损失最小最小最小","收获最大最大最大"。陈若曦"古拉格群岛"文化之旅留下的足迹,都有亲身经历,真实感受,自传书写的回忆文字血泪斑斑。

作家独行女侠形象映射六座岛屿,贯串六篇小说,多以见证人的身份在自传中自叙表述,均有"我"的眼光在注视,均有"我"的扫描在录像。而作家之外的"我",又大多是"外来"的人物,以"海外"身份出现,让他们的固有人性,感知血泪现实,体察民生疾苦。红色革命,红色颂歌,红色海洋,红色卫兵,红色恐怖,从上到下,从城市到农村,从学校到工厂,从东南海域到西北高原,铺天盖地,包罗万象,无不书写"文化大革命"的博物馆和反人性的百科全书。其中有四种文化意识形态,即"愚忠文化""监谤文化""惩艾文化""戕贼文化",构成"文革"小说集《尹县长》的主体内容,也是作家的创作纲领。人类历史文化,有人性的,精华的,也有反人性的,糟粕的。陈若曦触及的反人性的四种文化,反映的是"文化大革命"的罪恶本质。作家以此为依据,进入艺术构思,拓展情节线索,营建结构框架,构筑典型环境,展示民族灾难,塑造人物形象——变态的心灵,扭曲的性格,畸变的群像。四种文化,再现黑暗岁月的时代风貌,展现你死我活的政治战场,提供人性善恶的表演舞台,有透视本质的眼力,有巧用艺术的笔力,有批判现实的威力。这也只有海外华侨作家陈若曦,奔走于海峡两岸和太平洋两端的独行女侠,才写得出来的。也正是前面提及的,巴金和陈若曦,海峡两岸的平民作家,两代文学独行侠的人性共鸣与正义行动,所共同建造的"文化大革命"博物馆——有巴金的《随想录》,有陈若曦的《尹县长》,还有韦君宜的《痛思录》。

第二节　愚忠文化

　　所谓"愚忠"，来自封建社会的君臣关系，即臣子对皇帝的绝对忠诚，以及奴才对主子、走狗对主人和下级对上司奴颜婢膝的尽忠尽孝，而自称或被称为"愚忠"。如《汉书·枚乘传》，即自白为"臣乘愿披腹心而效愚忠"，即是也。封建王朝的极权政治者，推行愚民政策、愚忠教育，大兴造神运动、造假活动，掀起崇拜妖风、迷信狂潮，构筑的就是非常时期的愚忠文化氛围。因而"古拉格群岛"到处笼罩着愚昧的阴霾和血腥的气息。通过驯民法治的途径，达到"万寿无疆"的目的。皇帝圣旨，最高指示，全民听命，违逆者斩。于是乎，古今朝代，一声令下，即在一夜之间，风云突变，地震海啸，席卷神州。工人阶级，贫下中农，知识分子，革命干部，都要表忠，都要尽忠。愚忠，奉为时尚；盲从，成了时髦。念忠字经，唱忠字歌，跳忠字舞，说忠字话，吃忠字饭，放忠字屁，做忠字事，搞"忠字化"——"化"遍神州，"化"成国难，超越时空，子孙遭殃。从"史无前例"的芸芸众生，到"古拉格群岛"的众多岛民，愚忠成了空气，成了生活内容。这是贯穿陈若曦"文革"小说集《尹县长》的一条"红线"，描绘人物形象的一种"底色"，也是开启小说主题的一把钥匙。愚忠，孳生"盲民"，繁殖"愚昧"，助长"无知"，旨在"改造"。《耿尔在北京》即写道："这一场惊天动地的文化大革命，据说改造了很多人，事物也都面貌一新"。小说构思之启动，故事情节之拓展，无不以"愚忠"为动力，以"愚忠"作背景，借此塑造"共性"之形象，刻画"个性"之性格。

　　《耿尔在北京》里的老搬运工人和国棉三厂女工，父女一家，出身成分最好，红心似火，誓死革命，以忠于毛主席、"感谢共产党"为"心满意足"，炕边墙上都贴上从报上剪下来的毛泽东照片。而被改造者"海归"派耿尔先生，心胸坦荡，安分守己，二十九岁在美国拿博士学位，三十九岁回国从事研究工作，四十九岁爱上了无产阶级的女儿，革命"充满了理想"，把思想改造放在第一位。他前后读了二十一年的书，又教了十年的书，父母也是教员，属于知识分子家庭，"如果能和血统工人的小晴结合，不但自己的思想改造有脱胎换骨的可能，就是子女身上也将流着工人阶级的贵族血液"。但事与愿违，他的婚事得不到领导的批准，被"搁置起来"了。即使如此，他也以"被改造"的大局为重："政治运动一个接着一个来，都是关系着领袖和国家安危的大事，个人的婚姻又算什么呢?"《晶晶的生日》写幼儿园的文老师小心谨慎，怕惹是非，忠心表白："全国疯狂地推行'忠字化'运动，我白天上班，夜里还抽出四小时去轮流绣巨幅的毛主席肖像；响应造反派的号召，除了厨房和厕所，家里所有的走道和每一面墙都要贴上了毛主席的画像、诗词、字画等"；"一堆毛泽东的著作，语录、诗词、选集和全集都有。有精装本，有简装本,有横排版,直排版还有袖珍本,甲种本,乙种本……"王阿姨是"红五类",察言观色,应付自如,经常劝告:幼儿"要从根本上着手,常教育他爱戴毛主席,引导孩子热爱领袖"。连文老师也要对她说"忠"话:第二个儿子还怀在肚子里,就先起名"卫东";而大儿子"才几个月大,便举在头上认毛主席的像;妈妈还不会喊,便先会毛呀毛呀地叫了";"在襁褓中,一见到毛主席像,便条件反射地眉开眼笑,手舞足蹈了"。晶晶的爸爸从美国学成归来,忍辱负重,诚惶诚恐,只把希望寄托在下一代,"看他生在红旗下,盼望着将来能成为八亿众生中的普通一分子,不背任何思想包袱,平安无事地生活下去"……

　　愚忠,"洗脑",从小抓起。人格个性,都要从一个模子倒出来,用的是雕塑型、灌输式、炮制法。愚忠教育,用的是速成法、压缩式、快餐化。《值夜》写道:苏北贫农小伙子,沉默独处,精于盘算,善于表忠,改名"卫东"。农场会计"骂他怠工","常泡磨菇",要把计时合同改为按件计酬——他则以"忠"抗辩:"包工制?那是刘少奇的修正主义路线,'文化大革命'不就是要除掉修正主义根子吗? 毛主席教导我们:要相信群众,永远依靠贫下中农……"而受"再教育"者,由台湾经美国来大陆苏北农场劳动的"柳向东",也是像陈若曦夫妇一样为了赶革命潮流"回归"大陆的,还改名为"向东",含有"扭"转方向走近毛泽东、心"向"毛泽"东"之意。他正直正派,向善为公,故海归派"向东"能看透红五类"卫东"之虚伪,发觉他在响应"最高指示"闹革命中"神色却不开朗",很"不对劲"。而"向东"早在美国就参加过保钓运动,就已经有革命行动了,一腔爱国热血,怀抱美好理想——"为了这个理想,他熬夜攻读列宁和毛泽东的著作";回归祖国以后,"批判林彪和政治学习,逐字逐句地推敲,热烈地参加讨论"。另有一位被劳动改造的老讲师,革命"破四旧",就积极响应号召"破四旧"焚书,烧毁全部旧版书,而且"除了《毛选》,我没买过书",整天只背诵毛主席语录。而在另一个硝烟弥漫的商业战场,则只有"工农""战斗""红卫兵""卫东""东方红""为民"等革命店铺、愚忠名号,全力以赴反对资本主义和修正主义,"停止营业全力闹革命"。《尹县长》中更有愚忠的牺牲品、代表人物、艺术典型尹县长,他劳苦功高,县民拥戴,历经腥风血雨,受尽摧残迫害,却以"为别人活着,为中国老百姓做事"实践一生,以国民党起义军官身份树起廉洁奉公的忠臣形象……"全国推行下来"的愚忠运动,其"大众化""白热化""庸俗化",无不登峰造极,揭示展示,精心刻画,入木三分。

　　愚忠文化,除了派生监谤文化、惩艾文化、戕贼文化等文化意识形态,还演变了许多闹剧、笑剧、丑剧、悲剧、惨剧。有在晶晶的生日发生幼儿园总动员,连夜对幼童搞"文革"逼、供、信的所谓幼儿骂毛主席的"反动口号"的;有精心策划居民连夜查户口,声东击西,轮番作战,抓所谓"潘金莲"色情"腐化事件",骚扰居民安宁的;有走"五七道路"被改造者"值夜"巡逻发现贫农青年偷运粮食的"盗窃事件"的；有批判耿尔先生在北京的革命风暴失去理想爱情、美好姻缘的所谓"失恋事件"的；有工宣队大张旗鼓发动群众搜捕党委书记、"五·一六分子"任秀兰的"粪坑自杀事件"的；有转移斗争大方向煽动红卫兵枪毙一生清白无辜的尹县长的"杀人事件"的……知识分子、革命干部和其他劳苦大众，都成了愚忠的牺牲品，"文化大革命"的陪葬品，整个"古拉格群岛"的人性都灭绝了。

但面对愚忠，也有人敢于以"假"反假，对着干。"洗脑"运动，造假运动，"三忠于""四无限"，就像耿尔说的，"处处是依样画葫芦"，大家心照不宣。到处是流传至今的说假话、做假事、演假戏、表假忠。尽管"最高指示"，一声令下，闻风而动，却"下有对策"，或逢场作戏，或蜻蜓点水，或真戏假做，或玩世不恭。《值夜》里"计时"偷懒编萝筐的贫农"卫东"，《尹县长》里给尹老办学习班的人员，《任秀兰》里大搞围剿清凉山游戏的大人小孩，《查户口》里"捉奸"的好奇居民，都是演这场戏的"对策"主角；而《晶晶的生日》里处理图书中毛主席画像的同事们，则是干脆把小人书中的毛主席像撕下来，毁掉，免得小孩子乱涂乱画或乱说乱叫出现反动口号；还有《耿尔在北京》里的小张，他那一支看风转舵的笔杆子，就应付得左右逢源，不留痕迹。他们之中，有哪一个不是故作姿态、做秀造假、掩人耳目的？他们除了造假应对，也敢于质疑反思。《值夜》里头脑清醒、心直口快的柳向东，就对走"五七道路"提出疑问："多年的老讲师了，不上课，却在农场种菜，敲煤油炉，这不是浪费人力吗？"——"毛泽东说'人是世间万物最宝贵的'，那么人力的浪费不就是最大的罪过了？"——"我看农场应该关掉！以后学生多了，教师怎么抽调得出来？何况还要赔钱！哪个社会主义国家……就是阿尔巴尼亚，也不曾这样，每个大学办一个大农场，劳民伤财！"把教师都赶到农场劳动，高校不搞教学，导致"目前大一学生的数学是从小数点加法开始，到大学毕业时也上不了微积分，其他就别提了"。这是误人子弟："你只要使学生懂得零点一加零点一等于零点二，二分之一加二分之一不等于四分之一就行了"。对接受贫下中农再教育也提出看法："毛主席叫我们来向贫下中农学习，我们既生活在贫下中农的包围之中，还守更巡逻什么呢？"——"即使这样，还常常被窃"，有一次夜里"被偷去了七麻袋稻子，每袋有一两百斤重"！对"文化大革命"更是不理解：新闻剪报里常见到"毛泽东在书房里接见外宾，书架上摆满了书"的镜头——"如果全国只剩下毛泽东一个人读书、藏书，中国文化还有多少前途？'文化大革命'要把文化革到哪里去了？"

《晶晶的生日》里的保姆安奶奶，对所谓幼童骂毛主席的"反动言论"就不以为然："这点大小的孩子说一句话，能把他宰了不成？在我们淮安县，农民赌咒发誓都要抬起毛主席来的，骂起来才厉害呢！骂的人都是三代老贫农，也没有人把他们怎么样！"小说《尹县长》，称道学习刘少奇的《论党》"还有一些心得"，"到底是中国人说的话";而当时学习毛主席著作,则临时应付,"从仓库里搬出几套来,全落满了灰尘"。而当听说刘少奇已经靠边站,《论党》是大毒草,"因为引了孔孟的话"。对此,尹县长不仅是"惊讶",简直是"糊涂"了;尽管有人说"毛主席引用的嘛"——可"别人引用便是别有用心,妄想复古"。但尹县长还是提出质问:"孔孟的话又有什么不对呢? 我以前学过一个毛主席的文件,上面也引了孔孟的话呀!"接着又质问:"究竟为什么要搞这文化革命?"似此对愚忠文化之质疑,小说集中的相关人物,都各有心理、行动和个性特征的表现。愚忠中有造假,有质疑,也是对"文化大革命"的一种否定,否定中都表现出"共性"中之"个性"。小说集中的愚忠文化,所引起的警觉,警觉中所发出的质疑,也渗透到其他几种文化形态之中。

第三节　监谤文化

所谓"监谤",跟"愚忠"一样,也是封建社会的君臣关系、统治者与被统治者关系的一种非人性的表现。下对上愚忠,上对下监谤——即君对臣"监谤"、统治者对被统治者"监谤"。这种关系最早见之于《国语·周语上》:"厉王暴虐,国人谤王。邵公告曰:'民不堪命矣。'王怒,得卫巫,使监谤者,以告,则杀之。"因"民不堪命",故有"国人谤王",以及权势者的严防"国人""谤王",网罗愚忠者帮凶者以监察诽谤,压制舆论,封全民之口——"防民之口,胜于防川",免致"王怒"。对"谤王"者采取的手段,有监视、监督、监管、监控,有汇报、告密、追查、追捕;所产生的"轰动效应",有惊恐、骚扰、不安、动荡,由此而构成一种文化形态。它跟愚忠文化一样,经权势者精心策划,不断要弄,早有"监谤"之为。历经"反《武训传》""反胡风",至一九五七年"反右派"集中对知识分子的一场浩劫,即"引蛇出洞"运动,可以说是一次总演习。到一九六六开始,乃由知识分子而扩大到全国范围的工农商学兵,"文化大革命"十年大浩劫,则是总爆发。凡是违反"三忠于""四无限"的"愚忠"精神的,均在监谤之列。由"引蛇出洞"到公开发动"文化大革命",从系列的总演习到集中的总爆发,是监谤文化的一个发展过程,一条顺畅通道,罪恶的两头,前因后果,前勾后连,一脉相承。

尽管《晶晶的生日》在艺术上精雕细刻不够,较多流露作家心直口快,"自传书写"急于"现身说法"的"文如其人",但其选取的"文革"题材却有典型意义。小说围绕"监谤"情节线索展开,追查"证实"幼儿园里骂毛主席的"反革命事件",对象是不谙世事的幼儿,又正当是"快乐的生日",妈妈怀在肚子里的第二个孩子又将在晶晶的生日诞生,这都应该是正常社会、人性关怀应有的幸福人生。但在"文化大革命"的"古拉格群岛",一切都是反常的,惨无人道的。小说启示:人妖颠倒,对祖国花朵,未来希望,以至新生命,都是一种劫难——正如白先勇在《乌托邦的追寻与幻灭》一文说的:"在一个人人自危的社会里,生命的本身就是一种不堪负荷的累赘。因为生了小孩下来,多了一张嘴,讲错话,大人又要遭殃。"遭殃来自"文革"监谤,悖逆人性,竟把魔爪伸至三更半夜熟睡之幼儿,连专政工具的政工组和宣传工具的广播室人员都出动了,还搬出了取证的录音机。真的是为查"国人谤王",不仅表忠"洗脑"要从幼儿抓起,监谤也要从幼儿抓起了。"孩子睡得像死去一般,怎么弄也不醒",即用冷水"洗脸"洗到半睡半醒状态,才开始审讯。其抓"谤王"事件的表演与台词也是相当精采的:"有小朋友听到你喊反动口号"——"毛……坏蛋"你"喊了没有"?最后又把"汇报"反动口号的小朋友名字列出来上报。接着是穷追猛打,一查到底:为什么喊这反动口号?这反动口号哪里听来的?爸爸说过?妈妈说过?老师讲过?竟把孩子折腾得精疲力竭,半睡不醒!从黑夜到白天,问来问去,揪来揪去,都是些单纯、无知的小孩在嬉笑玩耍的儿语儿戏——他们从小接受愚忠教育把"毛主席"挂在嘴里,骂这个坏蛋,骂那个坏蛋,与"毛主席"连接在一起,即莫名其妙套上"谤王"的反动事件,而且"全录了音",都"进了档案","病入膏肓","无可救药"了。孩子有多大?"四岁不到"!都被整得"严肃起来","像个老头子","眼珠像死鱼一般暗淡"。而惶惶不可终日的家长,更是"把孩子尽量关在家里",再就是打……你说,如此的"古拉格群岛"之教育,中国能培养出什么东西来?

《查户口》,守夜,"捉奸",抓"潘金莲",抓党支部书记睡女人。从日常生活监谤到政治动态,高校的党委书记要调查邻居的政治面貌,还要"提到冷子宣",监视"老右派"的一举一动。《任秀兰》,"走资本主义道路"的党委书记跑了,于是搞"人海战术",围剿清凉山,要抓捕归案。因为任秀兰是"五·一六"分子,"公然反对毛泽东的司令部,在上海炮轰过张春桥",是"江青点名"的"反革命组织"。而且监谤范围竟扩大到其山西老家和苏州夫家,还要电告各地公安机关,"把她的亲戚都监视起来";沿长江两岸码头派人把守,"监视上下船的旅客"……草木皆兵,惶惶不可终日。《尹县长》,红卫兵头头小张,就因监谤有功,当上了造反兵团的副司令兼宣传部长,坐镇一方,"还配备了女秘书",腐化配套齐全——但还不只是当今贪腐官吏包二奶养小蜜种种腐化堕落之始作俑者——监谤警示,戒备森严,"闲人莫入",身边小蜜除了供其玩乐,更多一种使命,即监视,即监谤。明的,暗的,到处都有"监谤"的眼睛。人心惶惶,只要一看到"有女秘书在旁监视着",均逃之夭夭,唯恐不及。而由孵化蛋种繁殖而来的当今贪官污吏的小蜜二奶、三奶、四奶也在"与时俱进",不过监视的,是保全自己超天文数字的贪污经济账,是准备"离岸"逃命罢了。

违反人性的"监谤"来自"愚忠",来自间谍机构。红卫兵遍布,盯稍四方:有在逃的走资派,有靠边站的当权派,有革命的逍遥派,有历史反革命,有现行反革命,有走"五七道路"的臭老九,有"海归"研究人员,有爱情失败者和婚姻不幸者,有受株连的亲属,无所不包,应有尽有。但有监谤,也有反监谤的,也有暗中抵制的。抵制中有"紧跟",借"紧跟"抵制"监谤",在看风转舵中随机应变,加以巧装,涂上红色,参与表演,蒙混过关。就像《耿尔在北京》里的小张,"他是物理所的研究员,上海交通大学毕业的,脑筋很敏捷。虽然出身不好,却能乐天知命,也知道安分守己,因此,'文化大革命'期间倒也没有吃过大苦头"。他超脱得很,以"愚忠"的伪装保护自己,即"我在研究所里一向是看风转舵,永远紧跟的"。而且在"紧跟"的抵制中磨练得头脑清醒,办事精灵,是非分明,性格开朗,形象喜人,是"古拉格群岛"唯一要帮助耿尔的热心人。虽是小说里的次要角色,却是作家顺带几笔的人物素描,个性鲜明。他的"紧跟",有对付"监谤"的迂回战术,敢于在家里开辟另一个"对着干"的婚姻介绍所——另一个控诉"文化大革命"扼杀男女爱情的战场,敢于把"反属"与"黑五类"的亲戚介绍给从美帝国主义异邦来的,又是"保密性较高"的科研单位的研究人员。而写"紧跟"的政治批判文章,他也"确实有一手",还能结合周墓出土文物来批林批孔,借题发挥,突出主题,"发言稿子还被宣传组的人要去"当典型材料。从个案再看周围人群,"紧跟"也是有过之而无不及。如有的工人在批林批孔大会的发言,甚至"紧跟"到为毛主席的接班人林彪画蛇添足的地步,还很激动,不按稿子念,自己乱发挥:"林秃子说过,新中国要回到孔夫子的时代,多数人做奴隶,少数人当贵族老爷;同志们,这样反动的话,我们能答应吗?"当台下大声喊"一万个不答应"的时候,彼此却面面相觑,"不知林彪几时说的这种糊涂话"。其抵制之巧妙,有混战之技巧,有泄愤之痛快,有苦中作乐之独创,让人笑掉眼泪而发人深省,却又无懈可击,十足是一种黑色幽默。

　　抵制"监谤",也表现得相当"洒脱"。如《尹县长》里受株连的尹老,天天受办家庭学习班头头的长期监谤,村里老人轮流值班看管,教育训话。却很滑稽,也很怪诞:一个白发老头,正捧着《毛主席语录》,"秦腔十足地念着"。另一个老太婆,"身体一动也不动地盯着手里的小红书",直到尹家来客人,"才醒过来似的,坐直了身子,诧异地盯住","嘴张得老大,下巴脱节似地挂了下来"。而尹老则不慌不忙,"手却搁在膝盖上,也不打开书页,只默默地望着",像一座雕像。心不在焉,旁若无人,舀水淘米,升火熬粥。其潇洒自如,超脱自在,把办学习班的老头老太冷落得"如释重负地起身,随手拎起他们屁股下的小板凳走了",彼此都上演了一场滑稽的哑剧。而当晚上又来检举"血债"的时候,"尹老嘴里叼了旱烟","仍是洗耳恭听地坐在床沿",慢条斯理,逐一回敬,使之哑口无言,疲惫不堪,挂起免战牌:"你们早些休息吧,我们明天再谈。"——连客人都感动地说:"办学习班也想到让人早休息。在外地,不都是轮番作战,从早上八点直干到深夜一、两点吗?"这种幽默的洒脱,又带有多少讽刺意味! 还有《值夜》里的老傅,中央大学的高材生,解放后的高级讲师,评副教授时遇上"文化大革命",清理阶级队伍被以异己分子"挂"起来。关了半年多,劳动改造却"还挺乐观,心平气和的,从不曾寻过短见",即使是妻子为他急得跳河自杀而被人救起,也不为之所动,劳动之余还为大家制作煤油炉,人缘极好。他们言行之中,自得其乐,也是够洒脱的。老傅之所以能活下来,靠的就是这种抵制"监谤"的潇洒与超脱。跟革命干部尹县长不同,知识分子老傅是一个被遗忘的小人物,"政治上简直忘了这个人的存在",因而能在小角落伸展他洒脱的心理性格,突出他耀眼的形象光辉——就像柳向东看到的:"他佝偻着背,头俯向桌面,头上早生的白发在灯光逼近照射下,显得特别耀眼"。这许多以"紧跟""洒脱"抵制监谤的人物,作家着重刻画的,也有"文化大革命"共性中的人物个性,各自串演于政治舞台,千姿百态。

第四节　惩艾文化

惩艾,即惩戒、惩治、整治的意思。惩艾由监谤变种而来,是监谤的升级。跟前述之"愚忠""监谤"一样,也是一种封建社会统治者与被统治者关系的非人性表现,即君对臣、统治者对被统治者"监谤""惩艾"的反人道关系。这种关系最早见于《楚辞·九叹·远游》:"悲余性之不可改兮,屡惩艾而不移。"还见之于《晋书·地理志上》:"始皇初并天下,惩艾战国,削罢列侯。"而"与时俱进"到"文化大革命",被惩艾者,或"走资派",或"反革命",或"臭老九",或"黑五类",或"大破鞋",或"海外关系",无所不包。无产阶级专政,"最高指示"令下,不仅要受到监谤,而且要受到惩艾,甚至还要受到戕贼,罪名繁多! 但不管权势者如何惩戒、惩罚、惩治、惩办、惩处,他们都是"悲余性之不可改兮",都是"屡惩艾而不移"的。尽管有的"削罢列侯",丧失一切,也是巍然屹立,笑傲人生,傲啸江湖,"死而不悔"的。跟反愚忠、反监谤一样,惩艾也孕育着反叛。由此即构成与"愚忠""监谤"相对应、相联系的一种惩艾文化,也是权势者腐败者长期策划、不断耍弄的一种政治手段。

从造反派到"江青反革命集团",大唱革命战歌,大呼万岁万万岁,震天动地,张牙舞爪,到处揪斗,进行判决,矛头对准"反""资""黑""臭""破"。如小说中的尹县长、尹老、任秀兰、老傅、小金、彭玉莲以及晶晶的爸爸、耿尔、柳向东等等。《晶晶的生日》,连夜审讯幼儿"反革命口号"事件,所采用的监谤与惩艾手段,对来自美国的家长,更是一种残酷的精神惩艾。他们整天生活在惶惶不可终日之中,"像我们这种背景",唯恐孩子万一说溜了嘴,"闯了祸",就是"跳到海里也洗不清"！因为就有不少孩子用蜡笔着色，"无意中涂坏了毛主席肖像，惹了不少祸"——"先是王阿姨本人做书面检讨，以后是主任向校方做检讨，接着校方派人到小红妈妈的老家天长县调查……"案件没完没了，"可叹施老师，长年在外省奔波，调查别人，可曾想到自己的妻子也在被人调查？"这种触目惊心的惩艾文化，却让人看到一种现代主义的黑色幽默。还有冬冬的爸爸，因为祖父在国民政府做过官，父亲是个教授，出身于南京一个书香世家，谨小慎微，很怕出差错，有政治恐惧症，是十足的伟大、正确、光荣的中国共产党的驯服工具——"为了表示能划清界线，他一向很积极，一切唯党的马首是瞻"，因而红卫兵"喝令解放保姆"，他就"立刻把冬冬的保姆连夜解雇"，抱着一颗忠于毛主席的红心，把她赶走了！哪里还想到"可怜冬冬生下时才两斤八两，从医院的暖气箱出来后，便一直是这个老太太捧在掌心里带大的"。这种惩艾，给一家带来多大的痛苦："四年了，感情很深，临走时，一把鼻涕一把眼泪的，和冬冬哭成一团，惹得王阿姨在旁也陪了不少眼泪。"而"一贯正确"的卓家党员夫妇、父子，"精于政治词令，又口若悬河"，"左得出奇"，平时"似笑非笑"，昂起头"迈着四平八稳的步子"，惯于暗中打听、打小报告，是专靠"汇报文化"以整治人而青云直上的典型人物。而由此教养出来的几个孩子更是"青出于蓝而胜于蓝"的接班人，还是小学生就懂得立山头，树旗号，拉帮结派"造反"，在住宅区搞什么红卫兵组织，称王称霸，对无辜群众"抄家""查封"打砸抢，铜头皮带飞舞，杀气腾腾，比起老子之惩艾本领，更胜一筹。

　　小说《耿尔在北京》里的受害者，为什么会有个人的爱情毁灭和婚姻悲剧呢？即因为有领导的关卡和"造反派"的坑害，有暗之监谤与明之惩艾，有"把美撕毁给人看"之罪恶。耿尔，年届半百，回国十年，光棍一条，先爱上年轻漂亮的无产阶级的女儿——北京女工小晴，被"把美撕毁给人看"后再恋上热情成熟的桂林美女小金，结果也是梦幻一场！原因何在？"造反派"警告说："你呀，要不是留美这个身份，凭这一表人才，早成家了！"华侨作家则在小说里写："那一阵子，归国华侨和留学生地位很低；特别是留美的，在造反派眼里，不是准特务，也是无可改造的资产阶级分子。"爱情中的两位女主角，十九岁纯洁真挚的少女和三十岁体贴多情的小寡妇，她俩和耿尔的爱情婚姻悲剧，就是由这一"文化大革命"的判决书写成的。除了爱情死刑的判决，还有资产阶级思想的批判。《尹县长》里"小人物"的典型尹老的许多不平事，愤激话，也是在这非人性的惩艾中发泄出来的："批判算什么！不要说当干部的挨批判，是家常便饭，连我这个小小老百姓，这几年来，在大会小会上，也不知被批判过多少回了。"而尹县长在"在大鸣大放时"，因为"带头批评农业政策"，就莫名其妙打成了"漏网的右派"，爱人"也调了职"，到了"反右"，"一切全完了"。就连北京来的"旁观者"，也无不怒指监谤者、惩艾者说："我不是党员，而且最恨背后给人打报告……"

　　在小说《查户口》里，为什么又会有知识分子和工人家庭的悲剧呢？也都是惩艾文化所致。丈夫"老运动员"形象和妻子的"妖精"性格，无不在惩艾文化泛滥中得以刻画。对敢说敢怒的异己分子，居委会主任是以"保安措施"为由加以惩艾的，就是"捉奸"，而捉奸，却不敢捉有权有势的党支书奸淫者，专捉没有女权运动家保护的弱女子。除重点对象"潘金莲"外，海外归来的教师也是"每次必查"的，而且被查者都被整治得服服帖帖的，以至"心里尽管不服气，我可是连大气都不敢出的"。还有几家是作为陪衬而被突然袭击"抽查"，而且都是"选下雪的夜来查户口"的——下雪的"夜里从温暖的被窝里爬出来，接受盘问，等重上床时，手脚被窝一片冰凉"，搅得宿舍区鸡犬不宁，苦不堪言。

　　小说特别写到，其查户口，还"布置前后门的盯梢"，"打电话找学校里的保卫科"，纠集人群"抄她家"，要"当场捉她一回"，"开个批斗大会狠狠斗她才好"。丈夫冷子宣原来是金陵大学的高材生，出了名的才子，赋诗填词，样样出人头地，潇洒得很，三十岁出头就当了副教授，胸脯挺得高高的，走路都有派头。"就是太自命不凡，也太天真了。在百花齐放、百家争鸣那一阵子，他真相信了号召，跑出来大放了一通，攻击共产党和政府的文教措施，结果是我们学校第一个戴上右派的帽子"。又偏偏填了一首《沁园春》，和毛主席一样题目也叫《雪》，"大反其调，满纸肃杀之气"，被认为是成心唱对台戏，恶毒讽刺毛泽东，自然罪该万死，"右派帽子不但摘不掉，只怕要戴进火葬场了"！清理阶级队伍被关了一年多，一打三反运动又出问题：在"中国共产党"几个字后写上"的狗"两个字，"新账加旧账，翻了一番"，副教授成了五七干校的"劳动常委"，"经年不着家门"；几次政治运动都搞到他头上，职称高帽是"老右派"加"老运动员"。"四清运动"到农村劳动，妻子又被党支书"引诱"淫乐，先是"乘空来幽会"，再是"夜夜宿在冷家"。这个高校党书记，后来又搞上"一个锅炉工的老婆"，而且是不倒翁，是上司的宝贝，"前后勾引了五个本校的女教工"，比当今某高校的"东宫""西宫"还色狂！但就是这些从来不受惩艾的色狂败类，专门惩艾"古拉格群岛"的岛民的——当时冒出来的腐败贪官之作为，也即专注于金钱美女之始作俑者，由于"文化大革命"的生产大破坏、经济大倒退，其贪，金钱是有限的，而美女倒是无限的。但平心而论，比起当今"老虎苍蝇"及"老老虎"来，却是小巫见大巫的。他们奸淫妇女，玩乐少女，从政治惩艾到性之惩艾，都是陈若曦在小说写的"手段、情节都恶劣透顶"的！但马遂是党的书记，谁敢哼一声？尽管民愤极大，要求从严处分，却全都"被省里驳了下来"。可怜被惩艾的冷子宣，只几天功夫"头发就白了一半，走路都蹒跚了，整个人老了十年似的"，"对谁都不讲话，像个白痴"，"一脸呆滞失神"，"像块化石"。其命运比《值夜》里的老傅更悲惨。精神人格，人生价值，在惩艾文化中，一蹶不振，荡然无存。惩艾，跟监谤一样，也体现了"古拉格群岛"的"共性"，但也有反惩艾的独立个性在。

"惩艾"来自"愚忠"与"监谤",来自间谍机构的强化与升级,惩治对象遍及反愚忠者、反监谤者、反惩艾者、反戕贼者。但也有针锋相对的,采取巧妙对策的。如《晶晶的生日》,已经在"愚忠文化"与"监谤文化"出现的家长,就采取紧急措施,先抓"源头",处理掉毛主席画像。妈妈说:"你买小人书要注意,书里头毛主席肖像多的就别买了。"爸爸说:"像雷峰、王杰这种连环图画,隔一两页便有毛主席肖像出现,最好不买。"甚至"买书的同事都悄悄地把毛主席像撕掉了","彼此心照不宣";不许孩子"在地上瞎画着玩,也别给孩子任何粉笔、铅笔"。《查户口》,"有人看见一个男的溜进她家",常主任一帮人三更半夜查户口,彭玉莲就是不开门,"不老实";即使"撞门进去",也"被她藏起来","没搜到人"。丈夫冷子宣写下与毛主席"大反其调"的《沁园春·雪》,对红卫兵的口诛笔伐采取"否认"对策,则有"典型书呆子"的硬骨头,"一口咬定写实写景,死不承认是讽刺";再就是沉默,即如陈若曦在《写在〈尹县长〉出版后》一文所赞道:"我想冷子宣是个硬骨头,硬骨头的人有时迫得只好采取沉默作武器。"《耿尔在北京》,耿尔讨老婆竟然不管长官意志的"成份论"——他知道小金出身不好,父母都是地主,公公前身是桂系军阀,丈夫在清理阶级队伍时自杀,"政治面目不清";也知道她本人政治表现,不满现实,自有对策,下放农村,就赖在桂林不走,"总是不务正业"。因而不管组长如何以"科研单位,保密性较高"为由对其爱情扼杀,对其精神打击,不择手段加以惩艾,也无动于衷。并在忍耐、沉默中拍案而起,一声怒吼:"为什么,为什么我要在科学院?"为小金辩解:"她又犯了什么大错,现在竟要为父母和已故的丈夫背黑锅?"发出"天问":"是谁受了骗,他,林彪,还是毛泽东?"

小说中类似耿尔和文老师夫妇、彭玉莲、冷子宣这一些反愚忠、反监谤、反惩艾的小人物,作家笔触深入的是他们的内心奥秘,是复杂心理,是性格变化,是人物素描。就连《任秀兰》里的党委书记被打成"五·一六分子",关进黑牢,也对自己的党和伟大领袖发动的"无产阶级文化大革命"采用反抗对策,搞两面派,装老实:"绝食、装病,什么手段都不要",却暗地做手脚! 就在此前她的表现也是"规规矩矩"的,"她常跟我们一块儿劳动,脚下穿了打补钉的布鞋,身上是洗得泛白的蓝布制服;劳动休息的时候,手也不洗就拿了馒头啃"。只有去过她家,才知道"住的是整栋的洋房,客厅里有皮的沙发,地上铺了地毯,连喝茶都是公务员端上来的"——只是还比不上现在贪官的帝王生活罢了! 原来,"任秀兰那一套艰苦朴素的作风竟是专门用在水院的"! 群众说:"两面派!"但她的党委书记从天堂掉进地狱的垂死挣扎,却能处事不惊,若无其事,故作镇静,那是长期在权势角逐中磨练出来的硬功夫。"文革"小说集《尹县长》,以反惩艾行动塑造艺术形象,即使是粗线条的人物勾勒,即使是三笔两画,也都能见出其心理性格,能凸现其个性特征。

除了"对策",还有"叛逆"。反愚忠、反监谤、反惩艾,多少都带有叛逆个性。而玩世不恭,我行我素,以叛逆行为掩饰自己,肯定自己,保护自己,置丑恶势力于不顾的,更有从"监谤文化"走过来的《查户口》的主人公,一个无视"文化大革命"鬼哭狼嚎的"潘金莲",一个弱女子,一个"又嫉又恨"的、让男人"魂不守舍"的"妖精"。要讲出身,她的父亲是上海闵行的菜农,响当当的"红五类",她自己很早就是共青团员,又是南京钟表厂的模范工人。她正要被发展入党,却被党支书"搞上了手",染上腐化罪名,被开除了团籍,由此而走上了与造反派格格不入的叛逆之路。小说概括的是她心理性格发展变化的心路历程,书写的却是她生不逢时的一部"叛逆史"。她之被誉为"妖精",小说有几笔素描:"身材总显得很匀称","胸部的曲线特别突出","短发齐耳"的海派头,"总是蓬松有致,显得与众不同";"皮肤黑黑的,鼻子微塌,一张大脸像圆盘,与她矮小的身材不相称;然而一双眼睛却生得又大又亮,且富于表情,顾盼之间,似有种种风情"。更有见人"总是热情地咧嘴一笑,露出一口雪白齐整的牙齿,水汪汪的眼睛滴溜溜送过来,叫人不由得跟着她的眼波打转";"男人瞧着,不免魂不守舍"。由外在表层进入心理深处,写到的是"妖精"叛逆的行动表现,有刻画性格的层次,有塑造形象的侧面——

这里有"妖精"装扮:人家随大流,革命造反,她却"注重穿着"。冰天雪地,人家棉袄、棉裤、棉鞋、棉大衣和风雪帽,裹得厚厚的,浑身臃肿不堪,可她"只穿着一双上海出品的紫红呢鸭舌便鞋,一袭花绸面的丝棉袄裹在身上,还能露出腰身来,紫红的毛线帽子,配了黑手套,映着满地的白雪,越发艳丽得夺人眼目"。在不是黑色就是灰色、军绿色的带有时代色彩的清一色的"文化大革命"时髦服装中,彭玉莲"胆子不小",竟敢穿得如此鲜艳、亮丽,肆无忌惮地展示"奇装异服",突出"万绿丛中一点红",实在是对革命色彩的一种挑战,一种叛逆。这就难怪要被骂为"妖怪打扮"而"被群众批判"了……这里也有"妖精"语言:人家用的是造反语言,是毛主席语录,她则敢说自己的粗言野语。对查户口,大家都不敢吭声,唯独她敢破口大骂,学男人的"三字经"抗议:"每次查户口都有我家,真他妈的!"又"屡教不改","不但不改,还嚣张得很"! 如夏天"她穿一件粉红的绸衬衫,衫子既薄又透明",已经够显眼的,却偏"又把个奶子蹦得高高的",走起路来"一摇一颤的",在高等学府"招摇过市",阎奶奶看不惯,只说了她两句,反而遭她回击:"你想要大奶子叫男人多咬几口就得了!"造反运动是以"最高指示"为宗旨,到处唱的是毛泽东的《七律·人民解放军占领南京》:"钟山风雨起苍黄,百万雄师过大江。虎踞龙盘今胜昔,天翻地覆慨而慷……"而她却唱反调,宣告"我从来不喜欢南京"。还直言不讳,振振有词:"冬天冷得要死,夏天又热得叫人不想活了。

还是上海的气候好,身体强的人冬天一件厚毛衣也挺得过。"这种个性语言,说得很自信,听的人无不感慨:"上海人总有那么一份莫名其妙的优越感,直到今日,共产党也无法把它改造掉。"但改不掉的还有上海人的精灵,上海人的反惩艾……

　　还有,人家在"舍得一身剐"地闹革命,她却在宣扬"保命哲学",追求享受。买燕子矶社员捎来的老母鸡:"三块半一只,贵是贵,鸡可是好鸡。我的原则是买得到就吃,存到肚子保险,不像人家把钱存在银行里。"这里更有"妖精"的性爱观念:"文化大革命"破四旧,"潘金莲"却敢逆革命潮流而动,"破鞋"任人穿,任人踏。大浩劫罪恶太多,红色海洋掩盖一切,也掩盖了黄色,掩盖了黑色,掩盖了恶臭的灵魂。但到处"莺歌燕舞",惟独"潘金莲"拒绝"红色"而掩盖之,天真地敞开自己的心怀,大胆地让自己的"黄色""黑色"都露出来,反其道而行之,尽情表演的则是个人的"莺歌燕舞"。自从被党的书记马遂搞上手后,被腐化,被性化,她的性爱游戏,真的就"不要脸了"!作家的侧面描写,却正面展示愚忠文化、监谤文化、惩艾文化之威逼,因为都是通过监视者的眼睛正面看出来的。一大早就"有男的"从她家后门溜出来,"有的是证据,都被人瞧见几回了":有的说三更半夜有一个黑影推门进去,鬼鬼祟祟的;有的说夜里看见另一个男的溜进她家,就一直没有出来过。查户口的透夜撞门进去没搜到人,却见"那彭玉莲一脸通红,硬是做贼心虚的样子","人被她藏起来了",却见桌上有一把钥匙;到了天亮大早,又都能"看见一个帽子戴得低低的男子慌张地走向宿舍后门,用钥匙开了门出去";或者半夜后即"见那冷家的门悄无声息地向里斜开出一道缝,一个人头探了出来,左右张了一眼后,悄无声息地闪出身子,垂着脑袋,帽沿拉得低低的"。叫她检讨,却"不老实","给自己叫屈"。而事情过后,依旧是"满面春风,一副心安理得的神气,大眼睛黑得发亮","来去自由,就像没事人一般",如此等等。

　　"妖精"复杂的心理性格,除了叛逆,还有她人生正道的另一面。"妖精"也好,"树牌坊"也好,她在"文化大革命"前却实在是模范工人。是"古拉格群岛"的丑恶现实把她扭曲成"妖精"的,正如"文化大革命"流毒余毒把后来的权谋者培训为新旧腐败贪官一样。也许她的"检讨"有一定道理,如答应为马遂当性奴淫乐工具,是为了找机会"给冷子宣摘掉右派的帽子"——"发生关系是不得已的",又"怕声张开来对丈夫不利",等等。工人嫁知识分子,也是当时的一种时髦。"反右派"运动之前,高校里的冷子宣就是副教授,刚死了老婆,三十出头了,本不想再结婚的,却无意中被年轻的彭玉莲一见倾心,主动追求,并找他到玄武湖划船谈心,搞得感情火热,三个月就结婚了,家庭生活美满。但成为"老右派"和史无前例大劫难的"老运动员"后,就什么都完了。何况现在"女的还生气勃勃,男的已经老朽",年纪相差一大把,夫妻"不相称",性爱不和谐,就有"腥招苍蝇"之嫌,就有马遂的猎色对象。但奇怪的是,"潘金莲"闹得满城风雨,却不曾听见家庭"吵过嘴",也从来不提离婚,两人相安无事。相反的,冷子宣到家那天,彭玉莲还"满面春风地"拎了一只老母鸡回家,拔鸡毛时"嘴里还哼着曲子"呢。而且也很关心邻居小孩,看见孩子目不转睛地瞪着她的老母鸡,就弯下腰来问他:"喜不喜欢吃鸡?"在关心中还要让出刚买的老母鸡,还答应下次再为孩子捎一只,非常热情,"说话那表情丝毫不像是客套"。在这里,作家对荒诞时代"妖精"叛逆性格的刻画,是多手笔的,是多变调的,是复杂的模糊的——而模糊性格,则是艺术形象成功之标志。因而虽是小说中的争议人物,也是"文化大革命"批判的对象,但她面对"愚忠文化""监谤文化""惩艾文化"之包围,却不屑一顾,不怕权不怕压,敢说敢骂,能保持个人的独立人格,也是难能可贵的。可以说,小说集《尹县长》里的"潘金莲",特立独行,她是"古拉格群岛"的逃兵,是大浩劫中的游民,因而称得上是"文化大革命"的逆子贰臣,陈若曦小说的一个艺术典型。

第五节　戕贼文化

戕贼,戕,即损害、伤害、残害、杀害等意思。它是愚忠文化、监谤文化、惩艾文化的变种与升级,是由它们发展到登峰造极的一种文化意识形态。它又是动乱社会统治者与被统治者敌对关系的表现,是强权政治反人道反人性的血腥行为,是一种法西斯暴行。见诸古之经传的,"戕贼",有《孟子·告子上》:"子能顺杞柳之性而以为桮棬乎?戕贼杞柳而后以为桮棬也?"有曹操的《蒿里行》:"势利使人争,嗣还自相戕。"有欧阳修的《秋虫赋》:"念谁之戕贼,亦何恨乎秋声!"——"文化大革命",无产阶级专政,以其文化意识形态之"四化"教育人,改造人,强加于人,加罪于人。其暴力手段,就是:"戕贼杞柳","以为桮棬"——违天理而强之,反人性而为之。权力抗争,帮派恶斗,全面内战,家国破碎,人民遭殃。"古拉格群岛"见到的,正是"势利使人争","嗣还自相戕"。但跟反愚忠、反监谤、反惩艾一样,对"黑五类""臭老九""走资派""反革命"等等之戕贼,也是"我哭豺狼笑"过后,就要"扬眉剑出鞘"的,地下也正孕育着反叛、反抗的中华民族文化意识和传统道德精神。戕贼文化,是与愚忠文化、监谤文化、惩艾文化紧密联系在一起的,也是一种反人类的文化意识形态,乃腐败权势者与人民为敌,所惯用所要用的一种政治手段与专政工具。

其戕贼所及,杀手所至,有祖国花朵心灵的纯洁纯真,有知识分子个性的人格人品,有革命干部形象的本色本分,还有学校师生的为人师表、教书育人等等神圣职责,还有全国包括工人和贫下中农的整体劳动人民当家作主的神圣权利,以及芸芸众生的身家性命等等。精神的,肉体的,均惨遭伤害、残害、杀害。中华民族文化意识和传统道德观念的根本，败坏殆尽，荡然无存，危害无穷。甚而至于，民族之根，连根拔起，毁根，断根，忘根，失根，引起恶性循环，连锁反应。"文化大革命"的过来人和陈若曦的读者，都不禁要问：诸如纯洁无瑕、积极进取的年轻工人小晴，被迫放弃自己理想事业和纯真爱情，卷入"文化大革命"的"四化"旋涡当上工宣队副队长；"文化大革命"前的模范工人彭玉莲，成了"文化大革命"后的右派妻子和"妖精"；"三忠于"毛主席的贫农青年"卫东"，一变为知识分子劳改农场的伪君子与惯偷犯；献身于祖国建设事业的知识分子冷子宣、老傅、耿尔、柳向东等，一夜之间都变成"阶级异己分子""老右派""老运动员""臭老九"……都有政治问题和"海外关系"，都要改造，都要打倒！诸如平民百姓爱戴的尹县长，也要打倒，也要枪毙！这是革命的，还是反革命的？是"最高指示"反对的，还是赞成的？"文革四化"，培养的，是革命接班人，还是反革命的接班人？这种毁灭人性的"红色风暴"，难道是中华民族文化和传统美德的延续？"炮打司令部"，批"孔"批"周公"，大破"四旧"，走"五七道路"，宁要"社会主义的草"，"不要资本主义的苗"，从物质破坏到精神摧毁，到处皆"破"，"破"正"立"邪，以邪压正——炎黄子孙借以安身立命的精神支柱何在？"文革"毒害的难道仅仅是几代人？——这才是史无前例的大戕贼，空前未有的大浩劫，也是向"炮打司令部"的人发出的"天问"！

似此来自"人间"之"天问"，也全都由海峡彼岸的啼血子规之小说提出来了，就只等待答案。

陈若曦"文革"小说集《尹县长》的文化视野，从愚忠文化、监谤文化、惩艾文化写到戕贼文化，集中表现的，最突出的，是《尹县长》与《任秀兰》两篇代表作。其中男女主人公都是革命领导干部，一位是陕西省兴安县县长，原是国民党军队向共产党军队投诚的军官；一位是南京的水利学院党委书记，原是共产党游击队的传奇人物，也是作家当时"流落"在这一所高校的最高领导人。这两位共产党的中层干部，一"黑"一"红"，虽没有世界文学名著司汤达《红与黑》所描写的个人主义者于连勇闯"高墙"往上爬，从天堂掉进地狱的那种轰动效应，却也有"悔不当初"与"事与愿违"的反思效应。平心而论，这一男一女的民官县长和党官书记，都是一贯忠于中国共产党和伟大领袖毛主席的。比起"古拉格群岛"其余四座岛屿，这两座岛屿好像是"姊妹岛"，对"文化大革命"罪恶本质的触及，对血腥现实的揭露，都更正面，更直接，更逼近，是"古拉格群岛"的一个缩影，是血泪书写的控诉，惨绝人寰，惊心动魄。

两篇小说的创作手法，艺术技巧，同中有异；对心理性格的刻画，对人物形象的塑造，各有春秋。同是被戕贼的领导干部，《任秀兰》用的是侧面描写，间接文字，以第三人称的全知观点为人物"立传"，将其十四岁参加游击队、十六岁入党以来,大半生中先革命后当官、先整别人后挨别人整,这种奇特的官运、命运及其人生经历披露出来。小说从头到尾,从一开始的惊呼"任秀兰跑了"到最后的粪坑自戕,任秀兰都一直没有出场亮相过。她的活动表现,都藏匿于作家"侧面""间接"的笔墨之中,都隐没于"文化大革命"声浪的造势之间。只有众说纷纭的感知认知和关系人物的活动观照,一切围绕"逃跑"的任秀兰这一主轴打转,主角始终在"暗场戏"表演,从不登场——"戕贼文化"的舞台,到处是关系人物的追捕声浪,及对任秀兰一生的"转述"与"旁白",其艺术形象,好像是在喧"宾"夺"主"的氛围中,先由"集体创作"出来的,再由作家执笔写出来的。

　　戕贼一开始,是在小说的开篇。当工宣队马队长气急败坏,汗水淋漓,一路跑来,宣告"任秀兰跑了",一场搜捕围剿的战斗,就在红色海洋中紧锣密鼓拉开了序幕。车站码头,娘家夫家,重兵把守;校内校外,牢房住家,抄查洗劫。不见了任秀兰,跑掉了"走资派",抓不到"五·一六分子","把水院都闹翻了"。但"戕贼文化"之蔓延,又何止华东水利学院?是把全国高校都闹翻了的。这是"江青点名"的反革命组织,南京又是"五·一六的老巢,黑线贯穿军内外,爪牙遍布全国"。因而"大张旗鼓,从军内到大专院校,一气追剿下来",一时风声鹤唳,人人自危。受戕贼者,单水利学院就有三位数字,即"至少一百人,也可能九百九十九人",而全院的教职员工总共才一千人,"除了自己,前后左右都可能是反革命分子了"。南京大学也不例外,而且更惨,单一次"五·一六分子"坦白大会,就有两万多人在烈日当空圈地而坐,场外戒备森严,一个个被押上高台,当众揭发控诉。"没有一个不是声泪俱下的,有的还泣不成言";"也有同窗数年而一向睡上下铺的亲密战友,甚至患难与共三十年的老夫妻,而竟不知对方是五·一六的同党";还有的竟激愤激动得"当场晕倒"……其戕贼规模,直接间接,之大之广之深,由此可见。而关在马列山的任秀兰,"墙上有毛泽东的照片和激励士气的标语"——"五·一六分子不灭亡,誓不罢休!"——"揪出军中伸向院校的黑手!"——"死无葬身之地!"——"遗臭万年!"看来,任秀兰的下场,别无选择,只能就地跳进牢房的粪坑自杀,才是唯一出路了!只见"两尺见方的一个坑满满地被一件物体堵住了","黑乎乎胀鼓鼓的"好吓人!而"那个粪池很浅的,不到一米深,长宽也不过是一个人身长"。选择这样的自杀方式,是够奇特的,也是无产阶级理论的新发展,也是发动政治运动的大创新,前所未有,史无前例!——受戕贼者真的是"死无葬身之地",也真的是"遗臭万年"了!但还要鞭尸,开批判大会,开除党籍,盖棺定论为"反革命分子"。真是戕贼到顶了!

　　同是受戕贼者,对其人物的艺术形象塑造过程,《尹县长》则以作家的替身,安插一个从北京来的"我"作为"贯索人"——以"我"视线,远近扫瞄,明暗观照;以第一人称的半知观点统领关系人物,以多个第一人称倒叙、插叙,此起彼伏,前后呼应。自始至终，都有众多审视的眼睛，直接切入，逼近人物，作多层次的正面描述。就跟《任秀兰》一样，也好像是一个"集体创作"。尹县长一亮相，就已经是"漏网右派""反革命""走资派""恶霸""军阀"了。从登上政治舞台的亮相，到押上戕贼刑场的枪决，其思想感情、语言动作、心理性格，及其官运、命运、厄运，全都纳入并映现于单"我"多"我"的面面观视野之内，让"我"从细节片断的所见所闻中了解其一生风云变幻。众口皆碑的客观评价是："他起义有功做了县长，虽然是党委书记抓实权，但大家都爱戴尹县长。"这是借第一人称的"集体创作"在为尹县长"立传"，是小说之主旨。但正面描写中也有侧面描述，直接逼视中也有间接窥视。正面描写，见于尹县长的两次出场，都能见到他的精神人格受戕贼的累累伤痕，人物背后则伴有诸多遭遇之"旁白""转述"和"画外音""潜台词"，作为刻画心理性格和塑造人物形象的有力补充。

典型人物尹飞龙县长的露面都在夜晚，有他的典型环境。先有"我"看到的几笔素描："戴眼镜穿干部服装"，"身材很高，虽然黑黑瘦瘦的，腰板却挺得很硬，年轻时想必体态很威武的。看人时，他的目光凝注着对方；听人说话时，头微倾过来，唯恐听漏似的，脸上的表情既温和又谦虚。五十岁不到的年纪，一身半旧的灰色中山装洗刷得很整洁，布鞋布袜，真是中国由南到北典型的老干部模样"。再有"我"看到的几处细节：人物心理、表情、动作的流露与变化，及其透出的一种惊魂未定的神态。如当他知道"我"的来历后，知道不是北京派来整人的，就"放下了心"，"表示欢迎外，他还带着中原一带人特有的纯朴自谦的口气"，介绍说："我们兴安是穷乡僻壤，除了这一眼望不到边的秦岭、大巴山外，就只有一条汉水了……可惜近来又搞运动了，抽不开身，否则我非常愿意陪你去走走。"其中提到的"运动"二字，就曾使他想起了什么，脸色暗淡，轻轻叹息。接着是尹老回顾他的"命运史"：尹飞龙在解放前是胡宗南手下的军官，二十多岁的热血青年，手下有好几千名信服他的秦岭山区子弟兵，占据过秦岭东南的一些关口。因为秦岭地势险要，强攻不下，被争取起义时"部下也是一面倒"向共产党投诚，"不费一粒子弹，陕南三个县便插上了红旗"。一个简历，一条通往戕贼的命运之路：起义投诚时"不求自己封官发财，只要求保障手下的士兵安全，给机会改过自新"；土改时他老家评上贫农，他却不管谁出身好谁吃香，要求重新评定，原因是"他爹在时，农忙常雇人打工，按理得定为富农才合乎政策"；"三反""五反"时"我们县的党委书记换了几个"，头一个就是"查出贪污下台的"，尹飞龙却是"县里唯一过了关的干部"；"大鸣大放"时他"带头批评农业政策"，被打成"漏网右派"，要罢他的官，后因空前大旱，颗粒无收，抢粮、偷窃不断，派他下农村抓农业生产，恢复自留地，包产到户，激活自由集市，鼓励农民积极性；到"文化大革命"要追究"三自一包"的责任，"北京的大字报已经不指名的点了刘少奇，要批判这一套复辟资本主义的政策",尹飞龙也就遭殃了,"先整县长,再捉党委"……"那党委书记贪污腐化,乱搞男女关系,民愤大极了,却轻轻放过",任其"幕后操纵",而尹飞龙只是抓农业生产的"挂名县长",却"大张旗鼓地搞他"! 尹飞龙后一次出场,也是夜晚,"随着呼啸的山风闪进来","动作干净利落"。也有"我"见到的几笔肖像画:"黑黄的脸","笼罩着惶惑和疲倦的神色","左眼角有一道疤痕,直拖到耳边,右手背上也有寸把长的手术缝痕。这些大概是他从前当过军人的表记吧,我想,否则他现在的模样,怎么也叫人想象不出他曾是大字报所指的'军阀'……"

这次是专门来向"我"请教问题的。尹飞龙这一次亮相是:"沉默","盯紧","诚恳"。有提问:"这文化革命跟我有什么大关系?"有表白:"我从来不是县里的第一把手——连第二都不是。不搞组织,不管宣传,不出谋划策过。党叫干啥,就干啥。一共就是一个脑袋,随党怎么改造……至于我的历史,解放以来,也交代过五六回了,还有什么隐瞒、谎报呢?"说完,"头就挂了下来,用右手撑着",只见"手背上的伤痕像一条吃净的葡萄枝梗,映着灯光,红得发亮"。后是面对"戕贼"的反思:"我并不担心我自己……"他爽直地说:"这就是无儿无女的唯一好处。我只是觉得遗憾。至于遗憾什么,我也说不上来。好像是……我从来不曾做一点事,不曾对国家、对人民有什么贡献。"尹飞龙不善于言辞,但有一肚子话,一旦喷出,即如泉水一般,洋洋洒洒,奔腾翻滚,石破天惊——

　　　　"我知道共产主义时,已快三十岁了,"他回忆地说,"那时,我也不清楚共产主义的理想是否一定能实现,实现了以后又是什么样的情况。我十五岁时被拉去当兵,吃了多少的苦头。那时心里只想着怎么熬过去,向上爬,有一天做到团长,师长,将军……我从来想到的就是我自己。所以,当有人向我谈到共产主义是教人为别人活着,为中国老百姓做事,我开始感到自己真渺小,真肮脏,觉得自己一向都白活了。我记得,我曾经感动得手脚冒汗,握在手里的马鞭子变得水淋淋的……但是我毕竟是个老粗出身,小时候没有好好读过书;解放以来,虽几次参加学习班,可惜文化水平太低,总是读不懂马列主义。我有时候相信,它们是专门给知识分子看的,或者本来就不是给中国人看的。'反右'以前,组织上曾经辅导我学习刘少奇的《论党》,还有一些心得……"

这是他的人生表白,说得入情入理,深沉含蓄,完全可以把它视为尹县长挑战"文化大革命"的一篇"宣言",也是他被枪毙前洗刷自己的一篇"遗嘱"。反思过程,他"嗓门干哑","哽咽不成声,只剩惨笑的样子"。随着阶级斗争的狂潮滚滚向前,陕南山区的子弟,起义投诚的军官,人民爱戴的县长,一夜之间,竟成了"军阀""恶霸""顽固反共""罪大恶极"——要"杀人偿命","要算这笔总账"!在无数罪名中,还把尹老那被国民党抓去跟共产党打仗而被打死的儿子,加罪在尹飞龙的"血债"上。以"不枪毙个把人不足以树立威风"为由,"江青反革命集团"专政机关对尹县长是"立即执行死刑"。——红卫兵口号震天:"血债要用血来还!"……"处决军阀、恶霸、反革命尹飞龙是毛泽东思想伟大胜利!"……口号的炸弹轰响,标语的海洋汹涌。神州大地,狂风刮得正疾,"太阳早不知被驱赶到何方去了,满天昏昏惨惨,一片黄濛濛"……"文化大革命"的悲惨世界,整个呈现在炎黄子孙面前。

其践踏人性,由来已久。摧残人性的"戕贼文化",源自"愚忠文化""监谤文化"和"惩艾文化",见之"古拉格群岛"独裁者的残暴镇压,戕贼对象遍及六个岛屿的反愚忠者、反监谤者、反惩艾者、反戕贼者。有戕贼就有反抗。同样的,"血债要用血来还"!遭戕贼的受害者,都有自觉的人性,都有高尚的人格。像代表人物尹飞龙和任秀兰,一男一女的遭戕贼形象,一个来自国民党的革命干部,一个来自共产党的革命干部,虽然位居中层领导地位,为人民服务的态度和表现各有区别,对共产党忠诚的程度和方式也有所差异,但在"文化大革命"戕贼高压下,都一样不是可以任杀的羔羊,都能自觉捍卫自己的人性、人权和人格的尊严,在逆境中,在死路上,都能进行隐蔽的反抗和巧妙的斗争。因而他们都死得超凡脱俗,死得振聋发聩,死得惊天动地。反戕贼者任秀兰,之所以被骂为"狡猾极了",是因为她从内部被拉出来,铁幕一切了如指掌,有一套对付共产党的手段。平时当官,她跟尹县长的言行就有不同之处,即如前面所述,是懂得见机行事,耍两面派,由此而演化为"党内走资派"的伪装老实,制造假象,得以暂时逃脱。就连自杀,都能发挥她"从小打游击"的本领,声东击西,转移视线,于偷跑潜逃的烟雾迷漫中,选择粪坑"自绝于人民",别出心裁,让人目瞪口呆。古今中外,有哪一个受戕贼者是跳粪坑而自尽的?有什么能比死于粪坑更"遗臭万年"的?宁可跳粪坑而不愿活下去,说明了什么?说明:要在"古拉格群岛"的非人性世界活下去,是比跳粪坑更肮脏更恶臭更难受更痛苦的!说明:腐化堕落的强权政治就是一个广阔无边的大粪坑,比起一个两尺见方的小粪坑,更加窒息人性,更加惨无人道,更加臭气熏天,更加遗臭万年,更加臭名远扬!大粪坑逼得任秀兰只能跳进小粪坑——反正都是臭不可闻,"遗臭万年",却不肯与之同流合污,不肯与之合污同臭,不肯与之臭气相投!这种独特的抗争方式,是以毒攻毒,以臭批臭,是很有个性的,是很有死的独创性的。

而枪毙县长尹飞龙,作为反戕贼者的反抗,也是别出心裁的,让人目瞪口呆的,很有独创性的。但比起高校党委书记任秀兰,身困小牢房的"暗场戏",尹县长面对的是红卫兵与广大群众的公审大会,是抗争在光天化日的戕贼刑场,是与任秀兰相反的"明场戏",影响更广,震撼更大,教育更深。一宣读执行死刑的判决书,首先是尹县长的老婆要冲上台去,嘴里直嚷,大声抗议:"讲政策,你们讲政策呀!"当红卫兵领呼:"处决军阀、恶霸、反革命尹飞龙是毛泽东思想伟大胜利!"台下群众起先还跟着喊,"可是声音越来越稀,越来越低","好像喉咙被什么堵住了,胸口饱胀得难受","群众反应不热烈"……但就在此时,出人意料之外,于无声处响惊雷——押赴刑场的尹县长,虽眼镜掉了,"头却昂起,腊黄着脸,瞪大了眼睛",突然高喊着:"毛主席万岁!毛主席万岁!"喊得群众惊呆,喊得天昏地暗。有人要"用铁丝箍住他的嘴",但绑架他的人又"不敢用手捂住他的嘴——怕犯错误"。死的挣扎,死的反抗,激起天怒人怨——整个刑场的观众"骚动起来"了,愤怒地往台前拥挤冲撞。逼得红卫兵慌忙霸住阵地,挡住群众,"宣布立即枪决,唯恐生出乱子"……

　　小说告诉读者,戕贼者枪毙热爱毛主席而高喊"毛主席万岁"的革命干部,他们连"革命"的伪装都不要了!直到举枪对准,尹县长再次仰起头来,再次高呼:"共产党万岁!毛主席万岁!"只见他"眼睛鼓得大大的,眼球好像要爆裂开来似的,嘴唇也咬出血来"。大家都"吓坏了",刑场更搅乱了。此时此刻,使戕贼者惊慌失措的,是什么威力?用什么武器?用的正是当时"战无不胜"的武器——"毛主席万岁"。在那个疯狂的时代,"以子之矛攻子之盾",谁只要喊一句这样的口号,就等于得到一张护身符,持有一本安全证。就好像是巴尔扎克《高老头》那即将退出历史舞台的贵族领袖鲍赛昂夫人,那高高在上的豪宅贵府,只要谁能登上门槛,就等于取得一张上流社会的通行证一样。尹飞龙只是捡起疯狂时代的一件破旧的武器,一句时髦的口号,虚晃一枪,震慑一下,却给戕贼者迎头一击,使他们十分难堪。这种现代主义的黑色幽默,是很有讽刺效果的。刑场观众怒问:"对着这样的口号怎能开枪呢?"——喊"毛主席万岁"的人要枪毙,不就说这一口号有罪,不准喊了?农民更迷惑:"他这么喊毛主席万岁,怎么还枪毙他?"——把矛头对准"毛主席万岁"口号,发动"文化大革命"运动的最高统帅威信何在?农民与刑场观众,代表反戕贼的力量,都在无声责问:人民爱戴的清廉干部都枪毙了,打倒了,还有谁是人民公认的好干部?……这都是"天问"!——谁能回答?但小说主题明确,人民心中有数。尹县长实质上是开了一个天大的玩笑,留给后人思考。这个玩笑,又是开得叫人哭笑不得的,是一种"恶毒的幽默",有反讽,有反拨,有"于无声处听惊雷"。

　　陈若曦"文革"小说集《尹县长》所展现的时代背景,尹飞龙们,任秀兰们,其遭戕贼的典型环境,仅仅是一个缩影,仅仅是"沧海一粟"。因为作家当时仅仅是生活在遭戕贼的一个水利学院,不可能看到大陆疯狂兽行时代的"宏观视野",如无数文学家、艺术家、科学家和革命家,以及无数的优秀青年男女等等民族精英,他们反戕贼,被迫自杀的,惨遭极刑的,折磨致死的,不计其数。更有被推上刑场之路,为避免他们在广众面前说出真理,喊出心声,再加上"封口"极刑的。除英雄史云峰被用铁丝缝起嘴唇外,还有女英雄们——张志新被割断喉管,李九莲被以尖锐竹签把下颚和舌头刺穿密缝起来,血淋淋游街。"文化大革命"的暴徒还学德国法西斯割去女英雄乳房、下体等等部位之兽行,拿回去欣赏玩乐,有过之而无不及!还有用正义声音为李九莲鸣冤叫屈的女高中生钟海源,也被活体取肾,以维持某腐败高官儿子肾移植之需的十几天生命;官明华的嘴里则被插进尖利的竹管,用铁丝穿过勒紧颈脖,残杀于海南岛五指山;而以文科女状元考入北京大学的高材生林昭,从"反右派"运动的"右派"抗争到"文化大革命"的"反革命",也是被割除消灭呼唤真理的嘴巴和声音,枪决前一身素服,以窦娥"冤"的代表形象"为国戴孝",写下最后一篇血书《历史将宣告我无罪》;更有写信质问毛泽东"文化大革命"的叛逆者,北京外语学院的女大学生王容芬之惨遇⋯⋯灭绝人性的、兽性化的"戕贼文化",有前因后果。而文学独行侠陈若曦疾笔驰骋的,不管是小说里的还是小说外的,触及的都是二十世纪后半期开始的众多戕贼事件,反人类罪,受戕贼者遍布神州大地,不计其数。然而,戕贼与反戕贼,摧残人性与捍卫人性,抗争是一以贯之的,永无休止的,直到今天,直到将来,大海怒涛汹涌澎湃,后浪推前浪,伴随人类人性之进展——并已在"老虎苍蝇一起打"的生死决战中,亮出"文化大革命"孳生繁殖的恶性膨胀的腐败贪官排行榜,体现炎黄子孙反戕贼的战无不胜的伟大力量,听到真理的声音。

第六章
陈若曦自传小说
——教育视野艺术观

陈若曦一九七六年写于温哥华的自序与《写在〈尹县长〉出版后》一文,及白先勇的《乌托邦的追寻与幻灭》,也是研究其"文革"小说集《尹县长》艺术构筑的依据。而邓小平的《党和国家领导制度的改革》一文,则是研写《海峡子规》的指导思想。邓小平否定"文化大革命"说:"由于没有在实际上解决领导制度问题以及其他一些问题,仍然导致了'文化大革命'的十年浩劫。这个教训是极其深刻的……如果不坚决改革现行制度中的弊端,过去出现的一些严重问题今后就有可能重新出现。"①更有胡耀邦彻底平反冤假错案实际行动的精神动力。这一"言"一"行"交织而成的指导纲领,则应该是要反复讲的。而"古拉格群岛"作为陈若曦大陆自传小说创作之载体,研究之喻体,其相应的艺术构筑,结构框架,又是由上述愚忠文化、监谤文化、惩艾文化、戕贼文化四大支柱一托而起的,以多种艺术手法架设而成的。塑造典型人物,再现典型环境,展示时代背景,提供活动空间,拓展情节线索,强化思想主题,都能见到作家卓特不凡的创作技巧,手法多样。"古拉格群岛"六座岛屿之艺术构筑,即有铺垫功能、对照原则、心理语言、景物映衬四端,可供探赏。

第一节 铺垫功能

铺垫是作家艺术构思的一种思维模式,一种逻辑走向,是拓展情节线索、营建小说结构的一种技巧。铺垫的进程,也就是演示人物形象、挖掘主题意旨的过程,指示小说创作的走向——它向小说的目的地走到底,直达人物命运的结局。因而作家要心中有"底",明确"目的",精心"构筑",找到"结局"。此即老舍所言,小说的"底",在写作之前就要找到,"底"往往在结尾时才表现出来,"底""也可

---

① 邓小平:《党和国家领导制度的改革》,载《邓小平文选》第 2 卷,人民出版社 1993 年版。

以说是你写这小说的目的"①。

　　而要找到小说结尾的"底",就要有经由之道,就离不开铺垫与蓄势。陈若曦是深谙此道的,因而她的自传小说都是有铺垫功底的,为蓄势而经营的。《值夜》里柳向东和老傅辛辛苦苦,日日夜夜,在农场劳动改造,生产粮食——老傅还在"业余"敲敲打打,诚诚恳恳为大家做小煤炉,展示的是知识分子走"五七道路"的思想感情和生活场景,以及贫农"卫东"在农场的锱铢必较,诸多为私为利之言行。但小说并不停留于这一层面上,还要深挖思想主题,突出人物形象,还有作家追求的"底"——在农场接受贫下中农再教育的知识分子,竟然在值夜中看见偷运粮食的是贫农"卫东",又不敢把他抓住,怕把矛头指向贫下中农,犯错误,不利于再教育! 假如没有值夜之前的铺垫,没有情节的依托,小说的"目的",小说的"底",会有如此强烈的讽刺效果吗?《查户口》里的彭玉莲,如果没有"文化大革命"之前"模范工人"的交代和后来的表现,先作铺垫,结尾"底"处丈夫回家相处,即一改怨尤,判若两人,一心归顺,照顾丈夫,那么,老右派妻子的心理性格会如此复杂矛盾吗?"潘金莲"形象会如此鲜明生动吗?《耿尔在北京》里耿尔的两次爱情悲剧,都是以喜剧开场的,都有一番情投意合的恩爱经历,写的是"甜",是"喜",都有许多笔墨的渲染,也都旨在铺垫。但铺垫到"底",却是苦的,却是悲的。有了"甜"和"喜"的铺垫,则更见其苦,更见其悲。有甜才有苦,有喜才有悲,写甜是为了突出苦,写喜是为了强调悲。整个走向,是罪恶势力的步步进逼,逼到"底",则是对人性的戕害,连爱情婚姻都无法逃脱。

　　《晶晶的生日》的小说情节围绕追查幼儿园才几岁的祖国花朵"说反动话"事件展开,掀起了住宅区好几个家庭的"文革"风波,摧残了幼儿的心身健康,击碎了家长的精神支柱。层层追究,人人过问,歼灭战役,如临大敌。情节看来单纯,却调动诸多人马,动用录音机,派出包打听,四处有耳目,却也写得波澜起伏,带有侦探小说的味道,而且无论是主角还是地点、事件都有典型的选择。因而其铺垫功能,更加突出,是一种"强铺垫手法"的运用。而突出的还有作家的"现身说法"和"自传书写",写的正是作家当时来大陆生下两个男孩的经历和感受,以"我"为视线,真切,客观,可信。"我",即文老师,怀孕第二胎快生小孩之际,也是幼儿园小小班的晶晶生日来临之际,恰遇晶晶卷进"说反动话"的反革命事件,由此而彰显主题,不断铺垫。先是邻居的幼儿园保育员王阿姨惊慌而神秘地告诉"我"——

　　　　……她仍然压低着声调说,同时倾着上身,俯着头,唯恐说的话被

———————————

① 老舍:《小花朵集》,百花文艺出版社 1963 年版,第 97 页。

第三者听去似的，"十点多钟，孩子全睡了。政工组的老王领了广播室的老邵，扛了部录音机来，我们幼儿园的主任亲自陪着。他们一来便叫我把施红叫醒。孩子睡得像死去一般，怎么弄也不醒。我只好把她抱去餐室，用冷水洗了一把脸，这才半睡半醒地睁开了眼。王组长亲自把餐室的门关紧了，接着就和我们主任盘问起小红来，老邵打开录音机在一旁录音。先问她：爸爸叫什么名字？妈妈叫什么名字？接着就问她：有人教你喊反动口号没有？小红闭上眼睛只管摇头。问了一阵，主任急了，说：有小朋友听到你喊反动口号……"——说到这里，王阿姨的整张嘴几乎塞住了我的一只耳朵——"毛……坏蛋，喊了没有？这下小红似乎知道厉害了，使劲的睁大了眼睛——你知道小红那双水汪汪的眼睛，像荔枝核般亮晶晶的——她就这样干瞪着眼，瞧瞧王组长，又瞧瞧主任，一边只管摇脑袋。他们轮流劝她，哄她，交代政策，叫她老实，做毛主席的好孩子，只要承认就算了……最后，主任只好把汇报她的小朋友名字讲出来。这下，孩子才记起来似的，承认是说了，但立刻哇哇大哭起来。大家哄了好一阵，她才止住了哭声。我以为事情就完了，谁知他们接下去又追问她：为什么喊这反动口号？小红又是摇脑袋。老王说，这口号哪里听来的？爸爸说过？妈妈说过？摇头。妈妈说过？摇头。老师讲过？摇头。哎呀，文老师，你不知道，我真吓得冒冷汗！"

说到这里，王阿姨直起腰来，两只小眼睛朝上翻，做出晕厥模样，一只手轻轻拍着胸脯，似乎犹有余悸。

"我那时偷看了一下手表，不得了，十二点了！孩子已经熬不下去，瞌睡连连，眼睛闭呀闭地。最后一次问她：听见妈妈喊过没有？她就闭着眼点头了。等问什么时候听到，她怎么也说不上来。折腾了一番，实在没有结果，他们才让我抱她回去。一上手，小红便呼呼睡去了。倒是我，下了夜班回家，整天想着这件事，竟合不上眼。"

以此为起点，幼儿园里的"反动口号"接二连三，连锁反应，不断"铺垫"。当学院里"海归"派文老师正在担心"小红妈妈要倒霉了"的时候，王阿姨又神秘又惊慌又兴奋地敲门进来告知爆炸新闻，说是即将过生日的晶晶也说了"反动口号"，而且是在一起玩的小冬冬说的。——"什么反动口号？"——"就是：毛……坏蛋呀！"——"问了一阵子，我才知道是下午两人在院子里玩，嘴里乱喊这个坏蛋，那个坏蛋，而晶晶在喊完爸爸坏蛋、妈妈坏蛋之后，就溜出这句最喊不得的话来。"这还得了吗，出在家长是"中过美帝国主义教育之毒"的！而对门的王阿姨是"不能得罪"的，他的丈夫老王"是我的同事"，"一向紧靠党员和上司"，"出名的积极分子"，更要"特别小心"，"得罪不得的"。小说情节在搜集、追查幼儿园"反动口号"的过程中，铺垫步步深入，面面俱到，把住在一起的同院里的三家小孩子都触及到了。"古拉格群岛"红色恐怖的狂风刮进幼儿园，追查反动口号从娃娃抓起，向祖国的花朵开刀！而每触及一次，文老师肚子里即将出生的胎儿就要震动一下，总要"冷不防，肚子又被胎儿踢了一脚"的。在"铺垫"中，也许胎儿正迫不及待要来到这个"古拉格群岛"看看呢——看看他自己是不是也会被追查到"反动口号"？小说一路写来，从开头的大肚子、晶晶的生日，到结尾的在晶晶的生日生下第二胎，都是围绕追查幼儿园"反动口号"和肚子里的胎儿又"踢了一脚"的不断铺垫而"开路"，进行到"底"的。故每次追查"反动口号"，耳闻目睹之间，惊魂未定之余，文老师都要用双手把肚子捧着，按着，举步维艰。几种铺垫手法，是同时并进的。而当拓展小说情节的铺垫写到最后，却让人意想不到，"反动口号"竟追查到又"兴奋"又"惊慌"的通报者王阿姨头上，多了一个比小小班的小红、晶晶大几岁的冬冬，也说"反动口号"了，不由让小说情节掀起一个波澜。王阿姨嘴也"哑"了，眼也"瞎"了，耳也"聋"了，也不再到处敲门通报"反动口号"了，她的表现很积极的得罪不起的丈夫也"像拔掉了插头的收音机"了。而隔壁的"左出奇"卓家夫妇、父子则更神气了，因为有了往上爬的"汇报文化"，可以更上一层楼了。小说铺垫到"核心"结尾，最后才让晶晶在过生日的时候说出："冬冬要我说毛……坏蛋……我不说，冬冬说了！"真相大白，雨过天晴。"就这样，我当天便被送进了医院。挣扎了一夜后，我终于早产了，生下了老二。"老二步老大之后尘，在这种时候来到"古拉格群岛"的这个岛屿，又在老大的生日，是确有深意存焉的。然而，悲剧乎？喜剧乎？也许是悲剧后的喜剧吧？而小说高潮，是"中过美帝国主义教育之毒"的文老师，说了一句饱含"阶级感情"的时髦话，也是哭笑不得的话，她笑笑说："感谢毛主席呀。"

至于代表作《尹县长》《任秀兰》，用的却是"强铺垫"的结构方式。两位官员，一生走过国民党、共产党"用人"的命运之路，但走到路之尽头——"底"，是什么呢？是尹县长的被枪毙，沉冤悲剧！是任秀兰的粪坑自戕，悲剧沉冤！又都是"强铺垫"要通达的"核心故事"，故能收到惊心动魄之效。联想尹县长的生活原型，对照小说创作前的生活积累和"铺垫功能"，文学独行侠陈若曦曾经说过："我这个人非常喜欢旅行，在中国几年，旅行是一点机会都没有。在北京住两年半旅馆，正值很多红卫兵在搞串连，我提出要求让我到天津或什么地方走走，但上级不批准。理由是外面吃的东西很不卫生，听起来很荒唐，几百万、几千万的人都在全国跑来跑去，就没有人考虑他们吃的东西卫生不卫生——其实就是不许我们出去。……我自己跑到天津去转了一个圈。在我申请离国的时候，我想我再看不到中国了，怎么办？于是我一个人跑到西安去看我的朋友，《尹县长》这个故事就是在西安听到的。这是个真实的故事。就说是在汉中盆地有个县长——不过这县长不姓尹而姓雷,也是被人家枪毙掉的。但不少群众有不同看法,觉得明明有政策摆着,不应当枪毙这样一个好人。因为这是离开中国前听到的,印象比较深,所以我想写东西的时候,这个题材就先浮上脑海……"作家还补充说:"中国的事情我看到的不算多,但是我觉得在'文革'里很多的老干部,像尹县长,是相当典型的例子。他们受到冤屈,可是到死的时候,也不一定呼冤叫屈,抱怨当政者的绝情。我觉得这是一种说不清楚的感情。《尹县长》当时要译成外文,有人刚翻译就问这个问题,说尹县长临死喊的口号是否表示他的死心塌地,抑或是一种讽刺?我说我自己和说故事的人都不知道,这可能永远是个谜,也许只有尹县长自己知道。当然读者可以自己去想象,去理解……"可以说,读者的想象和理解,与拙著分析过的,尹县长被枪毙时喊"毛主席万岁"的黑色幽默,也正有其"铺垫功能"和"照应意识"。而对此铺垫的经由之道——尹县长,是从开宗明义的"我和尹县长只见过两次面,却老忘不了他"开始铺垫的。小说通过倒叙的方式,运用悬念、假象、伏笔的手法,飞越了自国民党到共产党的两个政权实体。自"文化大革命"前的革命干部到"文化大革命"后的"历史反革命",两个时代容纳了"起义史""革命史""戕贼史"这一人生经历,造成情节拓展的强大蓄势,风狂雨骤,电闪雷击,处处皆见。

第二节　对照原则

　　所谓对照原则,来自物质世界和精神世界的客观存在,这里包含有对事物的对比观照的因素,可以从现象观察本质,是一个认识过程,也有科学分析的成分。通过对照,可以看到美者更美,丑者更丑;可以看到是非颠倒的变化,事物发展的规律。这是文学创作的基本原则,是法国浪漫主义旗手雨果的文艺思想理论核心。雨果认为:"基督教把诗引到真理。近代的诗神也如同基督教一样,以高瞻远瞩的目光来看事物。她会感到,万物中的一切并非都是合乎人情的美。她会发觉,丑就在美的旁边,畸形靠近着优美,粗俗藏在崇高的背后,恶与善并存,黑暗与光明相共。"[①]陈若曦的大陆"古拉格群岛"文化之旅的自传小说,受其影响,也正是以雨果的文艺思想的理论和文学创作的眼光,来观察"文化大革命"的社会动乱和生活现实的,以"美丑对照原则"来书写她的自传小说集《尹县长》的。

　　文学独行侠陈若曦登上"古拉格群岛",足迹所至,触目所及,都能见到真与假、善与恶、美与丑的对比对照,对立对抗,势不两立。创作源于生活,作家重在

---

① 《雨果论文学》,上海文艺出版社 1980 年版,第 30 页。

体验。陈若曦的大陆自传小说的对照原则——愚忠与反愚忠，监谤与反监谤，惩艾与反惩艾，戕贼与反戕贼，以及自上而下的强权势力与底层社会的劳苦大众，前之论述，处处皆见。其小说对照对比与对立对抗的两个对立面，在每一篇小说交织而成的情节线索，所构成的矛盾冲突，所展现的时代背景——即雨果的对照原则："恶与善并存，黑暗与光明相共。"这是从整体上看，从陈若曦小说对立对抗的大原则看。从个体上看，从小原则看，则有许多受害者无辜者的各自命运的对比对照的具体描写。同是受戕贼者的革命干部尹县长和任秀兰，即有诸多不同境遇。一个为人忠直，艰苦朴素；一个为人狡黠，讲究享受。一个厄运迂回曲折，受尽折磨；一个厄运急转直下、祸从天降。一个在光天化日被杀，激起众怒悼念，"流芳千古"；一个在粪坑便池自戕，独自含冤饮恨，"遗臭万年"。他们死于悲壮，死于沉冤，正是"粗俗藏在崇高的背后"的。而任秀兰是从小说伊始的"任秀兰跑了"，与她此前身为解放前后的革命战士、领导干部的光辉形象进行对照的。其中小说情节之拓展，跟《尹县长》一样，运用的也是一种倒叙方式，以悬念、假象、伏笔的手法，跨跃了延安革命根据地干部到南京水利学院党委书记的两个历程，由此塑造人物形象而加以对照。自参加革命带领游击队转战北国山区，从长腿将军到"五·一六反革命头目"，前后两种截然不同的命运，无不融入了"战斗史""官场史""迫害史"这一人生构架的生活幅度。对比手法，对照原则，造成情节拓展的强大蓄势，坎坎坷坷，曲曲折折，时隐时现。兴安县的县长和南京水利学院的党委书记，一个来自国民党，一个来自共产党，成了陈若曦笔下"古拉格群岛"两个岛屿"国共合作"的人物，艺术形象在对照中的不同命运之路，最后殊途同归，归结到"戕贼刑场"和"戕贼粪坑"，都是"死路一条"。命运之路，统一走向；悲剧舞台，两戏同演。艺术构筑，浓墨重彩；书写文字，引人深思。而从艺术结构看，两篇小说描写人物的对照原则，也都融入"大蓄势"部分，均各占有百分之九十五的篇幅，而将心理性格的刻画和艺术形象的塑造贯串其间。由此而造成大蓄势之必然，对照之下，直奔到"底"，直奔到"死"。这是"情理之中"的"意料之外"，是核心故事之对照，后劲十足，"底"蕴深厚，魅力无穷。

　　而《值夜》里同是农场劳动改造的"老右派"，"老运动员"：老傅性格开朗，心理平衡，是好动型的，身边不离空铁罐头、铁剪、尖锥、圆槌，为大家制作煤油炉——"同老傅一道值夜，老傅仍然在敲打煤油炉。老傅做煤油炉已经全校出名了，从文化大革命中期到现在，据说已经做了一打以上，全是无价奉送给急需的人，为此人缘特别好。"但是身在"古拉格群岛"，高级知识分子能在劳动改造的农场敲敲打打就是万幸的了。"他以前是中央大学的高材生，解放后不久就在本校任教，很快升为高级讲师，文化大革命前夕已经成为副教授的候选人之一。不幸，在'文革'后期清理阶级队伍刚开始时，有人匿名检举他，说他念中大时有参加三民主主义青年团的嫌疑及隐瞒年龄的可能。领导上本着宁可信其有，不可信其无的一贯政策，成立了专案组展开调查。两年过去了，始终找不到证据。专案组的四、五个同志，轮流到他河南的老家查了几次，又到外省去讯问他同期毕业的几个校友，全不得要领。但因为也找不到他绝对不参加过三青团的证据，便不敢贸然解放他，就只有把他无限期地'挂'了起来……清理阶级队伍时被关了半年多，以后是监督劳动，接着随全校教师到苏北开办农场……"这里，老傅的冤案，与"古拉格群岛"专门整人的专案组的所作所为，就是一个强烈的对照。而在此对照的还有，柳向东惋惜地对老傅说："你是多年的老讲师了，不上课，却在农场种菜，敲煤油炉，这不是浪费人力吗？"又说，"我看农场应该关掉！"——"以后学生多了，教师怎么抽掉得出来？何况还赔钱！哪个社会主义国家……就是阿尔巴尼亚，也不曾这样，每个大学办一个大农场，劳民伤财！"对照之下，老傅"倒是满喜欢在农场过日子"的。因而他除农场劳动外，还日日夜夜敲敲打打，废物利用，为大家做煤油炉，做好事，自得其乐，与贫农出身的变质分子，要捍卫毛泽东的"卫东"，斤斤计较于编箩筐要"计时"不"计件"的家伙，一个偷懒贪吃又盗窃耍尽无赖的宝贝，也是一个强烈的对照。你看他的嘴脸："包工制？那是刘少奇的修正主义路线，文化大革命不就是要除掉修正主义根子吗？毛主席教导我们：要相信群众，永远依靠贫下中农……"反复对照中，老傅对罪恶时代的反思是有声响的，就是敲敲打打……还有，柳向东从台湾到美国留学归来，是带着像作家陈若曦一样的回报祖国的伟大理想来进行教育实践的，但来到这所大学，却整天在农场劳动改造，而大学现状却是"目前大一学生的数学是从小数点加法开始，到大学毕业时也上不了微积分，其他就别提了"。而且教学法也很简单："你只要使学生懂得零点一加零点一等于零点二，二分之一加二分之一不等于四分之一就行了。"理想与现实，反差太大，带来心理不平衡——"向东好比劈头浇了一盆冷水，一直凉到了心底"。这也是一个强烈的对照。在小说人物的亮相中，陈若曦就是运用这种对照原则，来塑造其自传小说的生动而又真实的艺术形象的。

同样的，《查户口》里的一对夫妇，冷子宣"性冷"，彭玉莲"性热"，也是鲜明的对照，人物性格也是在对照中得以显现的。在南京那种冷冬的天气，人家都是浑身"裹得厚厚的"，棉袄，棉裤，棉鞋，毛大衣，风雪帽，"臃肿不堪"；她却是"只穿着一双上海出品的紫红呢鸭舌便鞋，一袭花绸面的丝棉袄裹在身上，还能露出腰身来，紫红的毛线帽子，配了黑手套，映着满地的白雪，越发艳丽得夺人眼目"。这种与众不同的对照，"热"，"性热"，终于导致大学里她冷丈夫所在系里的党支部书记马遂，借口关心丈夫不在家的家属，登门接近"潘金莲"。人人害怕的"古拉格群岛"权势者，一个借"文革"之便睡过五个女人的腐化分子，也吃到她的热货，后来干脆夜夜睡在她的床上。早已"被群众批判几次了"，屡教不改，夜夜查户口

"捉奸"也没用。七十高龄的郭奶奶也骂开了："男人在下面劳动,她这里放胆偷汉子!"难怪青春守寡的独自抚养成一个军人、一个党员宝贝儿子的施奶奶,见到她就像见到了"邪",就要"骂人"。而对照年纪差一大把的"冷"丈夫冷子宣呢?暮气沉沉,性格忧郁,心如死灰,孤独自处,身边没有谈心的人,总有解不开的结——他对"古拉格群岛"的权势罪恶也有反思,但跟老傅的敲敲打打表达方式相反,则是没有声响的。对照鲜艳好动、热浪色涌的彭玉莲:"冷子宣据说五十岁还不到,头发已半白了,两穴光秃秃,前额宽得像平原,一脸的褶纹不亚于刚犁过的田畦。他尤其近视得厉害,虽然架了近视眼镜,注视事物时,还得耷拉了头,弄得弓背哈腰似的。同她太太相反,他脸上难得见到笑容,沉默寡言的,同我们这些邻居都不打招呼。看他这一脸呆滞失神的表情,我总怀疑他有什么解不开的结扣在心头。有一个夏天的傍晚,我在窗口瞥见背靠着自家的大门,呆呆瞧着天空,嘴巴半张着,整个人像块化石一般……"对照之下,是谁把当时一个年轻潇洒的彭玉莲主动追求的副教授折磨得如此模样呢?再看:在这个大学里,"我的系党委书记特地跑来向我介绍邻居的政治面貌,也提到冷子宣,一再说他是老右派。以后,偶尔也听到同事们喊他'老运动员',因为几次政治运动都搞到他头上。他不但在清理阶级队伍中被关了一年多,连最近的一打三反运动也出了纰漏。后一场祸更是闯得莫名其妙。不知是哪个教员在一张废纸上写了'中国共产党'几个字,这冷子宣却在它们下面添了'的狗'两个字。纸团偏被人从废纸篓捡了出来交上去,于是新账加旧账,翻了一番,免不了总是劳动改造。这样,一个副教授便成了五七干校的'劳动常委',经年不着家门了。"如此对照,又何等强烈!

《耿尔在北京》里的人物,也各自都有对照。耿尔前后爱上的知音女友:一个是谈恋爱的浪漫型的甜蜜对象,一个是办婚事的现实型的幸福对象;一个是十九岁的未婚者,纺织工人,红五类,一个是三十岁的离婚者,中学教师,黑五类。小晴,她的美好天性在于"晴",晴空万里,洁净如洗,明朗清澈,一尘不染,天真可爱;她吃苦耐劳,勤奋好学,胸怀大志,力争上进,有丰富的精神生活,是一个理想主义者。但罪恶时代的污泥浊水,不可能使她"出污泥而不染"——做了工宣队的副队长,发动大学生"革命无罪,造反有理",人物成长的整个气候便由"晴"转"阴"了,万里晴空突然乌云翻滚。小晴自身的对比、对照又映衬着小金自身的对照、对比。小金突出的是"金"字,却有"金"光消失铜臭渐浓的表现,是看重客观物质条件的现实主义者。在物质生活和精神生活极端贫乏的"史无前例"时代,一见耿尔从美国带来的大电冰箱和洋家具,就羡慕不已,谈婚论嫁离不开物质生活话题,确实是"金"不如"晴"的了。但灾难的磨练与现实的教育,加上政审不过关而转嫁形将就木的老官僚,无可奈何牺牲青春肉体,却使她点铁成"金",命运的安排,把没有爱情的婚姻一变为没有婚姻的爱情,她找到了耿尔,献给了耿尔——那最后依依惜别的真情实爱,就有人性的闪光。小金自身对比、对照跟小晴一样鲜明,即如雨果说的"丑就在美的旁边"。另有王阿姨和彭玉莲,虽是不同类型的人物,但她们各自的人生遭遇带来的各自判若两人的对比,也有鲜明的对照。王阿姨出身于"红五类",理直气壮,说话很响,"左得出奇",道貌岸然,绷得很紧,好像不食人间烟火。只有农场劳动的丈夫回家的晚上,才见到人性的复活,才有一点形体的放松。只要一闻她那忙碌的阵阵菜香,就知道她为千载难逢的夫妻相会忙得正欢,也不唱革命歌曲了,哼的却是不知名的小调,还新理了发,穿笔挺的鲜红色的短袖衬衫,笑眯眯的,甜蜜蜜的。这种对比,在"潘金莲"则是大浩劫前彭玉莲之复活,关心邻居,体贴丈夫。大浩劫造成人格分裂,失掉"自我",但她们两人都能找回人性,得到"自我",也是雨果所指"畸形靠近着优美"的。陈若曦对照原则的巧用,对性格之刻画,形象之塑造,均见其矛盾性、复杂性、多样性,却能呈现一种多姿多彩的艺术景观。

第三节　心理语言

　　心理语言是心理活动的外壳,是刻画人物性格的重要手段,是塑造人物立体形象的艺术技巧,是小说创作成熟的标志。我国古代小说创作就经历一个从"平面"到"立体"的过程。较早是单纯讲故事的情节小说,偏重于人物形象的外部描写,后来发展到意识结构之构建,打破直线型的情节结构,深入人物的内心世界,甚至颠倒时空观念。从古典小说名著的《西游记》《水浒传》《三国演义》发展到批判现实主义文学高峰的《红楼梦》,即有其发展轨迹可寻。而人物的言行举止离不开的,是心理意识和内心活动,是思想感情。这里有作家在文学艺术世界驰骋的无限空间。即雨果所道:"世间有一种比海洋更大的景象,那就是天空;还有一种比天空更大的景象,那便是内心的活动。"[①]作家应该是有人性的,艺术作品应该是有感情的,所以都应该深入人物的内心世界,观察其心灵活动。陈若曦的大陆"古拉格群岛"文化之旅的自传小说,"入风随俗",虽较少意识流动之展示,却重在心理活动之揭示。作家用的是两种语言:一种是主观语言,即人物说出的心理语言;一种是客观语言,即作家描写的心理语言。两种内心活动语言的运用,简约明快,意蕴深厚,形象生动。

　　《任秀兰》里的马师傅,是唯一能保持工人德性的工宣队员,是一个例外,可谓"古拉格群岛"之凤毛麟角。他虽是这里中世纪反动教会疯狂造神运动的虔诚

---

① 雨果:《悲惨世界》,人民文学出版社 1977 年版,第 273 页。

信徒,却能诚恳待人,亲近群众,其心理活动与语言行动,也是透明的。你看他:"三步并作两步地匆匆赶过来","汗水淋漓","焦灼万分却又无可奈何似的","气得把一张皱纹纵横的老脸拉得长长的"。这就是作家的心理语言,客观语言,道出马师傅紧张、焦急的心事重重;其内心世界火烧火燎的急事、大事、坏事,全都由他的外在行为动作表露出来了,不像有的"古拉格群岛"得势者那样老奸巨猾,弄虚作假。你听他的心理语言:"我有事找你!"——"任秀兰跑了!"——"跑了!"其心理语言,主观语言,特别简短,特别急促,正与作家心理描写的客观语言相互照应,相得益彰。陈若曦的心理描写,经常是主观语言与客观语言互用互动的,交织交错的。

在《值夜》里,"向东"和"卫东",单是他们的另起"向往毛泽东"与"保卫毛泽东"的"文革"名号,小说里的人物描写,即有不少各自的心理活动和心理语言。虚心接受贫下中农再教育的美国留学生"海归"派"向东",说出来的心里语言,亲切文明,认理在理;而号称要对人再教育的贫农青年"卫东",说出来的心理语言,则冲撞粗鲁,能诈善辩。他们有两次相遇的心理碰撞:先是"卫东"的吃相——虚假地"咧了下嘴",清理桌上的骨头,安放他的三个大馒头和一碟青菜;"向东"却"顿感惭愧,竟没有勇气正视对方抓起馒头大口撕咬的样子"。你看他"吞下一口馒头后","用筷子扒了两大口青菜下肚",就"用手抓起第二个馒头往嘴里送";"他大口嚼着,腮帮鼓得一高一低的,圆圆大大的褐色脸孔上,粗黑的眉毛低垂着,两只眼睛全神贯注在鼻子跟前的馒头上";他只对"向东"生硬地"哼了一声,粗黑的眉毛扬了一下,圆圆大大的面孔便毫无表情了","直等到嘴里的东西全咽下去后",才"冷冷地",发出"一声干笑",不由使"向东"一下子"怔住"了,"脸微微热烘起来";"卫东"紧接着"眼睛盯着剩下的一个馒头,一边嘴角翘起,满脸不屑的神情"。再是"卫东"的贼相:"前头有个人影正往菜园方向跑。真有贼!"——"向东"先是"吃惊",接着是"愤怒",再是"咬着牙追赶"。盗贼正好被手电筒照了个正面:"圆圆大大的脸孔,两道浓眉","好熟悉的面孔"呀!"向东"这时候"突地煞住了脚"。但他竟对着急于抓贼的老傅"摇摇头",骗他"追了一阵,便不见什么了"。好心肠的"向东"也许是想到"卫东"的那一副吃相,觉得穷得太可怜了,不忍心抓到他。相互映衬的一正一反的心理语言,对比对照,人物性格相反相成,更加鲜明生动。作家心理语言似乎在提示:"文化大革命",依靠的对象"红五类","贫农出身",并非个个有德、个个革命;打击的对象"黑五类","打击对象",也并非个个失德、个个不革命。陈若曦出身于"红五类","无产阶级的女儿",是更看透"卫东"这类人物的,是知道不能一概而论的。

对此似带"阶级分析"观点的创作实践,所结合的心理语言的运用,从"文革"小说的代表作《尹县长》里,也可以看到其出色的描写。小说的"贯索人"——

"我",也就是文学独行侠陈若曦,在离开"古拉格群岛"前夕独自跑到西安去最后看看祖国的古都的"我"。因为当时她听来的就是生活中"尹县长"的真实故事。所以当她创作大陆"古拉格群岛"文化之旅的自传小说的时候,"这个题材就先浮上脑海"了。很明显,小说中的心理语言,是夹杂着人物和作家的内心活动来书写的。看透"古拉格群岛"血淋淋的事实,对共产党一贯愚忠的尹县长,从对"文化大革命"的怀疑、不满,到最后被枪毙、大喊"毛主席万岁",整个内心活动,心理语言,波澜起伏,以至汹涌澎湃起来,思想感情是极端复杂的,心理意识和语言表达,也是变幻莫测的。如尹县长说:"反右以前,组织上曾经辅导我学习刘少奇的论党,还有一些心得。到底是中国人说的话。现在号召大家学习毛主席的著作,前天我们才从仓库里搬出几套来,全落满了灰尘。"而当"我"告诉他刘少奇已经靠边站了,那本《论党》已经是大毒草了,"因为引了孔孟的话"。这时候尹县长又疑惑了,反映内心活动的表情,"不仅是惊讶,简直是糊涂了"。他说:"孔孟的话又有什么不对呢? 我以前学过一个毛主席的文件,上面也引了孔孟的话呀!"可以看出,尹县长的心理性格,是愚忠到底的,所以有人说他是"死心塌地"的,都没有错。但他却曾经说了一生唯一的一次"谎话"——那也是出自对共产党绝对忠诚的心理意识的表现。当"我"转话题问他为什么两次"报成分"不一样时,他的心理语言也是清澈透明的,让人看到一位像农民一样艰苦朴素、踏实诚恳的县长形象,而现在是很难找到这样的理想的县长的——

　　他一听,愣愣然望着我,像被人揪住辫子不放似的。
　　"我确是谎报,"他坦白承认,一脸的懊悔莫及。"我向党投诚不久,被编在一个学习班里,每天学习优待俘虏的政策。干部号召大家向党坦白,交心。有人带头向党交代,供出来的罪行真是吓坏人,枪毙他都有余,可是都被宽大处理了,丝毫不追究。我们这些官兵都感动得流泪了,人人争着找干部谈心、交代,恨不得把自己的心都挖出来,把自己说得越坏越光荣似的。我那时还遗憾自己的老子不是军阀或特务头子。所以,填表的时候,报了个地主,至少显得可信一些——哪个不都以为我们是地主恶霸出身的? 五三年时,我家乡考核土改成绩,工作组把我家划为贫农,因为解放时我家正好无田无地。本来是有几亩地的,四八年给我妹妹作嫁妆了,两老靠我汇钱过日子,比自己种地好多了。我当时觉得,定为贫农实在是对党不忠实。那时家父已经去世了,我就给当地党委写了信,请求划为富农。以后县里通知我母亲,说改成为上中农了。倒是我妹夫倒霉了,就因为添了那几亩地,被划成富农,成为黑五类分子。夫妇俩背了包袱,感情也不融洽了⋯⋯"

渐渐地,他嗓门干哑起来,终于哽咽不成声,只剩惨笑的样子。我除了叹息一声,也无话可以安慰他……

还有《尹县长》里的陪衬人物小张,跟尹县长、老尹和"我"也有复杂心理之碰撞,语言之表达。种种有声无声语言的交流碰撞,交织成主观客观心理语言结构之焦点。作为红卫兵的代表形象,造反派干将小张正在往上爬,曾经是红卫兵造反兵团的高官。非常时期造就非常人物,也带来独特的心理语言,发出多种内心意识之辐射。其心理表层——见到尹县长是先"愣了一会",一阵"腼腆而又勉强"之后,才介绍尹县长"是我的远房表叔",然后就"急急忙忙"地走了;他特别把"远房"两字"咬得很重",以示关系的距离,界线的分明,很怕引火烧身,机灵得很。其心理深层——他一提到"县长表叔"就"红了脸",就"气愤",就"抱怨",而且"迅速地摇晃了一下脑袋,似乎下决心要甩掉这层亲戚关系"。其种种心理意识之表露,之变化,之绝情,表演得活灵活现。还可以看到直接引起心理反应的县长表叔。他对小张的表演是"感到又惊讶又莫名其妙","诧异的眼光一直追随着小张膀子上的红袖章",等等神态表情,内心活动,都是心理语言,也是跃然纸上的。之前,还有"运动"这个字眼,"使他想起什么,他脸色竟暗了下来,轻轻地叹了口气",内心活动波澜起伏;还有"他没有喝水,发呆地坐了一会,就告辞走了"的心理反应。之后,更有"惶惑""疲倦""困扰",所夹杂的"一丝苦笑",所发出的"凄然而笑",然后是"说完头就挂了下来,用右手撑着",以及"惨笑的样子"带出"哽咽不成声"的种种复杂的心理活动表现,也都有主客观语言的一些声响,作心理描写之辐射。而辐射到尹老这个人物身上,更有向"我"谈到县长本家的复杂心理语言——先是:"谈话后,尹老就挂上一副若有所思的脸色,沉默寡言起来。没事时他就坐在门口矮凳上,抽一口旱烟,神经质地眨巴着眼睛,似乎独自在揣摩什么事情。"再是:"他泄气地摇着脑袋,额上几根白发也跟着颤抖起来。突然,他又固执起来,锁紧了眉头,使得一张脸活像一只失水干瘪的桔子……"关系人物各自个性化的心理语言,主观的,客观的,就这样交织成人物关系心理语言的网络体系,在人物心理性格的对比、对照与映衬、烘托中,把各自的艺术形象相辅相成地凸现出来。

第四节 景物映衬

陈若曦"古拉格群岛"之构筑,也离不开自然景物的对照与映衬。绘景写人,写景抒情,状景托物,是中国自古以来文人墨客文学创作的艺术手法,尤见古典诗词之著之最。就像以上铺垫、对照、心理诸多手法是为了塑造人物形象一样,景物映衬也是为了写人,为了塑造人物形象。就像作家台湾"桃花源绿洲"文化之旅的自传散文一样,那浓墨重彩歌颂的祖国大好河山,都无不在反映人间生活,衬托人物形象,或照应社会动态,或反观政治面貌,或表现劳苦大众的思想感情。因为,从来就没有单纯写景的真空文学,那为写景而写景的象牙之塔,是属于有闲寻乐族群范畴的,与平民文学是格格不入的。陈若曦笔下"古拉格群岛"的六座岛屿,几乎都能看到关于大自然的景物背景之映衬,从天气、季节中的景物变幻,到城乡惨象、学校伤痕、农场悲景。特别是关于"风"与"夜"的象征性描写。如小说代表作《尹县长》里的主人公两次出场,都在夜晚,到处是一片黑暗,走投无路,又都带进了一股阴冷刺骨的山风。这是整部"文革"小说集《尹县长》有代表性的景物映衬,都是有明指暗示的——刮起的是"文化大革命"的妖风,展现的是"文化大革命"的黑夜,以此构筑人物活动的特定环境,作为"古拉格群岛"人间悲剧的基调和象征。但在"我哭豺狼笑"的"古拉格群岛",也有人民革命的潜流,也有黑夜里刮起的扫荡妖魔鬼怪的风暴。这种景物映衬,也是中外古今作家常用常新的艺术手法。

　　当时陈嘉庚、李清泉故乡被打成"漏网右派"的归侨诗人蔡其矫,就在"古拉格群岛"流放过,其华侨文学之路经历了从泉州侨乡走到印尼泗水,再从海外走到"革命圣地"延安,一直走到狂风黑夜的"文化大革命"被迫害。在"文化大革命"后期的一九七六年,他就写下一首名诗《迎风》——诗中以灯塔为象征主体,即有景物映衬,歌颂处于"黑夜"与"狂风"逆境中的受害者:"风在灯塔的上下怒号,/天空挤满匆忙逃跑的云……//所有的飞鸟全不见,/暴怒的风谁敢抗衡?/惟独你不躲闪,迎风站立,/发光的脸上仿佛有歌声。//尽管风在摧毁小草,/把阴暗扩散到天空海岛,/你仍然与流动的光嬉戏。/犹如顽强的花在黑暗里……"当诗人的歌声一发出,立即得到老一辈华侨作家聂华苓的赞赏:"诗里表现了诗人'复活'的欢乐和希望。他好像从没停止写诗,只不过是一朵'顽强的花在黑暗里'……经过了多年的沉默,蔡其矫的诗'格'仍然没变,而他的诗却更铿锵有力了!"[①]景物的映衬与对照,旨在对比、反比;而有对比、反比,才有识别,才有助于构筑人物活动的典型环境,让人物心理意识得以映射,象征意象得以展现。这也是中国古典诗词常用的手法。因而有唐代大诗人杜甫"国破山河在,城春草木深"的苦吟悲啼,也有南宋大画家马远创作象征"国破山河在"的残缺景物画,或一鳞半爪的残山剩水画,以被称为"马一角"之名画,表达诸如杜甫一样的悲愤心情。更有齐白石名画《无叶松》,画得很"残缺",直指贪官污吏毁我美好河山的丑

---

① 聂华苓:《发光的脸上仿佛有歌声》,载《蔡其矫诗歌回廊之八·诗的双轨》,海峡文艺出版社 2002 年版,第 159 页。

行败德,具有历史意义和现实价值。

陈若曦用的也正是这种手法,她的大陆自传小说几乎都有景物的映衬,都写到可以用来对比对照的大小自然风光和气象景观,但更多的是在"文化大革命"背景的黑色画面上闪现一点亮色。祖国大好河山,壮丽景色,容纳的却是"古拉格群岛"的腐败政治、强权统治、红色海洋、白色恐怖。这种景物映衬,大有"马一角"和"无叶松"之美学意蕴。《尹县长》写"我"重游旧地,越过秦岭,到达兴安,一路均有其映衬的自然景观:壮丽的秦岭、大巴山,一眼望不到边,景色壮观,气派雄伟;"秦岭真是一座厚实的大屏风,岭南岭北两样风光。来前西安已是草枯树凋,秋意萧条,但此地却是一片浓绿,乍疑置身在江南";还有一条从古流到今的汉水,及一些瀑布,还有西安的名胜古迹如大小雁塔、碑林和半坡的出土文物,都"值得赏玩"。景物映衬下,兴安县却是重灾区,政治动乱,经济萧条,到处穷乡僻壤——搞运动了,社会动乱,民不聊生,连去走走看看都不可能了。景物映衬着灾难。尹老说:"……是个穷山区,生产老是上不去",哪能同关中一带比?"那八百里秦川,种一季能坐吃两季的。咱这里可差远了! 十年九旱……还会闹饥荒,啃树皮吃草根还是有的。前几年收成坏,我曾回山里老家一次。邻家的大姑娘不能出来见客——没有长裤穿。原来她娘早把布票变换粮食吃了! 我这是自己人说话,相信你不会给我一顶反革命帽子戴。"何止是三分天灾、七分人祸! 当尹老讲到一九六○年春夏空前大旱,"玉米、麦子颗粒无收。农民情绪坏透了,地也不愿种了,抢粮、偷窃的案子发生了好几起,"政府"的救济粮也不能解决问题。这时候,不但不好撤尹县长的职,还特地派他抓农业生产去。那两年,他亲自下到农村,号召农民坚持生产,同时放宽限制,鼓励他们的积极性,恢复自留地,搞包产到户,还有自由买卖的集市……"可是——"还提这三自一包的事! 要知道,这文化革命,就是追究三自一包的责任呀! 北京的大字报已经不指名的点了刘少奇,要批判这一套复辟资本主义的政策呢!"而"反修防修,主要挖的是刘少奇的修正主义根子"。景物的映衬,出现的又是县城的另一番"文革"景观:

　　整个县城的精华是一条东西走向的公路。尹老的房屋在西头,我站在路边,企首东望,本县的重要建筑物——最远是县中、小学和电影院,中段是县政府、百货公司和汽车站,靠西头是县医院——都尽收眼底。那几天,常看到中学生拎着一桶煮面糊,拿了板刷,在墙上大把地刷上面糊,然后贴上大字报。进城办事的农民都好奇地站着瞧,年轻的还指指点点的谈论几句。偶然传来马达声响,人们的注意力立刻转过去。原来是山里开来的拖拉机,正招摇过市,小小拖车上挤满了一张张兴奋的、被风吹日晒得又红又亮的脸。车子过后,大家的眼睛又回到斗大的墨字和煽动性的标语上：

揪出推行资反路线的×××！

谁捂盖子就和谁斗到底！

×××必须低头认罪！

×××东窗事发，末日来临！

陕西红总兴安造反团奋勇前进！

大自然景物映衬"文革"生活现实，在《查户口》《晶晶的生日》和《任秀兰》等小说里，都写到南京的大人小孩喜欢游览玩乐的清凉山、紫金山、燕子矶、虎踞关、中山陵、明孝陵等等古今瞩目的名山古迹，虽只是闪亮一下，似乎与"古拉格群岛"的受难者与暴徒们无关，因而他们在疯狂时代对这些傲视人间乱象的自然景观和历史文物，是可望而不可即的，而只是作为文化背景起到映衬和对照的作用。作家写到打着"工人毛泽东思想宣传队"旗号的工宣队进驻的"马列山"——"文化大革命"的政治中心，它横挡在清凉山前，谁敢越雷池一步？虽与自然界无缘，无法到大好河山呼吸新鲜空气，却无法"避过耳目"，可以在人性窒息之际让人一睹祖国河山的。因而能在改造"臭老九"的农场劳动，也是不错的，至少可以远离批斗，摆脱纷扰，避开污染，亲近自然，让僵化绷紧的思想意识放松一下。

《值夜》里的柳向东，从台湾花莲到美国留学，又从美国回归祖国大陆，像陈若曦的经历一样卷入了"文化大革命"的旋涡。他面对自然景色，心身溶化其中，忘掉丑恶现实，想尽办法自我超脱，精神境界得到升华。在黑夜的噩梦中，他由海峡此岸联想到海峡彼岸，更加想念宝岛家乡的大自然景色。"苏北五月的夜晚是凉爽而柔和的，一角月牙斜挂在天边，疏星点点，映着稀疏坐落的农家灯火，显着天空格外的高大深远，平原宽广得漫无边际。向东倒剪着手，一个人沿着公路散步回来。路两边的水沟，细水涓涓地流进稻田里。这声响，在空旷无边的静寂中，显得又突出又熟悉。"回忆往事，今昔对比："这夜色处处激起他对家乡的回忆。老家台湾花莲港的夜晚，该是虫声四起，海风呼啸的时候了。那里山影朦胧，而月牙儿似乎伸手可即，不像这平原漫漫，宽广而无所不包，让他感到自身渺小得无能为力……当年，为了捍卫神圣领土钓鱼台抛弃博士学位的论文，生命也在所不惜，而今钓鱼台下落又如何？……"两岸景物映衬，海峡连心呼应。有一次他问大学同事钓鱼台的下落，同事搔了一阵头皮："钓鱼台？在北京西郊吧？听说是专门招待高干和外宾的宾馆……"岛内同胞对台湾的情况一无所知："……不是说台湾同胞靠卖儿女度日，便是预料'祖国'一声'解放'，百姓便箪食壶浆来迎王师。惊愕之余，他立刻熬夜赶写了万言的备忘录，在离京前夕交给了国务院……七三年的国庆文件中倒是对台湾同胞加上了'骨肉'的字眼，措词也较坚定亲切……这添加的字眼乃是因为周恩来听到某位回来观光的台籍人士的建议之故……"状景抒情,以情写景,情景交融,意识流漫,只有在旷野,在自然界,才能包容,才能袒露。

同样,《耿尔在北京》里,政治运动高压下,耿尔和小金,没有婚姻的爱情,作为映衬,也写到唯一的一次"叛逆式"的游山玩水。他俩特别怀念"千山环野立,一水抱城流"的桂林山水。初夏那两天,他俩相依相偎——从桂林到阳朔水路的风景最佳:船驶过穿山后,"漓江两岸的风景真是美得叫人啧啧称奇",白果滩,美女照镜……美不胜收。耿尔几乎走遍了北美洲,见历了无数自然奇观,但如此秀丽的山水确真少见。"漓江的水澄清得出尘脱俗,白云、蓝天和千姿万态的山峰倒影在江中,水天一界,他自己仿佛行驶在边际,飘飘然不知迈向何方。他就这样出神了好久,直到小金碰碰他的膀子,他才醒过来似的……"但大煞风景的是,一条外宾游览的汽船,有"文化大革命"的高官贵爵"众星拱月地陪着"韩素英夫妇,"浩浩荡荡驶来","也极欣赏这两岸的风光,不时指指点点,神色很愉快"——但"马达坏了",要帮抢修,还"取走了本船的马达",使耿尔他们几十个旅客"耽搁"了,"焦虑"之中,"旅程取消"了。大家表露"失望愤怒的脸色",又有何用? 而冷眼旁观的小张说:"几十个人赶不到阳朔,回不了家算什么? 但是韩素英在国外讲一句好话,那宣传效果有多大!"为什么呢? 因为林彪在天安门上说过名言:"文革的损失是最小最小最小,而收获是最大最大最大!"……其景物映衬,反观反比,也是强烈的!

这种景物映衬手法,也有铺垫功能,也有对照原则,也有心理语言,无不交融在一起。其中揭示的心理语言,对照对比之间,均有密切联系,而且互为补充。作家对"古拉格群岛"的艺术构筑——铺垫功能、对照原则、心理语言、景物映衬四种艺术手法,相辅相成,相得益彰,各显其能,前后照应。各自在小说的综合运用中,深挖思想主题,突出人物形象,拓展情节线索,营建结构框架,无不发挥其特殊作用,小说中随处可见,见出作家独标一帜的艺术风格。

第五节　艺术价值

陈若曦揭示"古拉格群岛"罪恶现实的"文革"小说集《尹县长》,虽仅仅是一个缩影,但以其艺术价值观之,从揭示"文革"本质和反映生活现实角度研究,可以把这六篇小说看成是一部前勾后连的长篇小说,描写的是非常时期的大悲剧,表现平民作家陈若曦特有的教育视野和文学成就,乃华侨作家群体中之佼佼者。而其可贵,还在于实践艺术大师罗丹的观点。罗丹说:"拙劣的艺术家永远戴别人的眼睛";"所谓大师,就是这样的人:他们用自己的眼睛去看别人见过的东西,在别人司空见惯的东西上能够发现出美来";"要点是感动,是爱,是希望、战栗、生活。在做艺术家之前,先要做一个人……"①陈若曦就是"先要做一个人"的人性作家。她以人性是非把六篇短篇小说连缀起来,是"长篇小说"《尹县长》的六个章节,每一章节都串联有愚忠、监谤、惩艾、戕贼四种文化形态,都交叉有铺垫功能、对照原则、心理语言、景物映衬四种艺术构筑,都有惨剧背景中的悲剧群象和形象个案。四种文化形态,四种艺术构筑,焦点辐射,笔墨所至,都能见到"古拉格群岛"强权政治的独裁专政,各个领域的全面腐败,前所未有,恶性循环。就像六座岛屿周围的汪洋大海,已陷入其包围之中,面临灭顶之灾。大陆作家孙犁早就对"文化大革命"发出质疑,为之"惶惑迷惘不得其解",而"深深有感于人与人关系的恶劣变化",发出"天问"——"这是为了什么? 为什么要这样做呢? 这合乎马克思、恩格斯的阶级斗争学说吗? 这是通向共产主义的正确途径吗?"②旅美华侨作家白先勇则说:"《尹县长》之所以产生如此震撼,最重要的,还是因为陈若曦是一位优秀的小说家,她以小说家敏锐的观察,及写实的技巧,将'文革'悲惨恐怖的经验,提炼升华,画成了艺术。"③文化视野中,两岸作家,发自肺腑,异声同响,此呼彼应,也是启人智而引人思的。

　　四种文化形态,四种艺术构筑,这种"文化大革命"的社会乱象和民族灾难,我们是否应该采取有效措施,作长期深入的批判和清算呢? 是否应该回顾历史真相,吸收惨痛教训,警惕"文化大革命"借尸还魂、兴风作浪呢?《晶晶的生日》里的卓家夫妇、父子,"一向受重用,不是派出去开会,便是审查有问题的同事,从来不得闲空到农村去劳动";"卓家的孩子更是青出于蓝。'文革'初期,他们还是小学生,却晓得组织了一些小朋友,在我们宿舍里抄家、查封,几条皮带抢得呼天价响,个个杀气腾腾的。提起卓家兄弟,宿舍里的男女老幼,哪个不怕个三分?"对此是否应该警惕? 为什么会有巴金在《致李楚材》写的——"十四五岁的孩子拿着鞭子追打我"之悲剧? 似此有代表性的"人变兽",来自疯狂时代的投机家族,野心小集团,如"卓家",如"×家",小人得志到今天,私欲权欲膨胀到今天,"与时俱进"到今天,怎不后患无穷、祸害子孙? 其实,腐败翻新的"老虎苍蝇"及老老虎们,其罪恶根子,早在英才胜出的"反右派"时期就被挖掘到了,就已经提出来了。④"古拉格群岛"提供了不少值得深思的问题,都是邓小平对"文化大革命"的否定,都有胡耀邦的泰山压顶的冤假错案要平反。邓小平是通过党的文件

---

① 罗丹口述、葛赛尔记:《罗丹艺术论》,沈琦译、吴作人校,人民美术出版社 1978 年版,第 5 页。
② 孙犁:《晚华集》,百花文艺出版社 1980 年版,第 97 页。
③ 白先勇:《乌托邦的追寻与幻灭》,载《尹县长》,台湾九歌出版社 2005 年版,第 19 页。
④ 鲁丹:《一个大学生眼中的 1957 年春天》,载《文学报》1998 年第 976—977 期合刊。

否定,胡耀邦是通过实际行动否定,陈若曦是通过"古拉格群岛"的自传小说否定,白先勇是通过评论陈若曦的"文革"小说的文章否定。海峡两岸的人性作家和全国人民都支持邓小平、胡耀邦否定"文化大革命"的言行,要求彻底清算"文化大革命"的罪恶,彻底清除其流毒,以杜绝无穷之祸患。这是一项神圣的民族使命,但据目前形势看,不是一个人性作家的一部小说所能肩负得了的,也不是研究"文革"小说集《尹县长》的这本拙著所能引起效应的。因而更见出陈若曦"文革"小说集《尹县长》的文学价值,及其四种文化形态和四种艺术构筑的教育意义。因为人性作家不仅仅是"为历史作见证"而已。她同巴金一起建造了一个"文革博物馆",为后代子孙提供一个教育基地——揭示空前未有的人类灾难之根源,"作为历史的一种纪录"。有此贡献,也足够了。

　　文学独行侠陈若曦,作为红卫兵打砸抢杀的见证人,自传小说书写的"古拉格群岛"大浩劫及其乱世英雄们,是为历史提供一份"文革"实录,其教育视野由远而近扫瞄的,人性善恶尽在六座"岛屿"中。其艺术价值还可以观照今天。那二〇一四年二月一日香港凤凰网发自二〇一四年一月二十七日的来源于"正北方网"的原标题《文革受害校长丈夫拒受道歉(图)》——正标题《文革受难女校长卞仲耘丈夫拒绝接受宋彬彬道歉》及带像片标题《开国上将宋任穷之女向文革受伤害师生道歉》的原文,很值得参考。可以对照陈若曦小说,可以召唤广大读者,让炎黄子孙洞察"古拉格群岛"的罪恶真相——

　　　　已故中共元老宋任穷之女、文革时全国闻名的红卫兵宋彬彬(即宋要武),上月曾就文革期间批斗老师行为,向母校老师和校领导致歉,惟当年被批斗致死的校长卞仲耘的丈夫王晶垚,近日发声明痛斥道歉虚伪,拒绝接受。

王晶垚指摘掩饰当年恶行——

　　　　现年九十三岁的王晶垚周一发表声明,指摘宋彬彬等人掩饰当年恶行,强调在妻子卞仲耘死亡真相大白于天下之前,他决不接受师大女附中红卫兵的虚伪道歉。

　　　　一九六六年八月,时任北京师范大学女附中校长的卞仲耘,遭红卫兵批斗及毒打后死亡,宋彬彬当时是该校红卫兵组织主要负责人之一,而卞仲耘遇难不久,宋彬彬在天安门城楼给毛泽东戴上红卫兵袖章。今年初,已入籍美国的宋彬彬等人返回母校,向当年曾遭批斗的老师及校领导道歉。

王晶垚还有关于宋彬彬、刘进等辈的虚伪道歉的一项声明——

　　一九六六年八月五日下午，师大女附中（现师大附属实验中学）红卫兵以"煞煞威风"为名在校园里揪斗卞仲耘同志。红卫兵惨无人道地用带铁钉的棍棒和军用铜头皮带殴打卞仲耘同志，残暴程度令人发指！

　　下午三点钟左右，卞仲耘同志倒在校园中。她遍体鳞伤、大小便失禁，瞳孔扩散，处在频临死亡的状态。红卫兵将卞仲耘同志置放在一辆三轮车上，身上堆满肮脏的大字报纸和一件油布雨衣（这件雨衣至今我还保留着）。在长达五个小时的时间里，师大女附中红卫兵拒绝对卞仲耘同志实施抢救（邮电医院与校园仅有一街之隔）。直至晚上八点多钟卞仲耘同志才被送往邮电医院，人已无生还可能。卞仲耘同志死亡第二天，红卫兵负责人刘进在对全校的广播中叫喊："好人打坏人活该！死了就死了！"真是丧尽天良。

　　一九六六年八月十八日，卞仲耘同志遇难十三天之后，毛泽东在天安门城楼上接见北京红卫兵代表。师大女附中红卫兵负责人宋彬彬登上天安门，代表师大女附中的红卫兵给毛泽东戴上红卫兵袖章——这个袖章上沾满了卞仲耘同志的鲜血。毛泽东对宋彬彬说："要武嘛。"

　　一九六六年八月十八日之后，北京市又有一千七百七十二人被红卫兵活活打死，其中包括很多学校的老师和校长。

　　卞仲耘同志遇难已经四十八年。但是，"八五事件"的策划者和杀人凶手至今逍遥法外；"八五事件"真相仍然被蓄意掩盖着。

　　二〇一四年一月十二日，宋彬彬、刘进二人竟以"没有有效阻止""没有保护好""欠缺基本的宪法常识和法律意识"开脱了她们在"八五事件"中应付的责任。并仅以此为前提，对卞仲耘同志和其他在"八五事件"中遭受毒打的校领导及其家属进行了虚伪的道歉。

　　为此，作为卞仲耘同志的老战友、丈夫，我郑重声明如下：

　　一、师大女附中红卫兵是残杀卞仲耘同志的凶手！

　　二、师大女附中红卫兵没有抢救过卞仲耘同志！

　　三、在"八五事件"真相大白于天下之前，我决不接受师大女附中红卫兵的虚伪道歉！

　　特此声明！

　　以上说明，有人千方百计想把"古拉格群岛"的滔天罪行从中华民族后代人脑海中抹煞，忘掉历史，是不可能的。陈若曦"文革"小说的思想价值和艺术价值是永存的。邓小平以其《党和国家领导制度的改革》否定"文化大革命"的言论，能忘掉吗？胡耀邦以其平反冤假错案否定"文化大革命"的实践，能忘掉吗？陈若曦以其自传书写的小说集《尹县长》否定"文化大革命"，能忘掉吗？白先勇以其评论文章《乌托邦的追寻与幻灭》否定"文化大革命"，能忘掉吗？而今九十三岁老人王晶垚以其怒揭当年残暴红卫兵宋彬彬、刘进等辈的虚伪道歉掩盖"文革"罪恶真相的声明来否定"文化大革命"，能忘掉吗？后代子孙们，你们能忘掉吗？

　　艺术价值中，还可以看到海峡彼岸的九歌出版社出版《尹县长》一书对"文化大革命"的否定，也是忘不掉的——书的封底即写有鲜明观点："陈若曦是少数亲身经历'文革'时期生活的台湾人，她以高明的文学表达，使一系列六个短篇小说组成的《尹县长》极具说服力，撼动了华侨社会广大的人心，举世瞩目。"出版策划人陈雨航则指出："当回想陈若曦的《尹县长》初初在台湾发表时的情景，我的脑海里会浮上'石破天惊'这四个字。'石破天惊'给人的意象是强烈的、瞬间爆发的力量，《尹县长》怎样也合不上这个意象，然而，它的影响却像强力波一样，从波心向外推移扩散，也许不是爆炸，但力道浑厚，影响深远。"又说："《尹县长》这一文学形式表达的'文革真实'也引起了国际间的重视，《尹县长》因而广被国外报导，并翻译出版……"效果之巨大，难怪连当时的台湾地区领导人蒋经国先生也要推荐这本书。而"三十年后的现在，再谈到'文革'这段中国历史上的重大时期时，只要曾经读过，我们很难不想到《尹县长》。"①海峡彼岸文化人的见道之论，也是启人思而引人醒的。

---

① 陈雨航：《生命经历，小说完成》，载《尹县长》，台湾九歌出版社 2005 年版，第 11—12 页。

第七章
陈若曦知音共鸣
——教育视野对话录

　　教育调研,经常在高校里遇见陈若曦"文革"小说一些人物的影子,如马遂、卓家夫妇及父子、党委书记时期的任秀兰、王阿姨的丈夫、小红的父亲、小张等等,都是教育视野中挥之不去的幽灵。教育腐败,来自"文化大革命"悲剧,来自"现行制度中的弊端"①,来自教书育人缺失,乃陈若曦"文革小说"之主题。知音共鸣,由此进入书写对话,把教育调研的亲身经历,对照陈若曦的"文革"小说,正反对比,以昔鉴今,构成对话。华侨领袖陈嘉庚、李清泉倾资办学,发扬中国平民教育优良传统,强调的是教育立国,科教兴国。华侨作家陈若曦遵华侨领袖"教育乃立国之本"之教导,以其大陆破冰之旅的自传小说响起否定"文化大革命"的第一声春雷,振聋发聩。今之对话,还包括研究书系之内容和研究会之创建,自费行动,义务办事,带来反响。"鉴于其侨乡平民教育及华侨文学的研究成果,加拿大文化更新研究中心特聘阮温凌教授为该中心研究员,并委托他在中国东南地区联络典型侨乡,为今后双方开展平民教育合作……"②还能听到南洋《联合日报》《世界日报》《商报》《菲华日报》同时发表六篇相关论文的声音,侨乡《泉州晚报》《石狮日报》《晋江经济报》刊登六篇采访文章之共鸣。人文景观侨乡行,踏探巴金足迹,往返于南国绿洲灵慧泉边,拓展文化背景和教育视野,对话中的"现身说法","直接书写交流","间接书写交流",皆来源于生活体验、亲身感受和读书笔记之摘录。知音共鸣,书信不断,交往二十年未曾见面,于最近发给她贺词:"祝贺作家大姊加入中国作家协会,辉映文学光彩!"即得回函:"谢谢祝贺!"

第一节　直接书写交流

　　……我所读的台北第一女子中学则是女中之女中,标榜品学兼优,

---

①　邓小平:《党和国家领导制度的改革》,载《邓小平文选》第2卷,人民出版社1994年出版。
②　洪佳景:《阮温凌教授的平民教育情结》,载《泉州晚报》2010年10月26日。

管教之严,全岛闻名……学生从早上八点到下午五点,足不出户。人人带饭,中午在班上吃。

　　……北一女除了上下学时间外,则是"门可罗雀"。上课铃一响,学校大门便关上,经教学楼的第二道门不许学生涉足,甚至办公室附近也不许学生徘徊。大门内设传达室,二十四小时值班,真正门禁森严。

　　很多人以为北一女"贵族化",其实是误解。我在的那六年,学校不请清洁工,学生每天打扫教室和厕所,连操场和人行道也有学生分片包干。五十年代的台湾中小学确实给学生培养了很好的劳动观念。

　　校长江学珠是独身主义者,永远穿一件没有腰身的灰布或蓝布旗袍;脸上脂粉不施,头发像清汤挂面般垂至耳根。每星期一早上第一堂课是"朝会",全校学生集中站在礼堂内,听校长和老师训示求学及为人道理。……校长虽然不苟言笑,但认真负责,没事也会倒剪着双手,在校园中走动视察,默默进行着身教。

　　……

　　可能受校长的影响,我曾立志要一生献身教育。常常梦想要办一所十二年,中小学一贯制的学校,学生为修养完美的人格而学习,不必为升学而填鸭。没事时,我常在纸上描画未来的校舍图:高楼大厦之外,还有宽阔的园地,一般是花圃,一般是菜地。我从小就主张劳逸结合,师生要参加生产劳动。

这是陈若曦"桃花源绿洲"文化之旅,让我教育视野见到的一种平民教育实践,摘自作家写在自传散文名篇《我们那个年代的中学生》里的几段话,乃记录于拙著华侨文化研究书系之相关原文。还有作家"古拉格群岛"文化之旅,在小说《值夜》写到的相关文字:"老家花莲港的夜晚,该是虫声四起,海风呼啸的时候了。那里山影朦胧,而月牙似乎伸手可即,不像这平原漫漫,宽广而无所不包,让他感到自身渺小得无能为力……"读书笔记,有"自传联想",由此生发而书写教育调研经历,积累"自传散文"素材,可与陈若曦直接交流,进行对话——因为凡作家书写,都有自传成分。"由于和周围人们的深刻联系,由于和周围的人具有本能的共同性,我们却创造了某种超越个人的东西","作家表现自己,也就是表现他所处的那个时代",因而"每一位作家的创作,同时也就是他的自传,在某种程度上以想象力加以改变了的自传。这种情况几乎永远如此……"①自传成分,审美客体有,审美主体也有——审美主体经常为审美客体的"自传书写"所触动,引发

_____

① 〔俄国〕巴乌斯托夫斯基:《一生的故事》第1卷,河北教育出版社2001年版,第1页。

"自传联想"与"学术联想",因而才有研究中的对话,在教育视野中的互动交融,心灵照映。对话中也谈到陈若曦的大学生活体验,也观照陈若曦的文学理想,两岸作家,成为知音。

也有陈若曦的大学体验

陈若曦笔下的中学时代幸遇的平民教育家江学珠校长,让我想到侨乡平民教育家、华侨诗人、书法家梁披云、苏秋涛和叶非英等平民校长,想起泉州同乡、创办著名的厦门外国语学校的平民教育家陈碧玉校长。而陈若曦大学时代幸遇的傅斯年校长,又使我想起大学时代的孟宪承、常溪萍、刘佛年诸校长。陈若曦笔下遭迫害惨死在"古拉格群岛"的老革命家、平民教育家无数,我们华东师范大学常溪萍校长也是其中一个,虽没有直接写到,却是无数精英冤魂之一。我把他看成是"文革"前我国高校最后一位平民教育家,这是在陈嘉庚、李清泉倾资办学时代常见的代表人物,从"文革"到现在,我在《海峡子规》的书写中还找不到一位常溪萍式的大学平民校长,倒是来到"过桥半"某学店,不幸遇到无政绩无成业的另类校长,不时提醒我在强烈对比中以昔鉴今,完成华侨文化研究书系工程之构筑,为推动我国教育事业发展提供一点历史反思。而我在母校中文系受教泽师恩的许杰、施蛰存、程俊英、徐中玉、钱谷融、史存直、施亚西、郭豫适及后来拜识的王智量等名教授,又让我想起陈若曦恩承教泽的台湾大学诸多著名教授——陈若曦在《我们那一代台大人》写道:

> 尽管校园不如今日的富丽喧哗,但尊师重道似有过之而无不及。那时,教授在学生心目中的地位等同父母,极有威信……记得师生之间,不但感情非常融洽,而且"从一而终",即一日师也,一生师也。
>
> ……为人处世却是我们最好的风范。他们以身作则,充分体现了中华民族优良的"身教"传统。五十年代物资匮乏,教授们却敬业安贫,只知埋首教学和研究,很少在校外兼课赚外快的。由于电话不普遍,学生无法预约,就采取随时上门讨教的方式,他们也都乐于奉献宝贵时间。不像现在有些教师身兼数职,甚或炒作股票,想指导学生怕也心有余而力不足吧。更没有美国派头,每周定出某天某时,到时坐在办公室会见学生,好像举行记者招待会似的。
>
> 身教不同于呐喊和说教,在于它影响深远。譬如中文系的台静农教授,平日温良寡言。有一次,下课铃声响了,他授课尚未告一段落,工学院的学生却不顾一切地挤进来,抢占下一堂课的位置。台老师抓起粉笔字掷过去,厉声说:"给我出去!"等学生退出后,他有条不紊地把课讲完……

又如殷海光教授,他教的逻辑我早已忘光,但我却忘不了老师有关民主自由的启示;他给我们树立了不迷信权威,不专断于一家,更不畏强权的榜样……

陈嘉庚强调"教育乃立国之本",他和同乡老弟李清泉一起开拓南国侨乡平民教育的一片绿洲,五十年培育五十万精英赤子,"空前绝后",永远值得借鉴。世纪回眸,五四新文化运动,教育视野可以看到平民教育潮流奔涌中华大地,大浪淘沙,同反帝反封建反暴政、要科学要民主要自由的时代浪潮汇合在一起,冲击古老封建帝国旧思想旧文化旧教育的残渣余孽。前所未有的新文化运动,哺育无数中华赤子文化精英。历史进程走到了五十年代之初,高校院系调整,发展教育事业,周恩来高瞻远瞩,强调要"满足人民的学习要求",学校要向"工人农民和他们的子弟"开门。① 继而"提出要采取灵活多样的办学体制,动员各个方面的积极性,采取多种形式去办好教育……"② 母校常溪萍校长遵照周恩来教导,艰苦办学,廉洁治校,培养英才,同心协力,把以大夏大学、光华大学为主体并统合圣约翰大学、大同大学、沪江大学、震旦大学、复旦大学、同济大学等高校部分系科,组建成立华东师范大学,一所拥有十一个系的学科齐全的、教学与科研相结合的学府圣殿。胡适、郭沫若、钱基博、钱锺书、田汉、徐志摩、邓拓、赵家璧、姚雪垠、周扬、陈伯吹、孙大雨、马君武等文化名人,均在创办前后的母校任教、求学。校风学风名扬全国,教育质量名列前茅,成为"求实创造,为人师表"光辉楷模,跃居全国第一批十五所重点大学之列,与北京大学、清华大学、复旦大学齐名,为新中国教育事业做出杰出贡献。当时我考进这所重点高校,跨越世纪回眸,"自传书写"自然也想到陈若曦、白先勇他们的台湾大学,因为都一样带有平民教育性质和教书育人业绩。

平民教育家有平民作风、亲民形象。华东师大常溪萍校长坚持勤俭办学,廉洁治校,为人师表,教书育人,为母校发展打下扎实基础,不断提高办学质量,成为培养高校师资和培训全国中学校长的教育基地,国际教育交流中心。校领导团结一致,并肩作战,调动积极因素,认真贯彻执行周恩来的平民教育方针和知识分子政策,坚持教育革命、教学改革,提出"高等师范院校要积极为普通教育事业服务"的主张,实践华侨领袖陈嘉庚、李清泉"重教重学,师范为先"的教育理念,把华东师大办成如陈嘉庚理想追求的付之实践的"工作母机"。而且跟陈嘉庚创办的厦门大学也有一段历史渊源。当时母校组建创办,中文系就设在原来大夏大学的文史楼,乃厦门大学部分师生于一九二四年扩展到上海创办大夏大

---

① 赵德强、韦禾、高宝立:《周恩来教育思想研究》,福建教育出版社 1995 年版,第 418 页。

② 雷洁琼:《周恩来教育思想研究·序》,福建教育出版社 1995 年版。

学之原址，校园有丽娃河，有夏雨岛，有木拱桥，有亭台楼阁，环境幽美，诗情画意，是培养中国作家和文化名人的摇篮。而当时大夏大学教学楼之命名，也留有陈嘉庚创办集美学村和厦门大学之韵味色彩，如群贤堂（文史楼）、思群堂（大礼堂）、群策斋（学生宿舍）和群英斋、新力斋等等，命名别开生面，见出历史痕迹。拙著写到陈嘉庚创办的厦门大学，写到母校华东师范大学，今昔教育业绩，在此统合为一。光华大学则于一九二五年从圣约翰大学分离而后来加盟于华东师范大学的。参与组建母校的常溪萍校长，接受中华文化和周恩来教育思想的哺育，成长为革命家教育家。他历经抗日战争烽火考验，其传奇人生有校园口碑。他和孟宪承、刘佛年等校领导，还有中文系施蛰存、程俊英、钱谷融、徐中玉、王西彦、倪蕊琴、史直存、施亚西等名师名家，在母校兴教办学的言传身教，培育无数精英人才，"师大出大师"传颂至今。据校庆五十周年计之，单说中文系，历届涌现的中国作家就有戴厚英等二十多人，其中就有我们年级四个班的沙叶新等十人，就有不少大学教授兼中国作家者……"师大出大师"的莘莘学子，至今仍保持母校平民教育优良传统，来往于母校和同学之间访谈交流。校友会二十年来活动不断，《校友通讯》刊发信息，同学之间聚会访谈交流；而中文系校友会会长蔺常志、孙观琳贤伉俪，和过传忠、陈贻恩、殷慧、崔盐生、金永昌、陈钰征、唐祥初、傅乐书、毛品璋、王维宜、吕传龙等热心的学兄学姊，长期为同窗学友联络感情做好事，每年组织"回眸母校青春旅"活动，引人瞩目。

　　教育视野，"自传联想"，"经历互动"。平民作家陈若曦是海峡彼岸台北县农村"无产阶级的女儿"，而我则是海峡此岸泉州湾畔农村"贫农阶级的儿子"。家庭贫苦，十七岁如愿以偿考上提供食宿、免交学费的华东师大，还有人民助学金。记得三更半夜入学启程，是妈妈和大姊提着简陋的行李陪伴我到市区的泉安汽车站的。凌晨从家乡石头街步行，刚走到文学小伙伴同村同学庄蕙子家门口时，听到里面传出时钟正敲响三下。在厦门大学集中等候往上海的新生转乘鹰厦铁路的火车，再转上海。当时华侨领袖陈嘉庚向周总理建议修筑的福建第一条铁路，刚完工使用，蜗牛式爬行了五天五夜。一路上，因我在厦门大学集中时被指定为上海路线的领队，要管钱管生活管安全，夜晚都不敢睡觉，提心吊胆，压力很大，又才十七岁，要"管"的都是比我有能力的大哥大姊，为什么偏指定我当领队呢？原来都是我在中学时代受聘为上海《青年报》通讯员被错爱之故。乡下放牛娃穷孩子辗转来到大饱眼福的大上海，如进入神话世界，从读书神往的三十年代文化艺术之都，人生首途迸射理想之光的体验至今难忘。来到华东师大，我编在大一的二班，认识了同年级同班的文学好友沙叶新、徐志成（鲁光）。回忆大学伊始，当时恰逢"反右"白热化——就像后来见到白先勇笔下的"反右"战火，硝烟弥漫；就像后来听到陈若曦笔下的"古拉格群岛"厮杀声起。当时流浪南洋参与抗日宣传活动的华侨作家、中文系系主任许杰教授正遭批斗。我有机会正面目睹大二女才子戴厚英之风采，反面看到大二某山东大汉"反右英雄"之丑相，正振臂高呼，声嘶力竭，唾沫四溅，口诛笔伐，声讨追杀……但我们新生还是能感受到母校平民教育和师生亲人之情的。迎新晚会排练歌舞童话节目《春之歌》，表演的就是平民教育主题，我饰演做好事的少先队员，大三高材生叶竹芬学姐饰演施爱行善的仙女。竹芬姊毕业于陈嘉庚的厦门平民学校，闽南同乡演出相遇，乡情乡音，格外亲热。此后她即像亲姐姐一样关心爱护我，还带我参加校伏虎运动队，滚轮体操，锻炼身体，参加运动会表演比赛。学兄学姊亲如家人，就像巴金三次来陈嘉庚、李清泉故乡参与平民教育实践所赞叹的，在《怀念一位教育家》所描写的，平民师生"像一个和睦的家庭，大家在一起学习，一起劳动，一起作息，用自己的手创造出四周美丽的环境，用年轻的歌声增添了快乐的气氛……"

　　我们好像生活在巴金文学的新天地，有丽娃河畔的同窗手足之情，有《爱的教育》的人性世界。常溪萍校长为我们入学新生作报告说："我们华东师范大学是新中国成立后新创办的第一所师范大学，这是中国教育发展史中的一件大事。我们要为新中国培养大批优秀的人民教师，党和人民把希望寄托在你们身上……"他强调道德教育、理想教育、爱的教育、生活教育及"手脑并用"、刻苦学习、为国争光，发出造就德智体全面发展人才的号召。定期安排我们同学分批分期到崇明岛农场、江南造船厂、沪东造船厂、华亭公社等深入工厂农村劳动锻炼，社会调查，写厂史村史，采集民歌，培养工农思想感情，健康成长，走"又红又专"道路。母校艰苦办学的教育成果，体现在我们这一届学生中，有难忘的青春岁月，有动听的青春之歌。言传身教，教育理论和教学实践相结合，实事求是，惟遵周恩来"说真话，鼓真劲，做实事，收实效"①之教导，高扬的是为人师表、教书育人的主旋律，描绘的是大学时代最新最美的人生图画。记得我们课余在丽娃河畔谈心，在夏雨岛吟诗，都会见到常校长粗衣布鞋，拖着病体，巡视在校园的每一角落，就像陈若曦笔下的江学珠校长巡视在北一女中校园的每一角落一样，关心学生的生活，关心学生的成长。也常见他来学生食堂跟同学一起站着吃饭，检查学生伙食状况——让人想起敬爱的周总理百忙中到大学食堂与学生一起吃饭，关心伙食质量和同学健康的情景，而且每次吃完还要用开水冲一下碗里的饭粒喝进肚里……常校长还常到教室和图书馆查看灯光亮不亮，关心学生视力问题，当场了解当场解决。即使是同学反映的一个细节，三言两语，他都记得，都要落实。当时我们毕业生服从分配听指挥，到最艰苦最需要的地方去。我以穷苦孩子的淳朴感情，要求到最艰苦最需要教师的大西南山区去，深夜在走廊灯光下写

① 赵德强、韦禾、高宝立：《周恩来教育思想研究》，福建教育出版社1995年版，第246页。

报告,被经常来宿舍巡视关心同学生活的常校长发现……全校开毕业典礼大会时,我因中暑躺在宿舍没能参加,过后同学才告诉我,常校长在毕业典礼还提到我的名字表扬说:"……阮温凌,大学毕业生最年轻的一个,农村贫农家庭出身的苦孩子,听党的话,打报告要求到祖国最需要的地方锻炼,红专计划目标是将来成为大学教授兼中国作家,有理想,有希望……"当时这些话,对我的成长,就像镭元素,给我带来连锁反应的无穷动力。

常校长于五四新文化运动前两年出生在山东莱阳,一九三三年考进著名的平民学校平度中学,恩承新文化新思想的熏陶和平民教育思想之哺育。"一二·九"学生运动他带头创办《文锋》革命文艺刊物,发表宣传抗日救国文章,风华正茂,激扬文字:"大丈夫当乘长风逐万里浪,岂可久待于笔砚之间!"①与张咨明、李文斋等同学组织"中华民族解放先锋队",在抗日战争和解放战争冲锋陷阵。他十几岁就转战于山东老家的革命圣地,就像当年胡耀邦一样是革命的红小鬼一样,指挥军民打游击出生入死。担任地方党政领导期间,关心人民疾苦,在战争年代发动专署工作人员每天节约二两粮,救济受灾和生活困难的群众。发动大生产运动,他同军属推车送粪,每次独自把满车大粪推上坡,回来才让军属拉空车回去。他无私无畏,爱国爱民,不怕牺牲,抗日救亡,保家卫国,宣传鼓动,一心一意为群众排忧解难,是众口皆碑的"模范专员",父母官,人民公仆。他从革命战场转到教育阵地,来到我的母校华东师范大学,刻苦钻研毛泽东著作和周恩来教育经典,结合自身的穷苦生活与革命经历,对照体会,心领神会。对周恩来的平民教育思想和"实事求是"的教导,身体力行,提高对培养工农大众建设人才的认识。在母校他是最艰苦朴素的领导,常年几件旧衣服,家里几件从学校借用的旧桌椅,一忙即以办公室为家,战争留下的病伤经常发作,即在办公室加一张床,拥着旧被子办公、开会。三年困难时期,正是我们大学的黄金时期,为了战胜自然灾害,他提出:"现在物质生活困难一些,但精神生活应当充实起来,振奋大家的精神。"要求全校每周六晚上三个地方必须有文娱活动:灯光球场有比赛,大礼堂有文艺演出,草坪上有露天电影。还拿出他每月定量供应的六两肉票和发给他病号的两斤鸡蛋,送给学校农场的体力劳动者与病号者。他亲自带同学们到农村参加"三秋劳动",有同学捉到一只野兔,同学们坚决要送给常校长补身体,他则坚决不收,转给学校病员们改善伙食……同学们对常校长的回忆、缅怀,正如丽娃河的朵朵浪花,跳荡不息,阳光闪烁。

当年和常校长同在山东打游击的老乡革命作家峻青,曾为惨死于"江青反革命集团"政治迫害的常校长写下三副挽联,其一颂道:"曾记夏店聚首,滩滨驰马,

---

① 蒋纯焦:《留得丹心照后人》,载《丽娃河畔逸事》,华东师范大学出版社 2001 年 10 月版,第 292 页。

虎帐夜谈,儒将音容今犹在;遽尔沪上分襟,华苑罹难,危楼殒身,忠烈英魂何处寻?"——忠烈英魂何处寻?为了怀念我们亲恩教泽的平民校长、平民教育家,无数同学校友也不断表达纪念情衷。同班同学、香港的母校中文系校友会会长蔺常志、孙观琳伉俪,率先发起捐资创办山东莱阳市平民学校"常溪萍小学"之壮举……为此,我当时应邀出席加拿大教育论坛国际学术研讨会的学术论文,也特此书上一笔。① 我们敬爱的常溪萍校长,我们高校求学之领路人,我们心目中的"最后平民教育家",牢记周恩来教导,艰苦办学,廉洁治校,为人师表,教书育人,师生爱戴,这才是真正的大学校长兼书记,值得历届师生赞颂、感念!这就是我终身难忘的大学时代,人生难得的桃花源绿洲。但对比之下,我教授时代遭遇的校长兼书记,则是一个不可同日而语之"另类"!为反映问题遭打击报复,加罪惩罚,经济制裁,则是人生不幸!以昔鉴今,对比强烈,教育深刻。

也有陈若曦的文学理想

陈若曦啊,与您对话,真心相见。您是"无产阶级的女儿",家庭贫困,读初中即开始写作投稿赚稿费交学费。当时台湾的《中学生杂志》举办征文比赛活动,您一举成名,获得一等奖。您的获奖散文《夏天暑假生活散记》,还是同班同学琼瑶帮您抄写的。后来又经常给《国语日报》投稿,文章一发而不可收,从此您走上自传书写的创作之路——散文开路于中学时代,小说冲刺于大学时代。从北一女中到台湾大学,构成您陈若曦的文学理想桃花源,是您大显身手疾走飞奔的文学绿洲。您之成功,即在于三分天才七分勤奋。学术联想,现身说法,我则没有您的天才,全靠封闭式的小天地勤奋苦斗。也有类似您的文学理想桃花源,也同样在穷苦家境中长大,也同样在读初中时参加征文比赛获奖,奖品是一本当时的文学名著《卓娅》。也开始给《厦门日报》投稿靠稿费交学费,从处女作小说《小红》开始,那时十三岁。也是从此开始怀抱文学理想而疾走飞奔于南国的文学绿洲的,勤而奋之,奋而恒之,走上文学之道的。南安国光中学、暨南大学培养出来的香港侨生作家李远荣采访写道:

> 历史文化名城泉州,古称温陵胜地,人文景观迷人。一九四〇年十月二十二日,阮温凌诞生在晋江侨乡石头街一贫困侨工之家。临出世时,其母梦见有一条龙卧于房中,又恰逢龙年,因泉州方言的"龙"与"陵"同音,"卧"又与"温"同义,故取名"温陵",正好与泉州古称巧合。而"阮",泉州方言即"我"或"咱们",故常被亲昵呼为"咱们的泉州"。后

① 阮温凌:《泉南侨乡平民教育世纪回眸》,加拿大国际学术季刊《文化中国》2008年第3期。

专用"阮温凌"笔名,即带有中国古老乐器"阮"的审美情致,也带有先祖竹林七子中阮籍、阮咸等先贤的性格特征。他的个性,亦即"温凌"二字。正直正义,敢言敢怒,又"温"中见"凌",寓"凌"于"温"。其文格,也在"温凌"二字,行文抑扬顿挫,富于文采,力求演奏出"阮"乐器动人心弦的乐章,因而能引人入胜。

　　阮温凌二十一岁毕业于华东师范大学中文系。少年时代即被著名作家单复称为"早慧的中学生",从十三岁开始创作,学生时代即发表小说、诗歌、散文、评论数十篇。在泉州一中主编《一中报》时兼任上海《青年报》通讯员。考上名牌重点大学,沐浴名师许杰、施蛰存、钱谷融、徐中玉、程俊英等教授之教泽。他与同学沙叶新、古剑曾被《萌芽》文学刊物选为培养对象。他笔下常交织有侨乡文化和温陵胜地的艺术观照,给人一种母亲意象和家乡情怀的回归之恋。他写:"留恋那诗情画意的泉州梦——海鸥声声,白帆点点,泉州湾畔,石头街背后有宝觉山海印寺,朱熹讲过学,弘一法师讲过经;古老戏曲艺术中,有梨园戏的晋唐古韵,宋元逸响,南音高雅,更有高甲戏的名丑一绝,木偶戏的灵巧演技;还有巴金三次来南国绿洲描写的阳光大海,红土花树,龙眼花开,爱浪情涛直奔涌深沪湾的海景明珠……"所有这些生活体验,都在他的文学创作和学术研究中,得到独有的审美感受与艺术陶冶……①

　　陈若曦您的文学理想桃花源,幸遇一生担任江苏松江女中校长和台北一女中校长的平民教育家江学珠,及其一生奔波于海峡两岸的平民教育活动之爱心善行。教育视野,学术联想,还有令人敬仰的台湾宝岛几位学术大师、平民教育家,如北京大学、台湾大学的胡适校长,台湾大学的傅斯年校长,以及巴金曾亲自到台湾探望过的文学朋友黎烈文教授,您和白先勇等同窗的恩师夏济安教授……世纪大文豪巴金是我少年时代接受平民教育的中小学老师的老师与朋友,他们都是响应华侨领袖陈嘉庚、李清泉的华侨办学、平民教育号召而忘我实践的无名英雄。研写华侨文化书系之际,我教育调研沿着巴金足迹,来到陈永栽、陈祖昌、林玉燕、陈本显、蔡聪妙、施振源及李昭拔、李昭进等侨领捐建的华侨教育名校讲学。记者采访写道:"上世纪三十年代初,巴金这个名字曾与泉州平民教育事业紧紧相连,巴金的足迹留在了泉州平民学校的历史中……半个多世纪后,一位泉州华侨大学教授,不辞劳苦奔走于泉南侨乡的文化教育领域,寻访史迹,挖掘史料,深入生活广作调查,为将泉州侨乡优秀的平民教育传统发扬光

① 李远荣:《来自温陵胜地的作家》,载《名流雅士逸闻》,中国文化艺术出版社2003年版,第180—181页。

大而努力地实践着……阮温凌是国立华侨大学中文系的教授、研究生导师,长期从事外国文学、中国文学和海外华侨文学的研究生教学及相关研究工作。在学术实践中,一个情结多年来一直在他的心头萦绕:在泉州的历史上,华侨出资办学、提倡教育平民化,曾让无数青少年改变了命运。而在新世纪、新形势下,泉州的平民教育该如何进一步发展?作为从事侨乡教育事业的一分子,又该怎样发扬平民教育优良传统,为促进平民教育尽一份自己的力量?带着这样的思考,阮温凌从中国现代文学的书页中找到了巴金……二十世纪三十年代初,巴金曾三次南下泉州,住在当时的黎明高中和平民中学,留下了许多难以磨灭的记忆……阮温凌说,这两所学校都是海外侨胞捐资兴办的……"①

巴金在《南国的梦》里称颂这些办学的人"都是献身于教育理想的人,他们在极其贫困的环境里支持两三个学校,使许多可爱的贫家孩子也尝到一点人间的温暖,受到一点知识的启迪。他们的那种牺牲精神,可以使每个有良心的人留下感激的眼泪'……"从学生时代开始,南国绿洲即留下我踏探巴金足迹的足迹。多年来则"走访了侨乡晋江三十多所爱国华侨办学、基督教会兴教的平民学校历史遗迹"②,驰骋于巴金笔下的阳光大海、红土花树的文化绿洲,文学创作进入诗情画意的"南国的梦"。巴金来泉州侨乡参与平民教育实践的石头街平民学校,就有他培养的石头街学生作家单复、黎丁、蔓青、阮玩、王清海、李秋叶。后来单复写道:"我虽没有教过温凌,但他读初中十三岁即在《厦门日报》发表的处女作短篇小说《小红》,曾在泉州各中学引起轰动,我是知道的。以后作为一个早慧的中学生,他不断在《福建日报》《厦门日报》《泉州日报》《闽中报》乃至上海的《青年报》发表《小燕》《松伯伯》《校园组诗》《好心的姑娘》等小说、散文、诗歌数十篇,就不能不让我这个从小也迷恋文艺女神的老乡刮目相看了……"③即使是文学桃花源遭遇"古拉格群岛"入侵,到处文化沙漠,饥渴难耐,我也能在风暴过后沐浴文学甘霖。张仁健等文化名人创办绿色期刊《名作欣赏》,弘扬中华文化传统,提供营养丰富的精神食粮,成为我如当时陈若曦驰骋的文学桃花源,有一方文化绿洲,春风化雨,桃李成林。如山野小草,吸南国山川之灵气,饮侨乡生活之慧泉。泉州湾畔,月光晨曦,风帆片片,海鸥声声;清源山下,弦歌交响,默默耕耘,硕果累累。惟"灵"惟"慧",灵慧滋养,文学桃花源里,有我的文学小伙伴潘小雁、庄惠子,有我家乡一幅画,有我童年一首诗。

由陈若曦、白先勇、欧阳子、李欧梵等一代大学生创办的台湾大学《现代文

① 洪佳景:《阮温凌教授的平民教育情结》,载《泉州晚报》2010年10月26日。
② 董瑞婷:《华侨大学教授阮温凌钟情晋江华侨研究》,载《晋江经济报》2011年11月15日。
③ 单复:《如游桃花源,乐而忘返》,载《文坛师友情》下卷,春风文艺出版社1997年版,第627页。

学》,也自然想到张仁健、周欣、吕晓东等正副主编坚持提高办刊质量的《名作欣赏》。当时我大学毕业后的高校教学得以恢复,从"文革"前学生时代的文学创作转入新时期高校教学的学术研究,涉足古今中外文学研究领域,桃花源绿洲不断拓展。"名作欣赏"文化绿洲展现前所未见的古今中外文学名著名家阵容,即有五四新文化运动涌现的鲁迅、巴金、冰心、茅盾、郭沫若、叶圣陶等文学大师及其名著鉴赏研究。在享有盛誉的艺术鉴赏家和文学理论家中,也有我母校中文系的名教授,也有我神交已久的大学者,如施蛰存、钱谷融、徐中玉、朱虹、周汝昌、方平、吴小如、萧涤非、吴晓铃、汪飞白、王瑶、黄秋耘、霍松林、马茂元、程千帆、蒋和森、李健吾、周先慎、王智量、徐京安、谢冕、叶子铭、何满子、吴调公、蒋星煜、叶嘉莹、吴奔星、吴士余……他们治学严谨,鉴赏精细,研究深入,文笔精致,格调高雅。供人品藻,百读不厌;精华灵秀,荟萃一时。

文学桃花源,绿色期刊,编者博学多才,读者耳目一新。而与内容宝库相配套的,是显示巴金平民文学、平民教育办刊风格的简朴端庄的艺术形式:有古典大方的封面,有世界名画的亮相,有气魄飞扬的手写标题,有各具风格的书法艺术。唯独没有散发铜臭味的庸俗虚假广告与华而不实的门面装饰,也没有眼花缭乱的总店分店又分店的商业钱道,也没有虚张声势的整页整页名单的所谓全国高校理事单位之吓人,更没有四通八达关系网的名利交易,官商入侵,腐败气味。看不到搔首弄姿的乔装打扮,听不见销售劣货的自卖自夸。就连扉页也用于知识"补白"。朴朴素素,大大方方,以"草包金"形象脱颖而出,以中华文化品牌捷足先登,赢得广大读者青睐。这是崛起于腐臭商潮的一座文化绿洲,远离嘈杂市声的世外桃源,是陪伴我高校教学和华侨文化学术研究的一方净土。精神家园,贵有知音:"十多年前初进大学中文系的莘莘学子都还记得,在文禁初开的年代这本杂志带给他们的眼睛为之一亮的欢欣……它的出现,真仿佛洒法雨于万枯之卉木,放智炬于十年之暗室……甚至为它暗凝'情结',南方某省一作家,曾叙说,当年他的在中文系的女友发誓,他不在《名作欣赏》发表文章,便不嫁他,而他心雄万夫,率先著文于该刊,终于实现了红袖添香夜读书的理想……"①无论是当时"拨乱反正"还是此后"激浊扬清",文化环境如何变幻,《名作欣赏》绿色期刊都一如既往,在当时正副主编努力下,持续拓展鉴赏式、学术性、平民化的办刊之路,发扬与生俱来的办刊传统,引导文学青年走上健康之道,成为良师益友。

文学桃花源,有名家名著的鉴赏与研究。学术研究源自艺术鉴赏,艺术鉴赏脱胎于学术研究,两者相辅相成,相得益彰。把艺术鉴赏人为地从学术研究中割离,或者贬低名作欣赏通往学术研究的审美功能,都是一种自以为是的傲慢与偏

---

① 伍立杨:《〈名作欣赏〉十四年》,载《名作欣赏》1994 年第 5 期。

见。大凡缺乏艺术鉴赏"基因"的人,其"学术研究"大多是脱离"名作欣赏"的干巴巴与空洞洞。以"名家""权威"自居,不屑于读名著原著,忙于"应急"成名,抢占职称光环,迫不及待"拿来"为我所用,或以团团转"复述"与听不懂的奥妙"理论"玩弄"时髦",这明显是与克林斯·布鲁克斯的见解背道而驰——无视"文本细读"与"充分阅读"的基本原理和实践准则,脱离"独立解读"与"独立思考"的"文本意义",和"独立认知"的"读者意义"。白先勇批道:"各种新兴的文学理论大行其道,一些理论家挟着语言学、人类学、心理学、社会、政治、经济、各种学科中一些新奇理论,入侵文学领域。于是一阵'解构''颠覆',把文学一座七宝楼台,拆得不成片断。论来论去,好像都是与文学本质不是很有关的议题,文学的艺术性,这么重要的一个题目,却偏偏给忽略了……文学作品总应该走在文学理论的前面,没有作品,又哪里来的理论呢。"①孙犁对"评论家"的冒充权威,玩弄文墨,故作惊人,浮夸虚假,批评也是一针见血的:"每逢我看到拐弯抹角,装模作样的语言时,总感到很不舒服。这像江湖卖药的广告。明明是狐臭药水,却起了个刁钻的名儿:贵妃腋下香露。不只出售者想入非非,而且将使购用者进入魔道。"②历史是最好见证,传统有强大威力。《名作欣赏》绿色刊物的创办者心明眼亮,大有人性作家陈若曦的办刊风格。陈若曦在北美在台湾创办、主持许多报纸、杂志,兼任绿色报刊的辛勤园丁,眼观四方,看准目标,培养不少文学青年。当时《名作欣赏》也能在烟雾迷漫中认清方向,开阔视野,不是高高在上拉关系找钱道,而是眼睛向下走进读者群众之中,参与学术活动,视察文化环境,了解文学动态,广交作者朋友,办刊育人。记得一次偶遇,两次邀请,我能同善于亲近读者倾听反映的张仁健、周欣共赴青岛、北京、厦门,参加全国外国文学学术研讨会、西方文学与基督教国际学术研讨会和东南亚华文文学国际学术研讨会,看到他们奔走于征求办刊意见、亲自组稿的忙碌身影。脚踏实地,走出刊外,引进刊内,谦虚谨慎,力求提高。因而文学桃花源的一家《名作欣赏》能在全国异军突起,发扬传统,越办越好,立于不败之地,乃今昔对比典型之一例,傲视腐刊钱道!

编者、读者、作者形成一个和谐大家庭,很像一所平民学校,其中绿色精神食粮,高雅文章,好像有师生教学之交融,不交学费,没有围墙——精神关爱是互动的,审美要求是双向的,学术价值是双赢的。不同流派不同风格的文学家、鉴赏家和名著原作,尽在其中——百眼百物,百口百味,各有所专,各有所取,均能了解和满足读者的人生百好。不拘一格,择优取精,阵容之壮,人气之旺,磁性之强,前所未见。不才如我,学术之旅走进刊中,在自己的文学桃花源,至少有二十

---

① 白先勇:《蓦然回首》,文汇出版社 1999 年版,第 96 页。
② 孙犁:《耕堂序跋》,湖南人民出版社 1988 年版,第 112 页。

三年——前一九八○至二○○一年,后二○○八至二○○九年,有"订刊史",有"发表史"。前一时段,我发表三十七篇古今中外文学名著的艺术鉴赏和学术研究文章,其中据知有二十二篇为中国人民大学权威资料刊物所转载;后一时段近两年发表三篇论文。就连我教过的研究生、本科生也因我引荐而得以朝拜圣殿,研究成果登堂入室,激发学生学术研究热情,带来客观效应。类似陈若曦的文学经历,文学桃花源的教育视野,左顾右盼,我远处祖国东南海隅侨乡,没有"通途",没有"阶梯",何得"青睐"? ——即在于鉴赏共鸣,学术价值! 办刊编者,审美主体,平民意识,教育理念,乃审美对象之知音——看重的是学术品格,学识境界,因而绿色刊物能识别千里马,有"伯乐效应",选优取精,提高发表率。此其一。

其二,在绿色刊物发表艺术鉴赏、学术研究文章的"爆发期"之前,我早有文学创作之"铺垫"之"预热",已有米·杜夫海纳理论之共鸣:"不是我们完全拒绝使用美的概念,或者否定鉴赏判断。当决定参照一致推崇的作品时,我们已经不知不觉地服从了这一判断。但是我们求之于它的,不是提供审美对象的准则,而是推举最有把握表现出这一准则的那些作品,亦即最完美地成为审美对象的作品。这样,一种美学才有可能:它决不拒绝审美评价,但又不屈从于审美评价;它承认美,但又不制造美的理论,因为实际上也没有理论要制造;理论要说的是何为审美对象,而审美对象一旦真正存在时就是美的了。"①审美认知,美学实践,只能从感性到理性,再以理性反观感性,才能实现从艺术鉴赏到学术研究之升华。据此,从十三岁到"文革"前的学生时代,我已创作发表数十篇小说、诗歌、散文、评论,除了真名实姓,还用过雁翎、少鹤笔名。敬爱的周总理逝世,我还暗中用学生化名写过痛悼小说《小小的灵堂》,粉碎"四人帮"后最先刊于《福建教育》,后又改编成同名话剧。粉碎"江青反革命集团"后,还同时创作两本表演朗诵长诗——在省内获奖的《献给老师的歌》和《献给青年的歌》,中国国画家、平民教育家、我的美术老师李硕卿设计"桃李成林"封面,以单行本形式在省内外发行五万多册。而继中学时代少年诗作《校园》组诗在《福建日报》文学副刊发表后,新时期第一首诗刊于文学期刊《鸭绿江》。第一篇研究全国获奖小说的张一弓《黑娃照相》的文学评论发表于全国核心期刊《作品与争鸣》。第一篇研究世界小说三大师之一的欧·亨利的近两万字学术论文发表于《安徽大学学报》(社科版),成为学术专著《走进迷宫——欧·亨利的艺术世界》(中国社会科学出版社)的奠基石,从此《名作欣赏》组稿的研究欧·亨利多系列学术论文逐期连载。研究《红楼梦》《聊斋》及中国古小说等经典名著系列,研究华侨作家名著——如梁披云《雪庐诗稿》、林健民诗文、陈若曦自传作品、白先勇小说、林婷婷散文、王性初诗歌、

①〔法国〕米·杜夫海纳:《审美经验现象学》,载《鉴赏文钞》,《名作欣赏》1996 年第 1 期。

蓬丹散文、黄孟文小说、牧羚奴小说、青青草小说、林文锦小说、小黑小说、朵拉小说、犁青诗歌等系列,在全国期刊发表的,有数十篇。较早研究的是来自陈嘉庚、李清泉故乡的,走出集美学村的马来亚少年革命家,旅居香港的华侨诗人王一桃,并得其"审美认知"——"您不仅是以逻辑思维来写作的人,而且是以形象思维来说话的人。正如您所写的《艺术形象探赏集》文情并茂一样。如能得到您的赐评,那真是三生有幸! 我为被您赏析的作家感到高兴!"①其他研究台港澳文学和外国文学诸多学术系列,也在《名作欣赏》及海内外杂志发表。

　　我有陈若曦一样的文学理想,有相似的奋斗历程,有自传共识,有书写共鸣。新硎初试,如无上述研究外国文学、中国古典文学、华侨文学和侨乡古老戏曲等系列著作的"基础"与"前提",特别是被誉为"全面系统研究欧·亨利的独家之作"的"填补我国学术界一项空白"②的欧·亨利研究,何来发表文章"爆发"之连锁反应? 深谙此道,严格自律,像陈若曦那样勤学苦练,才有"互动"与"双赢"的成果可言。故伍立杨赞《名作欣赏》道:"外国文学、古典文学、现当代文学"的"探幽发微,细加品藻","尤以鉴赏钱锺书著作、余光中著作、欧·亨利著作的多个专辑影响至巨……"③学术价值,优胜劣汰;百川归海,有容乃大。但俱往矣! 这一家绿色刊物,随着创办者的被"与时俱进"而被"自然淘汰",已经有"高""大""全"的"后来居上"者继续"主编"之位了,面目全非了。

　　教育视野,世纪之交前后,我的文学桃花源的学术之旅,幸遇来华侨大学讲学的北京大学三位良师益友,都是著名学者、博导——世界比较文学学会副会长杨周翰教授,陪伴其游览"泉州学"文化景观伊斯兰教的灵山圣墓、洛阳桥;古典文学研究专家周先慎教授,也有"与君细论文"的高山流水情;诗人、诗评家谢冕教授,则同游侨乡"海底森林"胜景深沪湾,留下合影。学术之旅还收到全国各地数十名读者两百多封来信,心有灵犀,视为知音,均来信必复。值得一提的是中原女才子卢欣欣。二十世纪八十年代,她还是一个中学生,在《名作欣赏》读到拙作《在美国牢狱中诞生的作家——欧·亨利生活与创作初探》,由此而爱上欧·亨利小说,每天在语文课前组织文学社同学轮流朗读这篇文章,每当读到欧·亨利笔名由来——呼唤一只猫名的"喔——亨利啊!"即哄堂大笑。他们订阅《名作欣赏》,研读我的欧·亨利研究系列,反复朗读,反复学习,写读后感,掀起全班的"欧·亨利热",读与写,热情高涨。后来她从河南大学(本科生)到郑州大学(研

---

① 见于王一桃致阮温凌函(1994 年 11 月 25 日)。
② 徐京安:《填补学术空白的独家之作——评阮温凌教授的〈走进迷宫〉》,载《美华文学》(双月刊)1998 年第 12 期。
③ 伍立杨:《〈名作欣赏〉十四年》,《名作欣赏》1994 年第 5 期。

究生)到毕业到工作,直至现在二十多年,高山流水情,通信成知音。她信中说:
"我曾听过中央人民广播电台的一个晚间节目'子夜诗会',诗人叶延滨评价这个
节目有三绝:'选诗是一绝,播音员的朗诵是一绝,所配音乐是一绝,三绝相得益
彰,天衣无缝。'我想欧·亨利的小说是一绝,王仲年的译作是一绝,您欧·亨利
研究论文是一绝,发表您系列论文的《名作欣赏》品位高,也是一绝,有四
绝……";"《名作欣赏》上您的文章,每一篇都很精采,从您的文章里感受欧·亨
利小说的技巧和玄机,从欧·亨利小说中去体验那种心灵的震撼,灵魂的升华。
我也能从您对欧·亨利小说的'二度创作'中感受到您的才学……";"在郑大的
校园里看《名作欣赏》,忽然就想起您和欧·亨利,记得我在纸上写:您和欧·亨
利,是跨越时空的俞伯牙与钟子期,'高山流水','此情可待'。也许您也盼望着
若有可能,能与欧·亨利'何日一樽酒,与君细论文'吧";"您在古代文学方面造
诣很深,我看过您《名作欣赏》发表《红楼梦》系列论文和汉魏六朝小说、宋代小
说、《聊斋》等系列论文。真心希望能借您的慧眼为我指点一二,做我的编内导
师,我做您的编外研究生。"①……同样是每信必复,将其作为自己的研究生认真
指导,教学相长。此后她还寄来河南报刊发表的《夜读》《怀想李贺》等大作和
《名》刊发表的《欧·亨利的中国知音——评〈走进迷宫:欧·亨利的艺术世界〉》,
学术交流,"与君细论文"。前几年有诈骗者打给她匿名电话,诈称我"出车祸危
急"要她立即汇十万元到某某账号,她为我焦急如焚,也信以为真。好得她急中
生智,先给我家打电话查实,才免于上当受骗……她现在是中州古籍出版社副总
编,大展宏图,但神交数十载尚未见面。

　　当时从《名作欣赏》绿色期刊读到我研究欧·亨利小说受到教育,十多年来
给我来信谈心的,我每信必复的,为其提供人道主义帮助的,另一个典型是江西
省上饶监狱服刑人员景某某。他第一封来信已被《名作欣赏》编者转发:"下面刊
发的一封读者给本刊作者阮温凌教授的来信,出自一位服刑人员之手。他阅读
了阮温凌教授刊发于本刊的欧·亨利短篇小说系列探赏文章,尤其是有关《重新
做人》一文②后,感悟良深,激发了重新做人的信念,并渴望得到优秀文学作品的
熏陶,从中领略人性美、人间爱的真谛。作为刊物编辑,我们也为之欣慰与感奋。
深切感受到:在物欲横流的当今之世,向社会提供不含任何污染的纯净的'绿色'
精神食品,提升人的精神境界,净化人的心灵,是我们不容轻忽的社会责任。"③

---

① 卢欣欣致阮温凌信(1999 年 4 月 2 日、1999 年 6 月 9 日、1999 年 9 月 12 日、2001 年 2 月 4 日……)。

② 阮温凌:《从保险库走出来的新人——〈重新做人〉的两个"感化"与生活原型》,载《名作欣赏》1999 年第
　　2 期。

③ 张仁健主编:《一封服刑人员的信"编者按"》,载《名作欣赏》2000 年第 2 期。

景某某原是爱好文学的高中生,由于不自爱而失足,在爱情上犯罪,判十五年徒刑。欧·亨利的《重新做人》写一个撬保险库的强盗专业户,释放后于偶然际遇得到一位金发碧眼美女的爱情感化,又于偶然冒险救人于难而感化了搜捕的侦探,得到重新做人机会。其生活原型是一个清秀漂亮的强盗。当时美国发生一起抢劫几百万美元的轰动案件,州长下令请撬保险库专家,即在监狱里找到该漂亮强盗——这原是一个靠捡垃圾为生的苦孩子,在饥饿中长大,第一次入狱只因偷了一小块只值一毛钱的饼干,却坐牢十六年!晚期肺痨快要死了。孤苦无靠的老母悲伤盼望十六年,终未能见面。他开启保险库有绝招,不用先进工具,只用挫挫指甲。州长保证打开保险库后就释放他,让他重新做人。就这样,他在十秒钟之内开启了装满巨钞的保险库,打破了自己的记录。但就在十秒钟之后,州长变卦了——最后,这位世界上开启保险库的专家,一回到监狱就死了。当尸体运出时,心碎的老母在冰雪中呼天号地,摇摇晃晃,愤怒的监狱都震荡起来。开启保险库开拓了《重新做人》的艺术天地,走出新人形象,闪射人性之光——有少女和爱情,有青春和鲜花……与景某某通信,我为治病救人,启迪人性情怀,跟他做朋友,鼓励他勤学苦练,提高文学素质与写作能力,鼓励他重新做人,发挥一技之长,积极表现,争取减刑。他在监狱办墙报配合做宣传教育工作,精神生活充实,看到人生美景,充满信心,每次来信均感激万分。由于积极改造,表现良好,他三次获得减刑……一九九九年七月八日,他给我来信说:"如果说我的生命的一线希望的曙光是从(欧·亨利的)《重新做人》获得,不如说是您的来信给我勇气和自信……说到《名作欣赏》,那是我刻意的选择……那已是在狱中的苦闷和寂寞、空虚造成的。……我决心自己拯救自己那曾有罪的灵魂。我在狱外就对文学情有独钟……我是由于失败的婚姻而坐牢的……我更希望能有一位老师来引导我。您的来信,给我前进的动力……"

　　与华侨作家陈若曦对话,文化主题是教育。以上所述的通信交流,教育调研,还有拙著提到的全国研究生、本科生、中学生共有百多封来信交谈,长期保持一种跨校际的师生关系,以爱心善行加以爱护、帮助,每信必复,都关系到教育视野中的为人师表、教书育人的人性关怀。

　　改革开放年代,中国难得的一次文艺小复兴,文学刊物如雨后春笋,我兼任《名城文学》编委、文学评论组组长,曾为刚诞生的绿色刊物向平民作家单复、黎丁、赖丹、傅子玖等文学前辈和沙叶新、鲁光、古剑、蒋荫安、闻水、陈璇、阿红、潘小雁、刘溪杰等文学挚友约稿刊登杰作。其中大学同窗沙叶新寄来幽默小说《告状》,并"附作者来函"——"温凌同学:您好!来电索稿时,我正在北京,返沪即'还债'。此稿是《文汇报》约写的,我同时给你寄去,记得你曾说,在你们刊物发了,并不妨碍在别的刊物上发,所以才'一稿两投',我也将此情况向《文汇报》说了。沙叶新,八五,二,四。"①同学之间,文学交往,都是真心实意的。而我幸遇的难得的一片文化绿洲,则是胡耀邦继承周恩来遗志平反无数冤假错案,力挽狂澜,在文化沙漠开拓出来的,来之不易,值得珍惜。我曾以此经历的"自传书写",为陈嘉庚、李清泉故乡的众多侨办名校讲学。在巴金来南国侨乡另一个平民教育阵地的石狮侨乡,长期游学,重点是华侨教育家慈善家林玉燕参与捐建的石光中学,和新加坡爱国华侨蔡天真创办的泉州海洋学院、捐建的石狮爱心养老院,还采访文学朋友许仲生任教过的侨捐祥芝中小学,幼教模范纪鸿棉任教的侨办幼儿园等。其中有我踏访巴金南下侨乡足迹的心路历程,在南国绿洲引起莘莘学子的强烈反响。侨办名校平山中学在校园网披露——

　　二○○九年九月二十二日下午四点,我校邀请了加拿大文化更新研究中心研究员、中国作家、华侨大学研究生导师阮温凌教授,为文学社全体成员和文学爱好者三百多名师生做了一场题为《踏访巴金足迹》的精彩的文学讲座。讲座由教务处主持,王劲松校长到场祝贺。

　　阮温凌,身兼中国作家、加拿大文化更新研究中心研究员、世界华文文学家协会监事、华侨大学中文系教授、研究生导师等数职。在百忙当中应邀莅临我校讲学。

　　阮教授以漫谈的形式娓娓道来,讲述了他和校园文学人才交往发展的渊源和经典实例。从河南开封卢欣欣到江西某监狱景殿忠在阮教授的悉心引导下都成为优秀文学人才。阮教授极力推介、弘扬文坛巨匠巴金先生"为人民写作,为人民讲真话"和"把心交给读者"的为文为人主张。强调中学生要重视文学,指出文学对人生的巨大影响,要学会有选择地多读好书,要重视大量开展课内外读写训练活动。讲到家乡平民教育,讲到他本人的文学创作经历。他寄语广大同学多读书,不断完善自己的人格,注意观察体验生活,留心细节表现,描写侨乡风土人情、自然风光,不断提高综合素养,迈出写作第一步。

　　阮教授以高尚的人品统领可贵的文品,给我们上了生动的一课,教书育人理念也给我们树立了榜样,使师生们受益匪浅。希望全体同学讲究方法,合理安排时间,广读精写,读写结合,不断提高。这次交流活动的举办,也为高一的同学解决了不少困惑,促进高一新同学适应高中学习生活,指出明确努力方向,具有重要意义……

---

① 沙叶新:《告状》(幽默小说)附作者来函,载《名城文学》1985 年第 1 期。

　　教育视野中,创建以陈嘉庚、李清泉为主体的海外华侨文化研究会,学术之旅来到菲律宾,亲自拜访的,电话联系的,采访了解的,即有对华侨教育慈善事业作出巨大贡献的侨领新秀陈永栽、陈祖昌、卢武敏、蔡聪妙、陈本显、黄呈辉、黄金盾、林玉燕、颜长城、李雯生等,还有李清泉的孙辈、旅菲石圳同乡会诸贤达。他们都是研究会的永远名誉理事长、永远名誉副理事长、常务理事等,并以《祝贺"李清泉华侨文化研究会"诞生》为题,于二〇一二年七月下旬同时在菲律宾《商报》《联合日报》等侨报刊登信息。拙著华侨文化研究书系六著在华侨领袖陈嘉庚、李清泉研究框架下,重点书写以上侨领新秀诸多专题,及石圳、东石、衙口、石狮、深沪、安海、青阳等侨办名校的华侨教育业绩,详情均见于《世纪弦歌——陈嘉庚李清泉文化视野》①一书。

　　教育调研,也有我文学理想桃花源之偶遇,"自传书写"之景观,生活库存之内容——出现一位助人为乐的小天使。学术之旅的第二次东南亚之行,我单身一人来到马尼拉,没有旅伴关照,机场检查又因黄岩岛问题被拖延了两小时,不见接机人。已经天黑,人地生疏,孤身一人,紧张至极。我在机场内外急得团团转,蒙头转向,陷入噩梦之中。但就像欧·亨利小说的"出人意料之外",就像菲华作家林健民现代史诗《菲律宾不流血的革命》出现的"基督神迹","柳暗"带来"花明",竟找到了"又一村"! 正当我在机场大门口旁边"听天由命"之际,却在朦胧中见到身边一个清秀的女孩子,拖着行李车,很有礼貌地问我:"您也在等人吗?"我一惊,相当警惕,但又立即放下心来,因为眼前并非出现"凶神恶煞"之噩梦,总算遇到救人于难的小天使了。我告诉她等不到接机人,也问她:"您也是等人的吗?"她答:"是的……咱们是同机来的,在机上我还看见过您呢……您等不到接机人没关系,我们兄弟姊妹会照顾您的。"说着她就打手机联络她的伙伴。语言表现性格,也表明身份。相互问安交谈中,才知道她刚从浙江大学毕业,一家人都是虔诚的基督教徒。她说这一次是神的启示,还有父母的支持,她要来菲律宾基督教学校进修一年。难怪我"似曾相识",好像在《圣经》里见到似的,又好像拙著写到的华侨领袖、菲律宾青年基督教会会长李清泉,也出现在眼前指引。在短暂交谈中,她知道我来自华侨大学,在研究生教学中开讲过圣经文学课程,有几位菲律宾毕业生都是虔诚的基督徒,也很高兴。谈话中,她的伙伴们来了,都是李清泉时代华侨的第四代第五代后裔,都是从陈永栽、陈祖昌等侨领新秀和菲华"商总""晋总"诸贤达创建捐建的华文学校毕业出来的,华语都讲得不错,说明菲律宾华侨社会大力扶持华文教育是有成绩的。感动之余,我谈到李清泉和菲律宾华侨对华文教育和中菲友谊的伟大贡献,他们无不欢呼祝贺,加以鼓励。

---

① 中国社会科学出版社 2014 年 8 月出版。

由于他们的爱心善行,兄弟姊妹一起帮助,雇车送我走了一个多小时路程,把我送到华人区王彬雕像下一座大教堂,再为我联络到接机人接我到李氏宗亲总会。这虽是人生之旅一个小插曲,却再次让我想起虔诚基督教徒、菲华老作家林健民十几年前对我说的一句话:"是上帝派你来认识我研究我的,才有《林健民创作研究文集》出版……"而我在夜晚走投无路的异邦,则是上帝派这一位小天使来护送我保佑我的。我衷心感谢你小天使!临分手时,小天使告诉我联络方式,匆忙写下"陈玲……"无独有偶,后来又幸遇另一小天使,侨生邱凯仁,品学兼优,热心为我传递华侨文化研究书系有关菲律宾侨领信息……旅程小插曲,把我引入巴金的"南国的梦",境界高超,人性关怀,是照亮我黑夜之路的一盏明灯……

　　教育调研,跨出国界,拜访菲律宾侨领新秀,以华侨文化研究书系六著为奠基作,创建以陈嘉庚、李清泉为主体的海外华侨文化研究会,于三个"百年大庆"前一年的二〇一二年诞生,信息在几家南洋侨报刊登。华侨世界反响强烈,凡访谈过的侨领新秀均有同感,支持拙见——应该研究、宣传华侨领袖李清泉的历史功绩,诸如对祖国建设、抗日救国、华侨教育、中菲友谊等伟大贡献,在华侨世界的影响声望,并不亚于他的晋江同乡老大哥陈嘉庚,是否定不了的,应该恢复其历史地位。又几次走访了菲律宾政府驻厦门总领事馆的相关官员,传达相关话题,得到鼓励支持,并回函交流、赐教:

KONSULADO PANLAHAT NG PILIPINAS　　　　　　CONSULATE GENERAL OF THE PHILIPPINES
XIAMEN

MIS - 222 - 2012

26 November 2012

Dear Sir,

　　This is with reference to your letters to the Philippine Consulate General in Xiamen dated 17 October 2012 and 22 November 2012

　　The Consulate General would like inform you that your request has been forwarded to Mr. Benito Choa, General Manager of Eton Properties (Xiamen) Ltd. for onward transmittal to Mr. Lucio Tan (Chen Yongzai) and Ms. Teresita Ang-See, founding President of the KAISA Para sa Kaunlaran (KAISA). KAISA is an organization of Filipinos with Chinese ancestry who are committed to play a leading role as a bridge of mutual understanding towards an integrated Philippine society

　　Ms. See informed the Consulate General that she will bring up your request to the Shi-Jen Hometown Association, where Dee C. Chuan came from, to inquire if they are interested in your study

　　The Consulate General, however, has yet to receive any feedback from Mr. Choa. We will inform you of Mr. Choa's reply on the matter as soon as possible

Sincerely yours,

AMBROSIO BRIAN F. ENCISO III
Acting Head of Post

　　撰写华侨文化研究书系六著,创建以陈嘉庚、李清泉为主体的海外华侨文化研究会,于二〇一二年引起李清泉嫡孙六家族的关注,委托厦门朋友查访,追寻我学术之旅行踪。这些朋友有前全国侨联副主席、中国人民解放军炮兵副司令员、华侨将军黄登保的亲友,他们几番周折,历时半年,才辗转通过华侨大学前校长庄善裕教授的华侨关系,前后三次打电话寻找,才找到我。我在感动之余,也带来鼓舞,看到华侨领袖李清泉之影响威力,以及创建海外华侨文化研究会之必然。还为此应旅菲石圳同乡会理事长李贻廉及成美小学校友会元老李鸿基、秘书长李天真、李文朴等热心人在一次座谈会的要求,把他们宗亲间与华侨领袖李清泉后裔断掉两代人的联系,即断掉的线索,再连接起来——于二〇一二年十二月十七日介绍李清泉嫡孙李国柱与李贻廉见面相识交谈,从此李清泉的后裔宗亲,得以和石圳同乡会正常交流正常来往,也是华侨世界一段佳话……后来即由朋友黄敬裕、郑佩东、许荣元代表李清泉后裔家族跟我联系,还同文化人许荣元参观厦门鼓浪屿的李清泉别墅,缅怀先贤,访谈交流,合影留念。进而有机会和李清泉在菲律宾的五位孙辈见面——李清泉长子李世傑之子、菲律宾中兴银行总经理李大军,李清泉次子李世伟之子、银行家李国佰,李清泉三子李世俊之女、实业家李淑敏,李清泉四子李世侨之子、加拿大实业家李国柱,李清泉六子李世儒之子、新加坡企业家李国兴,李清泉五子李世仪之子因在新西兰正忙,未能赶来会面。这一具有历史意义的关键时刻,是二〇一二年七月十八日晚间,在马尼拉的一家宾馆,他们代表分布世界各国的华侨领袖李清泉之孙辈后裔,为我亲笔题词赠言(见下页)。

　　与陈若曦对话交流,探讨文学创作问题,还有:教育调研的马尼拉之行,曾与同乡华侨作家王宏榜谈到"华侨之存在"的大课题。他说"当今没有华侨了"。我们共识的"论据"是:"表层的"——"文化大革命"前后涌现海外的打工仔、流浪汉,不是华侨;"深层的"——华侨后辈几代,由于"忘根""失根""断根",异化为"番仔"了。这是从理论上"论证"。从现实中"引证",则有典型三事例:上述"断线再接"之聚会,李清泉后裔宗亲二者鼓励"研写"与"创建",当场答应赞助出版书系第一编,后派四人来家查证书稿内容并拿走书稿目录、部分内容及出版经费证明,至今近两年不予兑现,忘掉诚信,也忘掉先辈的华侨文化……菲华"陇西李"助办李尚亲出资帮助三十多位大陆流浪客生活费,指出他们不是华侨,很可怜,已失去华侨艰苦创业的民族传统……李清泉家乡某旅菲同乡会,理事长换届体面排场热闹三天,花钱如流水,单请"歌星"一唱即给数万,不见华侨勤朴作风,也不见兴学育人、振兴文化之作为……

第二节　间接书写交流

　　卓家是党员夫妇,一向受重用,不是派出去开会,便是审查有问题的同事,从来不得闲空到农村去劳动,正因为劳动少,他俩对劳动特别热心,逢人便宣扬毛主席的五七道路如何伟大正确,要一辈子走到底云云。尤其是卓先生,精于政治词令,又口若悬河,总摆出一贯正确的面貌。大家背后不服气,喊他"左出奇",当面可是没有勇气问他:你什么时候去走一趟道路? 卓家的孩子更是青出于蓝。文革初期,他们还是小学生,却晓得组织了一些小朋友,在我们宿舍里抄家、查封,几条皮带抡得呼天价响,个个杀气腾腾的。提起卓家兄弟,宿舍里的男女老幼,哪个不怕个三分?

——《晶晶的生日》

　　……正是不可一世的红卫兵,还是个小毛头。才高二的小伙子,他已气宇不凡，张口闭嘴都是保卫毛主席、造反有理的革命道理。这小张身上一套草绿军衣，因为舍不得换下来洗，领口和袖口都油污发亮了；臂上套着五寸长的红绸袖章，倒是非常耀眼，见了人喜把右手插在腰身上，逼得别人不得不正视这红袖章所代表的权威……

——《尹县长》

这马遂在彭玉莲之后，又搞上了学校里一个锅炉工的老婆。事情作得不密，叫人家丈夫发现，闹了开来，不得已写了检讨，校党委书记亲自施加压力，才勉强把丑事遮盖下去。正好，"文化大革命"起来了，那锅炉工起来造反，他老婆亲自上台揭发，造反派就勒令马遂坦白交代，等坦白书一交出来，群众都哗然了。原来连彭玉莲在内，马遂前后勾引了五个本校的女教工，手段、情节都恶劣透顶。

——《查户口》

……墙上有毛泽东的照片和激励士气的标语，如"五一六不灭亡，誓不罢休！""揪出军中伸向院校的黑手！""谁反对许司令就是反对毛主席！"……任秀兰挨整的房间，满墙是斗大的墨字，半尺长的惊叹符号……低头认罪，回头是岸，否则便死无葬身之地！

——《任秀兰》

……多少人上台批斗任秀兰；说它只敢跳粪池是形左始而实右终；是自绝于人民，死得轻于鸿毛，自然要遗臭万代。会上宣布开除了她的党籍，盖棺论定为反革命分子。

——《任秀兰》

这是陈若曦"古拉格群岛"文化之旅，展示的另一教育视野，让人见到败坏教育的"文革"病根。乃摘自作家自传小说集《尹县长》里的几段话，引用于拙著华侨文化研究书系之相关原文。"自传联想"由此生发，也积累一些"自传小说"素材，与陈若曦间接交流对话，以求学术研究的互补互动。当今教育腐败无不来源于"史无前例"的代表权威者、杀气腾腾者、恶劣透顶者之罪行，有相互解读的对话基础。正如前述，作家经历，见解与书写，都有自传成分——"由于和周围人们的深刻联系，由于和周围的人具有本能的共同性，我们却创造了某种超越个人的东西"，"作家表现自己，也就是表现他所处的那个时代"，因而"每一位作家的创作，同时也就是他的自传，在某种程度上以想象力加以改变了的自传。这种情况几乎永远如此……"①自传成分,审美客体有,审美主体也有——审美主体经常为审美客体的"自传书写"所触动,引发"自传联想"与"学术联想"。在教育调研中,我与陈若曦互动交流,心灵照映,成为知音。

　　研写《海峡子规》,有陈若曦"自传书写"之震撼,有"经历互动"之感受。自传素材的"间接书写交流",跟"直接书写交流"一样,也可与陈若曦的"自传书写"共振共鸣,"形神兼容"。从"桃花源"反观"古拉格",教育调研遇见违背教书育人准则的典型事例多多。就有一位因提意见受校长打击报复、经济制裁的身兼中国作家大学教授者,就有了解其历任导师结下深厚情谊的研究生之反映——这些都是提供陈若曦《尹县长》后续自传小说的书写素材……让"主观行动"引起"客观效应",这里也有我"间接书写"之虔诚。文学理想桃花源,解读世纪文豪巴金的平民教育和平民文学大书,研究文学独行侠陈若曦人生自传,是真善美的理想追求,是正面教育。而"文革"小说集《尹县长》中混迹官场的卓家夫妇、父子,"与时俱进"到今天的孵化蛋种们,则有假恶丑现实之认识,是反面教育。以昔鉴今,正反对比,旨在强调:邓小平否定"文化大革命"言论是行动纲领,胡耀邦彻底平反冤假错案是光辉榜样,党中央的"老虎苍蝇一起打"是人心所向。反腐倡廉,斗恶抗暴,识假打贪,众志成城,匹夫有责。

　　华侨领袖陈嘉庚、李清泉倾资办学,广开教化,培育英才,开拓中国平民教育道路,是华侨文化研究书系六著的大背景,其中也展示《海峡子规》的教育视野,也看到败坏人民教育事业的腐败校长,也提供陈若曦后续书写的小说素材,也建议创作与"文革"小说《尹县长》相对应的后续小说——题名为《江校长》:以陈若曦敬爱的平民教育家、北一女中校长江学珠为歌颂主人公。教育视野,有"学术联想"的"正面书写",有"后续创作"的"现身说法",重在审美主体与审美客体之书写交流,重在美丑对照原则之体现。雨果在《〈克伦威尔〉序》写道:"近代的诗神也如同基督教一样,以高瞻远瞩的目光,来看事物。她会感到,万物中的一切并非都是合乎人情的美,她会发觉,丑就在美的旁边,畸形靠近着优美,丑怪藏在崇高的背后,美与恶并存,光明与黑暗相共……它将开始像自然一样动作,在自己的作品里,把阴影掺入光明、把滑稽丑怪结合崇高优美而又不使它们相混,换而言之,就是把肉体赋予灵魂、把兽性赋予灵智;因为宗教的出发点也总是诗的出发点。两者相互关联。"②而"两者相互关联"者,知音共鸣者,则有"古拉格"闯进"桃花源"者,或"桃花源"遭"古拉格"侵害者,相互消长,交错反应。有教育调研的教书之声,也有教育调研的育人之声,子规啼血,两岸共鸣。

---

① 〔俄国〕巴乌斯托夫斯基:《一生的故事》第1卷,河北教育出版社2001年版,第1页。
② 《雨果论文学》,柳鸣九译,上海译文出版社1980年版,第30—31页。

教育调研的教书之声

　　教育调研,走访侨乡三十几所大中专侨办侨助学校,深入其中某高校师生之中,扩大教育视野,了解"人才观"问题,正反对比,对比反思。当时陈嘉庚、李清泉教育救国,科教兴国,教书育人,培育英才,华侨教育引领时代新潮流,坚持的是艰苦办学、廉洁治校和"精英校长,德才师生"的诚毅精神。来自泉州侨乡的两位华侨领袖,倾资办学,呕心沥血,拓展平民教育之路,一路疾走呼号,"闻金鼓而思将帅",深感"千军易得,一将难求",追求的是教书育人的"人才观",发出的是"教书之声"。先行者踏破铁履,奔走全国,到处寻求聘请精英校长和优秀教授,对"人才观"之重视,不仅中国的华侨领袖身体力行,也被外国教育家视为金科玉律。遗憾的是,拙著多处提到的平民教育家夏丏尊当年提示的"挖池塘"现象,至今仍未改观:"有人说方的好,有人说圆的好,不断地改来改去,而池塘要成为池塘必须有水,反而没有人注意。"办好学校必须有爱心,有责任心,有事业心,关注平民,乐育英才——也就是要有"水",要有"爱的教育",要有真善美,要有人性关怀,才能成为"池塘"。但对比我们现在的养尊处优的教长学官们,孵化蛋种们,他们权欲熏心,为自己的孵化机器忙都忙不过来,还肯花时间和精力,来提倡教书育人吗? 来为"池塘"引"水"吗? 所以,"都成了没有水的池塘,任凭是方的还是圆的,总免不了空虚之感"①。依仗权势瞎指挥,有的硬是在没有水的池塘里盲目地挖来挖去,有的则忙于"孵化"金钱美女,权钱交易,大肆扩招扩办,大捞学费。大学讲大,高校比高,陈若曦"文革"小说类似"水利学院"的高校名堂不见了,"学院"都拔高为"大学"了,原来的"系""部"也争相改为"学院"了,挣不到"大学"招牌的学院则把里面的"系""科"都自我膨胀为"学院",出现"学院加学院"之怪胎。而号称"学店有分店"的校园里,堂而皇之的"店号"触目皆是:某某国际研究所,某某纽约分校,某某东南亚校区,某某欧洲办事处,中国某某研究会,世界某某金融中心,招牌金光闪亮;"超级培训"则有高管班、在职班、文凭班、职称班、提高班,总裁班不够,还要有女总裁班、男总裁班,高学费买高学历,低水平教低程度,速成毕业,公款镀金,皆大欢喜,"高级""博士""专家"满天飞。这种环境气候的另类教育,孵育什么"人才",可想而知。

　　联系到平民教育的历史与现状,探索了中国文化教育的典型环境和典型人物,正巧读到肖勇记者"用海景房高尔夫孵育大师"的文章,其实也是在谈"人才观"话题:"这超一流的硬件设施运行有些年了,这些设施表明……是我们这个星

---

① 叶至善:《介绍〈爱的教育〉》,载《爱的教育》,中国少年儿童出版社1980年版,第307页。

球上少有的大学……"①读到这里,本也认为问题问到的正是高校普遍存在的一种"现代病"。大学时代我在母校华东师范大学(前身之一即陈嘉庚创办的厦门大学师生在上海创办之大夏大学)受党的教育,幸得平民教育家常溪萍校长亲切教诲,受益无穷。当时师生关心探讨的最大命题是"不要忘记世界上还有三分之二的人民在受苦受难"。现在我们缩小范围讲,是不是也应该不忘记中国贫困地区还有失学儿童?但何止是三分之二!华侨领袖陈嘉庚是亿万富翁,为了教育兴邦,他吃地瓜稀饭,穿缩水老旧短衣裤,一分钱都舍不得浪费,却为平民教育创办集美学村、厦门大学而一掷亿金!如今到底是"星球上少有的大学"的"锦上添花"重要,还是为广大贫困地区的平民教育"雪中送炭"重要?这是陈嘉庚九泉之下对当今教育官僚宝贝们的一种灵魂拷打。谈及"孵育大师"话题,肖勇写道:"小小学子在经受这么好的硬件育苗后,开出什么花儿来?这些年过去了,除了历史上……鲁迅教授、陈景润教授的光环依旧闪烁……还没有什么奉献给我们,起码也没有北师大的不赚四千万别来见我的傲气教授!"对此"忠言逆耳利于行"的真心话,我更佩服肖勇之勇,他说:"中国教育越来越离经叛道了"——"正是因为有了学校,我们的道德一落千丈;……的所作无所为,能不是一记绝妙的注解?"肖勇之论,引人警醒。陈嘉庚及其精英校长林文庆、萨本栋、汪德耀、王亚南身后的接班人,是应该知道的:"大学者,非有大楼之谓也,有大师之谓也。"肖勇接着写道,"也许……急于弥补中国教育落后的空白,高屋建瓴,培养的是贵族思想活跃的未来精英……"肖勇之论,教育见解,在于"人才观",无不关心陈嘉庚创办的东方名牌大学之现状。研究宣传华侨领袖陈嘉庚、李清泉华侨教育光辉业绩,抚今追昔,对比反思,反腐倡廉,拙著拙见和肖勇评论,也是同声异响的。

　　解读肖勇谈"孵育大师"话题,本也认为是好事,陈校主不是也重视学生的体育锻炼吗?不是也因陋就简开辟一些简易可行的运动场所吗?不是强调德智体全面发展吗?但问题在于:要不要陈嘉庚的平民教育优良传统?要不要我们晋江侨乡历史上出现的两位华侨领袖的艰苦办学、廉洁治校、为人师表、教书育人的诚毅精神?这一问题,问到的,正是全国高校普遍存在的"现代病"。但有的主管上司却不屑一顾,视为"小事",无视"千里之堤,溃于蚁穴"的千古之训。教育反思,说到底,有几所高校的教书育人是体现在硬件上的,摆在第一位的?师生和家长责问:是学生以"学"为主,还是教官学长要"权"要"钱"为主?他们是否还懂得陈嘉庚、李清泉倾资办学、教育兴邦、乐育英才的教育理念?想起抗日战争,文化界、教育界热爱关心的厦门大学内迁永安山区,何等困苦艰难,却办得非常出色,大出人才,世界级、国家级的科学家、文学家、教育家、艺术家无数!当时西

① 肖勇:《厦门大学太有才,用海景房高尔夫孵育大师》,载光明网站"观察"2011年9月21日。

南联大又何其举步维艰,却造就了中国教育史上最辉煌的时代,涌现举不胜举的民族精英人才,与厦门大学双峰并峙,独标学术个性之塑造,大学精神之发扬。也想起华侨作家陈若曦学生时代经受的平民教育,有江学珠校长的台北第一女中,有傅斯年校长的台湾大学,也培育了一大批有国际影响的大师名家!两岸教育,交相辉映;优良传统,一脉相承。但对比之下,今不如昔的教书育人的"人才观"令人担忧。肖勇记者文章写道,多年来"没有出现大师,我心在等待,那我们不妨让……高尔夫、棒球场、海景房继续孵化中国未来的大师吧"……功勋卓著的科学家也发出"钱学森之问"——"为什么我们的学校总是培养不出杰出人才?"能否孵育大师的问题,关键在于"硬功"和"硬件",发扬华侨领袖陈嘉庚、李清泉平民教育的优良传统——精英校长,德才师生,为人师表,教书育人。但这一重大课题,有几个教育长官老爷还感兴趣?

　　高校调研,教育视野,看到陈若曦"文革"小说揭露的教育腐败问题,正在"与时俱进",大多来自"文化大革命"所属"古拉格群岛"造反英雄之遗传之变种。因而有肖勇来不及写的,华侨领袖倾资办学育人之后续出现的——诸如高校"特权门"校长孵化蛋种的"美女门""基金门""开房门""诱奸门"之淫兽们①,等等。但诸如此类与调研"过桥半"某校对比,师生反映腐败老板在职的九年孵化,不少蛋种,还是小巫见大巫的。而来自陈若曦笔下的卓家夫妇们,卓家父子们,马遂们,红卫兵小张们,有的已经是学店的校长兼书记了,还可以超龄三任而畅通无阻!因而迎接教育部评估的第一句话,是命令师生"只准评优不准评坏",限令三天三夜赶写他上台五六年来的全部"先进材料",金钱开路,人海战术,硬是把省高校评比精品学科空白(就连省公专都得一项)、问题成堆的学店骗来"优秀"评估,挂起全国高校"第三里程碑"之店号!孵化双翅下,变本加厉的,弄虚作假的,误人子弟的,摧残人才的,政绩作秀的,飞黄腾达的,上司表彰的,不一而足。孵化蛋种,纷纷出笼;网络曝光,应接不暇。有某党校"色情门"不雅照的淫棍,有师生众口皆碑的无政绩无成业的弄虚作假……有某高校"博导"公开对学生放屁:"当你四十岁时,没有四千万身价不要来见我,也别说是我的学生!"还施展江湖术士之妖术,说"经济学教授是教别人致富的"!但国际知名的法国经济学大师让-雅克·拉丰却在网上说:"我是一个传道者,传播经济学是我的责任。你们年轻的学者必须要忍受寂寞和孤独,潜心研究经济学,并且要抵挡各种诱惑,切忌急功近利,要知道,研究经济学的机会成本是很高的。只有这样,才能成为一个真正的经济学家,才能为国家、为民族做出贡献。"造就了四位诺贝尔奖得主的日本名古屋大学校长也在网上说:"我们始终以造福社会为己任,致力于推动具有创

---

① 张瑞等:《厦大女教授:被裹挟的"铁骨铮铮"》,载《南方周末》2014年7月17日。

造性的教学科研活动,培养足以担负起国家和未来的新时代人才。"这种声音,拒绝腐败,没有铜臭味,没有市侩气。但孵化蛋种"先富光荣"的一代,都有自己的"作伪",不管白猫黑猫,为找后路争相"摸着石头过河"就是"好猫",正准备"离岸"逃之。昔日陈嘉庚强调"教育是立国之本",而今教育腐败带来危机。陈若曦自传小说集《尹县长》里"文革"之杂种之怪胎,孵化蛋种,正在大学店及众多分店传宗接代。

　　华侨作家陈若曦应有实力创作后续自传小说,反映以上教育现状,为子孙后代的教书育人尽为人师表之责,救救教育,救救孩子。教育调研提供生活素材的,还有大学之"大",高校之"高"。称雄世界,大学"大"到天南地北的分校又分校,"大"到政府规模的庞大官僚机构及数百名学官教长,人民血汗养着,占官位,吃官饭,说官话,放官屁,玩官妞,屙官屎,校园恶臭;高校"高"到多校区的数十层摩天高楼无数,"高"到高不可攀、不可一世的"教授""博导"的滥竽充数,"高度重视"年年"先进""模范"个人政绩,"教育成果"高到比天高! 到处"扩办","分校"遍布,五脏俱全,配备完善,一正多副,有秘书有干事,还雇"勤工俭学"学生当杂差,上班玩电脑聊天喝茶,就是看不见"为人师表、教书育人"的配套措施和学生监督。浪费国家资源,无动于衷,而中国贫困地区,中小学生正在风雨飘摇的危房破屋上课! 尚在"摸着石头过河"为自己找退路的"宽容"者们,败坏教育"光荣退休"躲进安乐窝,罪责积压,无人清算,恶性循环……我沿着记者肖勇的思路,继续深入南国侨乡教育调研,所见教育腐败,综合起来,相比之下,肖勇所指的"孵化"问题就不算问题了。教育调研,网上曝光,对比反思,可以归纳相关夫妻老婆店之见闻,看到陈若曦"文革"小说触及的相关孵化之变种,正在后来居上,与时俱进,各显神通,各逞其能,也是一些创作素材:唯有败绩多,依旧无成业。教育调研,对比反思,还来自广大师生的反映,所提供的一份材料,以小见大,也很有教育意义——

　　学店老板,校园景观:遛狗场,飙车场,交易所,转运站,游乐场,夜总会,南来北往大旅社,非教非学大杂烩,到处爷奶婴儿车……外来游手好闲者,收废品捡破烂者,看房买房租房,充当校园"居民",混杂师生之间,占领生活阵地,享受高校资源……皇宫办公室,配备有暗房,白天门常关,夜女忙"加班"……两年出境六十趟,巧立名目世界游,亲信轮批跟在后……奖金基金,自批自拿,"先进""模范",老板伙计轮流当……官老婆资料员无学历连升三级——教授、院长、书记……老板心腹分管"闻血院",女生被奸杀藏尸七天腐烂恶臭暴露,不见上课不查问,任其失踪无人管;不到一年又有该院女生遭奸杀陈尸野外,连带多起学生命案,媒体曝光,大小老板责任者到国外游乐,逍遥无事……学生二男一女凶杀案,躲避记者曝光,转移外地,生死不明……学店医院医死几名学生,抗议照片传国外……死于电梯者,死于跳楼者,死于水沟者,死于奸杀者……九年老板手下学生死于误人子弟、摧残人才者,何止九名?破校史纪录,师生有口皆碑。还有手下亲信百多万巨贪判无期徒刑,十多起贪污贫困生巨款案……"东宫""西宫","美女团队","色情反标"……糟蹋到陈嘉庚的学生梁披云创办的高校女教师——被来校哭骂要死在他家里,而下令把她铐关半天,还制作带照片的"通缉令"张贴,写明该女教师的姓名、年龄、任教学校等,将她折磨得住精神病院,侵犯人权……有保安人员举报,有愤怒老师拍照,均在继任校长的主持会上公之于众……此外,贪得无厌,什么都敢,什么都要,什么都会,什么都拿,什么都有,权势的,金钱的,女人的,荣誉的,豪宅的……主管保护伞,贪官抱成团,三任可超龄……惶惶不可终日,警卫私用,日夜值班,守护其身家安全……揭"五毒俱全"者被"靠边站",举报弄虚作假者被打击报复——扣发工资取消奖金的,警告处分降级惩罚的,取消课题基金教授待遇的,动用公安武警的……健康教授被以一九七八年的老弱病残工人退休文件强迫赶下教坛,再"引进"河南某县职员"四骗"兼论文剽窃者封为"教授""硕导"取而代之……权钱交易,与建筑商利益均沾,大楼落成,大修不断,钱浪滚滚……花纹学店领导"专用席",燕窝、海参、鲍鱼,山珍海味,每餐仅低于贫困生一次餐费……有"博导"慷学术基金之慨长期轮流带多名女研究生"开房"淫乐,逼得其中割腕自杀反抗及多人举报……与夫妻学店抗争者还有方老师等的网上声音……更有出口转内销:外地小学程度采购员被女老板看中"采购","引进"当副老板,老女壮男,一拍即合,有权有势,流窜国外,走"私"捞"私",送孩子到某国贵族学校镀金的,顺带某种交易的,游览世界风光的……常客到某国关系户"贵干",招待住高级宾馆,关系户要为其开两个房间。老女却羞答答说:"开两个房间让您太花钱,不好意思……"壮男则假惺惺说:"为了省钱,我们开一个房间也就足够了……"搞得某国关系户目瞪口呆!

　　教育调研,见到事实真相,"人才观"问题乱象丛生。某教授反映"官导师""伪导师"及"抢导师"诸多教育腐败。其中即有从山区师专"引进"之"抢导师"者,职称三关通不过,因替无学历老板娘搞"证书"交易有功,一个官场一升三级,一个职称一过三关——"劣胜优汰"后,爬到科研处当处长,即大显身手,大搞"科研成果"生意,兼顾"学历证书"批发……师生反映材料中,存有一封信:"……眼看就要满六十的陈某某(原信指名道姓,此姑隐其名),为了那不言而喻的目的,动用各种关系,特别是利用马克思主义哲学研究所挂靠在科研处的便利条件,终于在退位之前,把马克思主义哲学博导的帽子戴在了自己的头上——尽管专业完全不对口,甚至连一届完整的硕士都未带完!这样一来,他就可以顺理成章地享受博导的待遇至六十五岁!这种情形与您当年的被迫提前退休形成了多么鲜明的对照!不少人对此很有看法,难道当官的就连这种事都可以搞特权?……"

长期脱离教学,更与马克思主义哲学沾不上边,竟演出抢"博导"闹剧!学生说是对马克思主义哲学的极大污辱,即使叫该专业的学生来教这位"陈博导"他都听不懂……而吴老板看中的某女研究生,长期旷课,打架,却有恃无恐,在外地遥控导师为她补课、指导论文、发表论文,三更半夜打骚扰电话。就连照顾发表她论文的某高校学报的杨编辑都受不了,于二〇〇二年五月九日来信劝告:"……祝贺您的论文在我校学报发表。除了您的努力之外,没有导师的精心指导批改和大力推荐,至少要推迟到一年以后再说。因为第一,没有桥梁,谁也不认识你;第二,没有版面,我校积压稿件一年发不完;第三,本校副教授、讲师一百多人,为了评职升级,为了发表论文,照样出版面费……不但你的导师操了大心,我们也跟着操了大心。毛泽东、胡耀邦、江泽民等领袖都很敬重自己的恩师,希望你以他们为榜样,同样敬重自己的恩师!滴水之恩涌泉相报……"

随后她竟被老板看中,树为全校优秀毕业生代表,两人公开在台上亲密合影,在全校公开张贴宣传了一学期,被某老师拍照存档,有批语流传:"这一张两人照片是在二〇〇二年七月五日上午全校毕业典礼大会拍摄的,已在校园张贴了一学期。她长期离校不来上课,打人闹事,侮辱导师,电话骚扰,目中无人,靠的是某老板权势……树她为优秀研究生在大会表彰,公开合影,意图何在?置为人师表、教书育人于何地?"……师生给腐败校长的评价是"五毒俱全",败坏教育,不单是误人子弟,而且是扼杀人才,千古罪人!而主管刘上司还经常下来为其吹牛打气捞油水,说得天花乱坠,却气得台下一位高个子中年教师把手上的茶杯狠狠往桌上一"啪",站起来还不解气,再把茶杯拿起,再"啪"的一声,走到外面又回座位喝水,再站起,再"啪"的一声,台上台下声响齐鸣,却"于无声处听惊雷"!类似陈若曦"文革"小说生发出来的"典型环境中的典型人物",都有写在背后的,或应该续写的。其现场意识流动,校园黑色幽默,老板荒诞孵化,更典型,更生动,更哭笑不得,更惊心动魄,更撕肝裂胆,更天怒人怨。教育调研,作家对话,有"自传书写",有"知音共鸣"。巴乌斯托夫斯基说:"就其实质而言,每一位作家的创作,同时也就是他的自传,在某种程度上以想象力加以改变了的自传",但是"有一条神圣的规则——只有到作者能讲实话的时候才应该写。"①白先勇在接受《时报》主编访谈时则指出:"知识分子的困境很难写,其实很值得写",因为"太切身"了,"一些比较敏感的问题,很多事大家心里都明白得很,就是不好讲。"徐复观在《一个伟大书生的悲剧》中也说:"在真正的自由民主未实现以前,所有的书生,都是悲剧的命运;除非一个人的良心丧尽,把悲剧当喜剧来演奏。"

反腐打假,周汝昌的《红楼夺目红》也有深中肯綮之言:"世人总是喜'假'厌

---

① 〔俄国〕康·巴乌斯托夫斯基:《一生的故事》第 1 卷,河北教育出版社 2001 年版,第 2 页。

'真'，世事、人情，假的多，真的少——极少"，"但要表'真'，却非易事；说来也怪，世上一切势力是弄虚作假，方得飞黄腾达；他们害怕真，不容'真'之存在；你宣扬'真'，就打击你，甚至置你于死地！"——假，可以置你于死地，因为他们有强权；真，处于弱势，所以我们要任人宰割。造假打真，真斗不过假。腐败权势，洪水猛兽，淹没我民族文化，吞噬我传统美德！人性作家，正义学者，痛心疾首。以代表作《假如我是真的》《陈毅市长》名世的剧作家沙叶新早就发出怒吼："什么都是假的，只有骗子是真的！"从旧世纪震响到新世纪，振聋发聩。捍卫真，在于长期打假（不是假打），随时识骗（不是被骗）。有真才有善，有善才有美。真善美，是人类永恒的追求，进步文明的标志，文学艺术的主题。提倡建立"文革博物馆"的巴金，出版《思痛录》的韦君宜，直言不讳的孙犁，创作"文革"小说的陈若曦，都有震醒中华大地的第一声春雷，都是建造"文革博物馆"的先知先觉者……文学几代人，心有灵犀，都敢讲真话。鲁迅说，走的人多了，也便成了路。鲁迅精神永在，是中华赤子打假除恶的一面光辉旗帜。历史回音，现实写照，也是催人醒而启人智的。"智慧必使你行善人的道，守义人的路。正直人必在世上居住，完全人必在地上存留。惟有恶人必然剪除，奸诈的必然拔出……"①。现实中，人以群分，物以类聚，是非清楚，泾渭分明。生活中有美丑对照原则，才有雨果著名的对比理论。

　　教育调研，探讨的是人才观问题。对比反思，历史证实陈嘉庚、李清泉时代创办的平民学校，精英校长，优秀教授，德才师生，没有教育腐败，没有贪腐猎色校长，没有误人子弟，唯有培育民族精英无数。而今却有敢于反映问题的教授被学店老板迫害，发生在总店，也出现在分店。调研中了解到一位研究生、本科生和全校选修生三大教学领域的骨干教授，曾获该校优秀教学成果一等奖、福建省高校优秀教学成果二等奖，大量发表、出版的学术著作获得学术界好评，被誉为"填补我国学术界一项空白"，有中国人民大学博导徐京安教授、北京大学博导周先慎教授、南京师范大学博导许汝祉教授、华中师范大学博导王忠祥教授、福建师范大学博导孙绍振教授、厦门大学硕导赖干坚教授、北京舞蹈学院教授张朝霞等发表论文评价推荐。是中文系唯一"土生土长"三级全票通过评审的教授，以其主要学术成果与教学成果参与申报获得中文系第一个硕士点，首届研究生导师，竟因正直敢言而被以弄虚作假手段加罪"弄虚作假"，在大会宣读惩罚"决议"，赶下讲坛……另一分店几位教师也受迫害，只因敢于揭发老板夫妇，抱团牟利，权色交换，权钱交易，给学生送分数、送文凭，诸多事故，却被警告处分，扣发工资、奖金，停职反省，甚至动用公安武警……当年侨乡申请"世遗"，某教授率先

---

① 《圣经·箴言》第二章。

于国家一级期刊《中国戏剧》发表三篇研究高甲戏、木偶戏和华侨戏剧的系列论文。① 学店老板则因被反映问题而长期对其打击报复,十年告状,求告无门。该教授拥有多项学术成果,有学术影响,身体健康,一直活跃于教学第一线和国际学术舞台,竟然被以"文革"刚结束时处理老弱病残工人的文件提前赶下大学讲坛! 正当"教授荒"时期,带有讽刺意味的是,当时该校校报张记者——该教授的"入门弟子",正受命发广告在"教授工作站"向外招聘人马,就连六十五岁的退休副教授都要,饥不择食! 还千里迢迢从外地"引进"没有任何教学经历的某县文书来充数,当"教授"宝贝使用,被人事处干部发现骗职称、骗年龄、骗学历、骗成果,"孵化"机器却仍无视其到处剽窃论文发表与各地检举浪潮,任用其为硕士生导师,把首届导师的研究生"抢批"给"四骗"指导,结果"指导"出一篇歌颂投靠日寇的汉奸文人的论文来,研究生闹得不可开交。而当时担任答辩主席乃厦门大学中文系主任黄教授,是一位德高望重的学者,从来没有见过这种黑色幽默,也跟师生一样,都被"孵化"机器之杰作搞得哭笑不得……

　　人才观是非颠倒,但只要是金子,都会闪光发亮。主要是看典型环境是否容纳典型人物。恩格斯说:"现实主义的意思是,除细节的真实外,还要真实地再现典型环境中的典型人物。"②这一经典论断指导学术研究已超过一个世纪,对当今教育"孵化"问题的研究也是有指导意义的。世界文学名著中多有描写与揭示,也可用来"观照",加以"启示",得到"警醒"——"荒淫无耻和种种隐秘的罪行中间,在毫无意义的反常生活构成的整个这种地狱般的环境里,像这种阴森可怖、使人肝胆欲断的故事,是那么经常地、难以察觉地,甚至可说是神秘地在进行着……"③揭示本质,关键即在于"典型"——因为还有"孵化"的典型环境和"孵化"的典型人物之两者互为因果,在教育领域出现。好在"孵化"的污泥浊水中还有人性孤岛,尚有一线希望。网上"铂程斋"喷嚏网任志强说:"如果法律不能把权力关进笼子,那么等于政府可以不受限制地任意剥夺公民的权利。"换一句话说:如果法律不能把权力关进笼子,那么就等于不受限制地可以任意把冤假错案关进笼子! 还看到网上"铂程斋"喷嚏网范忠信的《大学已经死了》,直言道:"当只懂政治的书记对着教授发号施令的时候,当师生集体作假迎接教育评估的时候,当学生被诱导写思想汇报争取入党的时候,当教师为权威核心期刊指标而写文章的时候,当教师升职只看载文刊物级别而不看文章内容的时候,当奖项只认

---

① 《演侨乡史迹　赞千秋功业》,载《中国戏剧》2001年第5期;《高甲戏名丑蔡友辉的表演艺术》,载《中国戏剧》2002年第5期;《拷打灵魂的人性搏斗》,载《中国戏剧》2002年第10期。
② 《马克思恩格斯论文学与艺术》(上),人民文学出版社1982年版,第188页。
③ [俄国]陀思妥耶夫斯基:《被欺凌与被侮辱的》,南江译,人民文学出版社2003年版,第171页。

政府国徽章不认任何民间奖的时候,大学已经死亡。"客观现实,真理呼声,异口同声,也可以换一种说法:当以权谋私的校长书记对正直敢言的教授打击报复、经济制裁的时候,当师生遵命"只准评优不准评坏"日夜赶写"先进材料"应急而金钱开路的时候,当手下犯罪案件不断、有上司表彰、有"宽容"烟幕弹保护而超龄三任、逍遥法外的时候,当"第三里程碑"吹到海外说"我是三岁从台湾归国的华侨"的时候,当不学有术的校长兼书记以排名第一侵占论文"合署名"发表的时候,当"对等交易"为无学历官老婆关系户搞学历证书而得到御批钦准"教授""博导"的时候,当旷课打架的女研究生被封为"优秀毕业生"与被看中的校长合影树碑的时候……大学已经死亡。即使"捧承流亡"四大金刚被主子膨胀为副老板,也无济于事了,因为大学已经死亡!而当你看到法学家叶雯文章的时候,也可以印证范忠信的《大学已经死了》:

> 最近从"清源论法"网上看到甄颜久《史上最牛的论文剽窃》,又看到"学术批评网"……反侵权公开信,和《华文文学》二〇〇九年第五期的反侵权声明,披露其研究著名旅美台湾作家白先勇的成果遭全文剽窃……由于曾向校权势者提意见反映问题而被借机打击报复……以弄虚作假手段加罪"弄虚作假",经济裁制,侮辱其人格,侵害其权益……并丢失至少两次教授工资提级……丢失研究课题申报课题基金……屡遭侵权的作家教授,理应得到正义声援,法律保护。目前先要正视的是"清源论法"和"学术批评网"揭示的问题。我们对照了……刘剑平原文,实在令人惊讶,除刘文四百字外,真的是六千多字全文复制,即如甄颜久在"清源论法"网上所揭的,是"史上最牛的论文剽窃"!"学术批评网"和"清源论法"的正义之士曾惊呼高校学术腐败"何时了"?对剽窃侵权案不断曝光,再三呼吁,却为什么窃贼权霸有恃无恐,敢于铤而走险?此中固然有其大温床,需要打大战役,但提供小温床的小店主则是直接的"制造商",是不可掉以轻心的。试想,单是剽窃者,如果没有那么多腐败麻木的、学术不端的、弄虚作假的什么"文化"官员、学术"权威"和"导师"指导,专栏"主持人"视而不见,听而不闻,提供方便,能得逞吗?我们查看了《常州工学院学报》(社科版)二〇〇九年第一期目录页,真的有相关"世界华文文学研究专栏"特约主持人把关,刘剑平剽窃论文正放在主持人把关的重要位置第二篇。而更令人惊讶的是,直接把关主持这一篇全文剽窃论文而通过发表的,却是名声很响的研究世界华文文学的,长期招收、指导这一研究方向的博士生的……导师!……堂堂的中国世界华文文学学会的……而剽窃论文中的白先勇却是

海内外争相研究的世界华文文学的重点作家……何以无法瞩目？这说明什么问题？是"盛名之下"，水平问题，还是不负责任，挂名吓人？如此主持把关，高校学术腐败真的是"何时休"了！又怎能不误人子弟呢？……①

教育调研的育人之声

教育调研活动，曾于二〇〇八年几次到侨乡东石名镇踏访，到名校侨声中学讲学，是家乡名校讲学的最后一站，也是一次平民教育的学术之旅，有机会一览"风景这边独好"的人文景观。在李清泉故乡应邀为华侨教育名校讲学者，侨声中学是继黎明大学、仰恩大学、泉州海洋学院、育青学院、南侨中学、荷山中学、平山中学、英林中学之后邀请讲学的又一名校。侨办名校各自所在地都有各自独特的侨乡风光。侨声中学所处之东石名镇，文化遗迹美不胜收。古镇设乡建制于唐代，至今有一千年历史，文化教育独领风骚，人文氛围得天独厚，山明水秀，地灵人杰。这里有始建于南宋的朱文公祠，朱熹讲学，文化遗迹，书香词韵。有汉代建于鳌山的东石寨，当时东晋尚书林开基入居石寨之东，故名"东石"；明末郑成功以此作水操台，训练水师，曾留手书"丹心"二字于寨顶巨石之上，见出威震海疆之壮志豪情。有始建于清代道光十五年的龙江吟诗社，是晋江侨乡历史悠久的文学社团。有岱峰山上古寺南天寺，即石佛寺，每尊石佛高六米，宽三米，兼带浮雕，气势磅礴，乃我国石雕艺术之瑰宝；寺匾为清代乾隆武状元福建陆路提督马负书所题，摩崖刻有宋代状元王十朋所书"泉南佛国"。有闽南规模最大的独具风格的陵园"古檗山庄"，陵园主人乃晚清华侨巨子黄秀烺，建筑设计荟集中西艺术风格，其中书法精英荟萃，集有光绪皇帝师傅陈宝琛、宣统皇帝师傅郑孝胥、文状元张謇、武状元黄培松及康有为、黄炎培、梅兰芳等一百九十四位大家名人墨宝于一园。有距今两千多年前的锡兰王子后裔题刻之"鸟语泉声"，乃古代东石航海世家周姓家族古厝后花园遗物。有宋元时代"刺桐港"三湾十二港之一的东石古港……与东石寨相近的朱文公祠，亦名"鳌江书院"，始建于明初。东石宋时名为"仁和里"——当年朱熹出任同安主簿，月夜遥望东石寨，见万点灯光宛如长虹卧波，隐约于烟波之上。因慕东石之美，即居东石讲学，名士云集。民间体验中，深感民风古朴，乡俗淳厚，即赞曰："海滨邹鲁，仁和之里也！"地名乃朱熹名之，来之不凡。其中鳌江书院之构筑，整体格局与明清泉州古民居书斋建筑样式相似，简朴无华……

---

① 叶雯：《教授屡遭侵权事件引人警醒》，载中国法律网站"清源论法"2009年11月20日。

当天邀约下午到校学术讲座,首先听到师生反映,是家乡校友张高丽来信。那天下午等到学生上完正课后才开始讲学,听讲对象是高中部和文学社同学,还有部分教师和初中文学爱好者。面向全校师生开讲,是规模最大的,听讲者约有两千人,故要等放学后进行,时间紧凑,分秒必争。讲学前后短短时间的师生交谈,即见侨声中学校风学风之优良,历届培养的优秀人才,更使我为晋江家乡侨校大出人才而振奋,忘记疲劳。利用开讲前的二十分钟时间,与老师座谈,从中知道受华侨领袖陈嘉庚、李清泉的影响和推动,家乡的马来西亚侨胞于一九五四年发起创办侨声中学,一九五六年开始招生,至二〇〇六年五十周年校庆,校史上已涌现八十多位海内外精英人才,如张高丽、黄呈辉、蔡锦淞、蔡天宝、陈明金、许健康、黄金盾、蔡长专、蔡长深、蔡振作、王书侯、蔡良平等等,都是爱国爱民爱乡的侨乡校友。侨声中学五十周年校庆纪念册上,就有时为中共山东省委书记张高丽给母校写来的一封情真意切的贺信及其照片。他从小在家乡的平民教育中长大,求学时品德兼优,考进厦门大学后深受陈嘉庚办学兴教、教书育人的诚毅精神之激励,勤奋好学,扎实苦干,多经磨砺,茁壮成长。他热爱家乡,关心母校,不忘师恩,重视教育,爱惜人才。这种思想感情无不在给家乡母校的信中流露。其平民形象给人以好感,信中表白也见其有深厚的平民感情。如:“我一定牢记党和人民的嘱托,恪尽职守,努力工作,全心全意为人民服务,决不辜负家乡父老乡亲和母校的培养和希望。”而作为陈嘉庚、李清泉故乡平民教育培养出来的学子,一手反腐一手书写的文化绿洲的耕耘者,我读到这封信是颇受感动的,因为他理解父老乡亲和母校的培养与希望。早在古希腊文学时代,亚里士多德即留下名言:“吾爱吾师,吾尤爱真理。”当前真理,当务之急,众望所归,是反腐倡廉,是为民造福。侨乡同胞和全校师生,深信走出家乡的今居中央领导地位的侨乡赤子,会不断带来希望——平民清官的群众路线战无不胜,“老虎苍蝇一起打”捷报频传。教育调研,这是我难得的一次“心理保健”,学术讲座前的一种激奋之情,故能一鼓作气,连续讲了两个多钟头。两千听众没有“课间休息”仍秩序井然,聚精会神,效果良好。讲学结束已经傍晚,却还有同学围在我身边争先恐后提问……其进取好学之风,令人赞叹。张高丽写给父老乡亲和母校的信,多有慰勉,旨在鼓励,已被侨声中学师生作为一件重要教育史料珍藏,也写进我华侨文化研究书系之中,作为乡音,加以传递,请陈嘉庚名校培养的侨乡学子张高丽指教——以昔鉴今,今昔对比,对比反思,教育调研,反腐倡廉。

　　晋江市侨声中学、东南亚东石联谊恩亲会、侨声中学第三届校友总会:

　　欣悉母校五十周年庆典、东南亚东石联谊恩亲会、侨声中学第三揭晓由总会就职典礼仪式三项活动隆重举行,谨向你们表示衷心的祝贺!向为培养下一代呕心沥血、敬业奉献的母校老师表示崇高的敬意!向家乡的父老乡亲表示亲切的问候和良好的祝愿!

在党和政府的关心支持下,经过几代人的艰苦创业,侨声中学办学水平不断提高,为国家培养了一批又一批人才,为经济社会发展做出了重要贡献。衷心希望母校坚持以邓小平理论和"三个代表"重要思想为指导,认真学习贯彻胡锦涛总书记关于树立科学发展观的要求,深入实施科教兴国和人才强国战略,学习全国模范孟二冬的学识魅力和人格魅力,在海内外乡亲侨亲的共同努力下,进一步把学校办出特色、办出品牌、办出水平,努力为国家培养更多的人才,做出更大的贡献。

我在侨声中学度过了难忘的中学时代,老师们的培养教育使我一生受益,同学们的深厚情谊永远难以忘怀。我一定牢记党和人民的嘱托,恪尽职守,努力工作,全心全意为人民服务,决不辜负家乡父老乡亲和母校的培养和希望。

向师生员工和校友们问好,祝家乡繁荣发展、母校桃李芬芳、侨亲事业兴旺!

张高丽

二〇〇六年十月一日①

那天傍晚学术讲座之后,为了配合组织侨声中学文学社的华侨大学校园文化活动,又几次走访,了解到侨声中学的办学成绩。东石爱国华侨创办侨声中学五十多年来,得到海内外精英校友、校董的无私捐助,办学质量不断提高,虽创办时间比其他侨办名校较晚,但后来居上,是晋江市加快教育发展的"一面旗帜、一个窗口、一片杰作",成为福建省一级达标中学,重点侨校。《人民日报》二〇〇四年三月十二日以《知识改变命运》为题称:"在普及高中教育方面,名校扩建、名校带民校、优质高中兼并改造薄弱高中、新建优质高中,一切能满足人们教育需求、加快教育的手段都被用上了……教学设施的完善,直接提高了侨声中学的教学质量:综合办学质量跻身全市第四位,高考上线率由二〇〇〇年的百分之五十九点九十一升至二〇〇三年的百分之九十四点七十六……"《中国教育报》二〇〇三年以《一所滨海农村中学快速崛起的奥秘》为题赞:"侨声拥有独特的教育资源。说它是非物质形态也对,因为它是一种精神,一种文化;说它是物质形态也行,因为它能为学校带来大笔资金、大批硬件。这就是华侨、校董、校友的巨大力

---

① 原载《福建晋江侨声中学建校五十周年(1956—2006)纪念特刊》。

量。"《福建教育》二〇〇五年第四期以《培养有现代教养的中学生》为题指出："近五十年的办学历程,侨声中学印证着晋江教育发展变化的每一步,也记载着东石社会文化不断进步的点点滴滴,更反映了政府、人民和海外侨胞越来越浓烈的支教热情。一九九九年,侨声中学步入校园建设的快车道;二〇〇二年,原晋江金山中学副校长陈燎原调任侨声中学校长后,学校建设步伐进一步加快。经过高标准规划、大手笔的投入和规模化的建设,几年下来,侨声中学迅速成为一所具有现代化建筑气派的农村完中……"其教书育人理念,即在于立足与定位:办侨乡名校,育特色人才。而继承发扬东石文化古镇"文、武、琴、棋、书、画"优良传统,扩大校园文化建设,组建十九个学生社团,积极开展各种兴趣活动,尤其是艺术教育、文学写作和棋类比赛,则是三大"土特产",三张"王牌",乃相辅相成、见诸成效之得力措施。

驰名李清泉故乡各侨办侨助学校的学生文学社,走过了"腾飞写作社""风铃文学社""纤夫文学社"历程。十几年来,正如他们说的,"纤夫"在"名不张扬的高山峡谷,逆着湍急河道挥汗而上,不息拉动文学小舟颠簸向前。虽没有动地惊天的奇迹,却锻炼大批谙熟人生深浅和热爱山涧水花的船员,文学爱好者和写作高手竞相崭露头角……"因而校史上涌现一批文化名人:原中央歌舞剧院院长黄奇石,仅一首脍炙人口的中华经典名曲《爱的奉献》,即唱遍神州大地;还有泉州画院院长、著名画家黄达德,挥写"古港雄风"的书法家黄宗炳,获中国民间版画比赛一等奖的民间画家蔡建昌,以及艺术名流蔡长益、蔡庆芽、蔡文强……二〇〇七年一月有二十八人次获第五届写作杯全国文学艺术作品大赛二、三等奖和优秀奖。"纤夫文学社"的蔡崇达获全国创新作文大赛一等奖,尤志宏获全国"小溪流"征文比赛优秀奖,宋雅妮、叶安琪、蔡志萍等获全国少年"创世英才杯"作文竞赛二等奖,蔡淑坤获全国第二届校园文学创作优胜奖,蔡振荣获第二届"四方杯"全国中小学生作文比赛二等奖,等等。一九九一年联络台湾乡亲在校园举办"台湾·东石故乡情"书画展,时为泉州十大文化盛事之首。校舞蹈队代表晋江市参加福建省中小学生乡土文艺调演获优秀节目奖。编舞《采蚝姑娘》《鼓情》分别获全国校园音乐、舞蹈比赛金星奖、特等奖。开辟《南音名曲》《形体舞训练》《古筝入门》等文化课程。琵琶、箫、竖笛、电子琴、二胡、古筝,校园有音乐,"班班有歌声",无不融入德智体的侨声之歌,传遍海内外……为了深入调研,第二次马尼拉之行曾电话采访了黄呈辉、黄金盾、黄书侯等旅菲精英校友,他们虽然事务繁忙,但都表达对母校办学发展的迫切期望,心系故土的赤子之心十分感人……

学术之旅,教育调研,走到另一行程,听到育人之声,学生反响,是另一种声音,也应该提供给华侨作家陈若曦创作后续小说参考,作为教育视野的生活素材加以选择、提炼。根据研究生整理的一份学术资料,搜集了某教授在国内外发表研究古今中外文学名家名著的论文三百多篇,并保留有该教授写给华侨大学两位继任校长而不被理睬的信,见出新一代研究生非凡的学识与正气。他们写道:"他为人师表、重教爱生,我们听其课,读其文,亲其人,蒙其师德、学识、文品之教泽,至今难忘。影响所及,更有全国许多在学术刊物读过他论文的大学生、研究生给他来信求教,拜为'编外研究生'……"也有批评该导师的:"他在教学中分析人物形象时常说:环境影响性格,性格决定命运,命运带来结局。没想到这一句话,正应在他身上。因为他总是戴着理想的眼镜看世界,好像容不得周围的肮脏,正如有的作家批评他的,书斋里的书生气十足,做人单纯到幼儿园境界,总喜欢生活在世外桃源,逃离'古拉格群岛',这可能吗?这是他的人生缺陷。斗腐斗恶,孤军奋战,心有余而力不足。我们常为他的心直口快、仗义执言、憎恶扬善、不畏权势的性格所担心,为看到他得罪权势、招灾惹祸而焦急万分。但他却浑身动力,逆境挣扎,更加奋发,为捍卫真理而不低头,以其难得的作家教授的人格魅力,感召他的学生。对此,我们身处其中,受正面教育很多,反面教育也不少……"当我把他们的呼声写进华侨文化研究书系,与陈若曦对话——建议书写"文革"小说后续的教育小说《江校长》时,"自传交流"所强调的,是听听研究生写给导师的数十封信的"育人之声"。这些信件,连同侨报披露的华侨教育家慈善家陈永栽、陈祖昌荣任研究会永远名誉理事长,法学家、华侨大学前校长、副董事长、澳门城市大学永远荣誉校长、泉州华达律师事务所主任庄善裕教授荣任永远法律总顾问,及其南洋侨报相关报道[1],以及研究生为遭打击报复的教授仗义执言等等,均已请教并得到关注与支持。这些带有学术价值的研究生信件[2],有选择导师时写的,有在读时写的,有毕业后写的,也有其他学院研究生写的,都发出正义之声,都接触"人才观"主题。时间跨度:上世纪九十年代至本世纪初。也在对话中特为华侨作家陈若曦选摘如下,听听研究生的心声,供后续创作参考——

　　沈音:"……遭打击报复,但愿您能尽快摆脱不愉快的阴影,重新获得晴朗的心境……我父母来信中也常提到您,说现在这么关心学生的、负责任的老师已为数不多,我想他们的看法也就是我的……"另一信:"……系里的事怎么会搞到今天这种乱七八糟的状况,我始终也弄不明白,但心里非常敬佩您面对困难却坚持不退却的勇气和劲头,同时也不免为您的处境担心。我相信'否极泰来'这句话,艰难的时期总会过去的。我这次在系里的答辩比较出色,因为我想就算我已看

① 《祝贺"李清泉华侨文化研究会"诞生》,载菲华《商报》2012年7月28日、菲华《联合日报》2012年8月1日。
② 信件连同南洋四侨报发表该教授六篇相关论文,及研究生的仗义执言,均向该研究会法律总顾问、原华侨大学校长庄善裕教授汇报、请教,得到支持。

淡成绩,不计较得'优'得'良',但起码应为指导老师您争这一口气,让系里师生知道您偏爱的学生是有一定值得偏爱的地方和优点的。虽然我以前和您聊天时常开玩笑说'外国文学不如中国文学',但在这次答辩时,我却发自内心赞扬外国文学的精良,同时也让事实讲话,暗指系里仅有您一人懂得外国文学的完整体系……当时您若在场,该有多好! 我毕业后回北京,您有时间来玩时一定要来我家。写信可叫我父亲转……我相信以后还有很多机会来泉州,当然也会来看您。祝您愉快! 并深深感谢您对我学习上生活上每一天的关怀、照顾与培养……"

韦春莺:"……您一直以来的直率、真诚、踏实、纯朴均是我精神理念莫大的支持和源泉,您对我心灵成长的指引和关怀是我一生中不可或缺的财富……"

黄佳鹏:"……我是中文系〇二级的一名研究生,如今正面临着选择导师的时刻,今天斗胆提笔给您写信,希望您能成为我的导师,冒昧之处,还望见谅。我早在集美大学中文系就读本科时就曾多次在《外国文学研究》《作品与争鸣》《名作欣赏》《华文文学》《世界华文文学论坛》等核心期刊上拜读过您的大作。通过研读您的论文,我了解到您是一个博学多才,在外国文学、中国古代文学、中国戏剧、台港澳文学研究上都多有建树的学者。您能把文学研究这样贯穿古今,横跨中外地延伸发掘,实属不易,更能看出您的治学之严谨。这些都让我敬佩不已。因此,我特别希望您能成为我的导师……"

母华敏:"……有幸作为您的弟子,而且是'关门弟子',提起来既荣幸又觉心酸。这是我第一次在求学期间,与老师挥泪相别,明明您有心相教,我们又有意去学,但各种外在的因素……作为弟子的我们,能理解您心中的'苦衷'(指遭打击报复之事)……之前,我对台港文学基本上是一片空白。是您娓娓动听地讲述让我萌生去研究苏雪林、白先勇、陈若曦等著名作家的欲望。是您为我打开了一个新的世界:哦,原来在默守成规的大陆文学之外,还有一个充满生机的台港文学……最难忘的是您耿直的个性,正直的人品,敬业的精神,及对女性的博大的同情心。在我所经历的这么多老师中,您是唯一的一个同情女性,为女性所遭受的不公平待遇而鸣不平的老师,我代表全体的女同胞们,向能理解、怜惜我们的恩师深深一揖! 您还记得吗? 那次您讲白先勇那一章时,临下课却还没讲完,正听得津津有味的我要求您能否延长一段时间给我们讲完再吃饭,您含笑答应了,这也是我求学生涯中第一次对老师的'无理'要求,而博大宽容的您竟满足了我这个小小的愿望……您的课吸引我们的,不仅是里面蕴含有丰富的信息量,更重要的是您高洁的人格熔铸在知识中所产生的那种美妙的超俗的令人神往的境界! 知识是每个老师都能拥有,而高尚的人格与纯美的境界却不是人人都能达到的。最后有两句诗送与老师:'雪上偶然留爪印,鸿飞那复计东西'。恩师,这一生我永远忘不了您!"

蔡菁:"……从认识您至今,已有三载。这三年里,从您的身上,我学到了很多东西,也体会了很多以前了解不到的东西。从您开设的《外国文学》到本学期的《台港澳小说研究》,从您出版的各类专著到发表的各类学术论文,无一不证明了您非凡的实力,渊博的学识,坦率的人格,谆谆的教导和良好的修养。特别是这一学期我们得以有机会在业余时间谈天说笑,更加深了我对您的了解。您在学术上,治学严谨,教学有方,以丰富的经验与阅历引导着我们,教导我们如何认识文学,如何切入角度,如何深入研究。您把几十年来积累的宝贵经验毫无保留地传授给每一位学生。从心底里,我尊敬您……您告诉我们:做人要直,为文要曲。这是一条很珍贵的经验。您总说您心直口快,确实如此。这也是我感觉到的。但是您的认真,您的率直,呈现了一个贴近学生、亲切自然的伟大的老师形象,做为一个教授,您从不摆架子,并认为学生和老师应平等地交流。您是这样说的,更是这样做的。我想这也是许多学生对您的印象吧……这三年来,您给我的影响和传授的学习方法实在太多,足以影响我以后的学术研究方向和人生道路。您说您是'戴着镣铐跳舞'(指受打击报复逆境)。我理解你。但是,我也想告诉您,在我的眼里,您是自由的,神圣的,您永远也不会受到任何限制,您就是您,永远都有属于自己的天空……这三年来,我很感动,您说您舍不得我们,我们其实也非常舍不得您! 最后,我想说的是:您真的是一个好老师……"

腾朝军:"……您给我留下了深刻而难忘的印象,您为人正直坦率,文采出众,在做人、做事方面都堪称我们学习的典范……您学识渊博,我真的从心里盼望也高兴您能继续发挥您的才气,让更多的学生能从您这里获益!'做人要直,为文要曲',今后我也必将以此自勉……辅导学生从来没见过像您这样细心、细致的老师,希望以后继续得到您文学的指导……"

张积文:"……我想送给您一副我自己为您拟的对联——德艺双馨:读书教书著书学高堪作人师;仁心爱心诚心身正足为典范。我知道,评价一个人很不容易,但您却很特别,如果有人问我您是怎样的一个人,那么上面的这副对联就是我对您的评价。我们师生相处日短,但缘分不浅,您给我留下了深刻的印象。您常教导我们:'为文要曲',文曲折而见美致;'做人要直',人正直才被尊敬。我常想,做为一个学生,求学做人,能遇见良师是大幸,我很幸运在我的求学道路上又多了一位良师。您给我一杆生活的尺,让我每天丈量自己;您给我一面行为的镜,让我处处有学习的楷模。我虽然不能登堂入室成为您得意的弟子,但您却是我尊敬的老师。这一点永远都不会变。……我们能体会到您轻松的表面下掩藏的心情的沉重(指遭打击报复之事)……以后我们就要失去了和您对面畅谈,悉听您的教诲的机会……我们真想为您做些什么,来表达我们对您的敬爱,可是我们除了把自己对您的爱心的尊敬与爱戴用无力的语言表达出来之外,我们还能做什么？……我们还给您买了一束鲜花，表达我们对您的真诚的感谢（见留影照片），还有我们的掌声，希望这些让您记住。这里有九个爱您、敬您的学生，让您记住，这九个学生中有一个不爱说话却十分爱听您讲课的名叫张积文的学生……"（〇二级研究生中为该教授导师仗义执言的，还有李立平、金永亮、张永东、余建荣的信件……）

王铁钧："……本学期有幸上您的《台港澳小说研究》的课，获益匪浅，但比之学识上的收获，更令我感慨铭深的是老师您的学养与教学的态度。我自己也是大学教师，从教二十年但与您相对比，不管是学养还是教学态度，实在是自愧不如！'高山仰止、景行行止'。诚哉斯言！您永远是我们后辈的楷模，永远要学习您严谨治学和认真教学的人生态度……"

郭惠珍："……这一个学期来精心的授业，在受台湾名作家白先勇先生启发之余，您为人师表的形象也成了我今后为师之道的一面镜子，您将指引我走向一条光明向上的大道。您上课从不迟到，几乎每天上课您都来等学生，也绝不轻易浪费课堂的每一分钟。课堂经验丰富，讲解生动，而且能寓教于乐，采用启发式教学，让同学们感到信心倍增，兴趣不已……我们不会在台湾小说的汪洋大海中溺死，还学会了一些海上游泳的技巧……"

杨雪丹："……您为人师表，每次上课总是提前到教室。和蔼可亲，平易近人，同时又严格要求，注重运用启发式和参与式教学方法，如课堂提问、讨论等，促使我们在课后自觉学习、思考。课堂知识丰富、清楚、易懂、逻辑性强，注意教给我们学习方法和科学思维方法，常常引用古今中外的文学典故，不仅扩大了我们的知识面，更教会了我们科学、有效的科学研究方法，使我们获益匪浅。遗憾的是仅仅给我们上了短短一个学期的课……是您引导我走入了瑰丽多姿的文学殿堂，您丰厚的学养，正直的人品，严谨的作风，给我留下深刻印象……"

姚文清："……本学期有幸聆听您的课，更觉得老师您学识渊博，而且笔耕不辍，硕果累累。您的课总是那样生动有趣，每次课听您娓娓道来，总是那么令人陶醉，使我更加佩服您的学术视野，更加佩服您的认真劲……"

蔡宏："……回忆教学，我们当时理解您的压抑和苦境（指遭打击报复之事）……但仍坚持教书育人，教学认真负责，讲解引人入胜，我们研究生都很喜欢听您讲课……"（在职研究生班为该教授导师仗义执言的，还有孙素芬、薛雅明、郭莉的信件……）

许鑫净："……教授您好！我是本校法学院〇六级民商法学专业的研究生，由于本人爱好文学，并多次参加您主办的文学课程选修课，十分钦佩您具有深厚的文学功底，以及渊博的文学知识。因此，特请求您能指导我的文学理论和实践的学习……"

　　此外,还有江苏文学青年张佐香寄来数十篇散文作品请教,读后令人感动。一位整天忙于教书育人的乡村小学教师,能在课余写出这么多佳作,发表报刊之广,甚至连侨乡的《石狮日报》都有,有的被选入小学阅读教材,并获全国孙犁散文奖,实属难得。虽读得不多,但有审美感受:见解卓特,语言犀利,文采灵动,意境高华,读之如友谈心,如春风拂面……

　　为了对比,说明问题,教育调研中还走访一位不畏学店老板和腐败权势的办事人员,很像是陈若曦"文革"小说《值夜》里的令人尊敬的美国留学的"海归派"柳向东,得知他提供学生一份盖公章的证明材料,是学店老板上台之前,某教授被打击报复、加罪"弄虚作假"惩罚之前,一份科研成果:"按学校科研考核要求,高级职称科研考核达二十分(指专任教师)为满工作量",该教授"科研考核均为优秀"——"一九九一至一九九七年度科研考核成绩如下:一九九一、一九九二年度三十八分;一九九二、一九九三年度五十分;一九九三、一九九四年度九十三分;一九九四、一九九五年度七十八分;一九九五、一九九六年度一百二十九分;一九九六、一九九七年度二百五十五分。此后在科研处存档的科研考核成绩如下:一九九七、一九九八年度二百一十二分;一九九八、一九九九年度一百三十五分;一九九九、二〇〇〇年度一百二十八分……"并同时被评为优秀科研工作者。到新世纪依始,学店老板上台,该教授遭打击报复、加罪惩罚、经济制裁……对比之下,惯于以弄虚作假手段加罪"弄虚作假"打击报复的腐败校长、"教授博导",及其"捧承流亡"四大金刚的"科研成果",则可怜到一片空白!

　　教育调研,正反对比,以昔鉴今。华侨领袖陈嘉庚当年创办集美学村、厦门大学,华侨教育的"人才观",是为寻求"精英教授"而踏破铁履,万金聘请,大有"一将难求"之概。当今的学店老板则反其道而行之,不仅"人才观"是非颠倒,更有"抛玉引砖"与"劣胜优汰"之独创!正直敢言、深受学生好评的教授,只因对违背教书育人准则的学店老板提意见,中途即被赶下教坛,同时于"教授荒"之际令校报向外招聘师资,就连超六十五岁的退休副教授都要,就连河南某县职员、被人事处干部查出骗职称、骗学历、骗年龄、骗成果之"四骗"者也要,把首届导师的研究生"抢批"给他"指导"而遭研究生抵制、告状,但都不予处置,不了了之,[①]任其到处剽窃论文发表而掀起检举浪潮,长期当宝贝重用……学生告其"逃教"干私事,上课借学生手机打长途,"讲课"不是照本宣科就是胡说八道……当时"三讲巡视组"组长,乃来自福建师大的党委宣传部长,听到学生反映,就说过:"如此胡来,要误人子弟的,要出事的!"但多次反映给校长、副校长都不被理睬。结果呢,真的就出事了,"指导"出一篇歌颂投靠日寇的汉奸文人的"毕业论文"来……

－－－－－－－－－－－－－－－－
① 见于 99 级研究生写给华侨大学关一凡副校长之投诉函(2000 年 12 月 22 日)。

而孵化蛋种捞到"教授""导师"冠冕后,"四骗"宝贝继续流窜外省高校,故伎重演,春风得意,上司主管视而不见,哪怕有"蚁穴之灾"? 教育调研中还听学生说:某教授十年抗争路,"我们十年伴其行"。"我们打抱不平,要学巴金讲真话,敢为受害者讲话,伸张正义,不怕邪……"他们认为:求告无门,不是无理"驳回"就算了的;给两位继任校长的反映函,也不是始终不予理睬就算了的……"我们能做到的一点事,是先搜集、整理一部分学术界研究、评价我们导师的学术和教学成果及其受到国内外专家、学者评价的资料,用事实说话,回答违背教书育人准则的腐败校长,也请他拿出自己的学术成果来,哪怕是有我们导师的百分之一也行……"该教授的学术成果早已被全国研究生、广大学者引用参考,无形中也指导了无数高校学子,都是网上可查的……

深入某校调研,得对比典型:青年卫士——校保卫处副处长谢俊荣,带领几位青年维护教学良好环境,为教书育人保驾护航,见违规者制止、教育,见困难者扶持、帮助,获得好评。正气之下,痛恨腐败顽疾——"九年老板"重用至今的流氓"博导",借"指导"玩遍女色引发告状浪潮,被包庇、纵容,竟猖狂到长期奸宿丈夫远在福州当武警干部的妻子、校保卫处处长的儿媳;又挖出其千万元科研基金问题连锁案,却不报案不法办,任其"离校"外流了事——师生怒问:是否让其到处污染、毒害? 对此,孵化抱困者躲之唯恐不及……此仅冰山一角。

教育调研,正反对比,对比反思,何等强烈!

华侨作家陈若曦,知音共鸣,以上"直接书写交流"与"间接书写交流",自传观照,海峡对话,有巴金"把心交给读者"之虔诚,有提供续写自传小说《江校长》参考资料之友情。

"巴金星"在看:"人变兽";"陈嘉庚星"在看:"成败存亡千钧一发"。

救救教育! 救救青年! 华侨领袖陈嘉庚、李清泉华侨办学的诚毅精神,要发扬光大!

第八章
周恩来和胡耀邦
——教育视野大宝鉴

　　辛亥革命和五四运动,涌现众多先知先觉的知识分子。拙著华侨文化研究书系涉及的代表人物,就有人民爱戴的革命先行者孙中山,美善和革命的化身宋庆龄,宋庆龄赞为具有伟大人格魅力的周恩来,敢于下油锅"荡尽妖孽"的胡耀邦,崛起于庐山肝胆相照一座丰碑的彭德怀,白区所向无敌的孤胆英雄潘汉年,革命战场救活毛泽东等无数领袖人物的神医傅连暲……还有华侨领袖陈嘉庚、李清泉,平民教育家文学家鲁迅、巴金、冰心、叶圣陶、晏阳初、梁漱溟、匡互生、陶行知、梁披云、常溪萍、林文庆、叶非英、江学珠、陈村牧……举不胜举的精英人物。周恩来关心教育,理解、体贴和爱护知识分子,每当风云突变,即以平民领袖的爱心善行和高风亮节保护知识分子,调动知识分子积极性。他虽看不到今天的官场腐败、教育腐败、全面腐败,但早就看到"文化大革命"腐败之风及其病根。他沉痛指出"党风不纯",喜欢说假话,"要大家讲真话,首先要领导上喜欢听真话,反对说假话"。他以史为鉴:"唐代皇帝李世民,能听魏征的反对意见,'兼听则明',把唐朝搞得兴盛起来。他们是君臣关系,还能做到这样,我们是同志关系,就更应该能听真话了。"[①]他一再强调"说真话,鼓真劲,做实事,收实效",指出"一言堂""是和领导有关的","首先要改变领导干部的作风……允许提意见"[②]。而与陈若曦会见握手合照的胡耀邦,"第二位周恩来",则对"文化大革命"的冤假错案彻底平反,反击"两个凡是"——"我们不下油锅,谁下油锅!"[③]而陈若曦的"文革"小说闯进"古拉格群岛"探险,也正是冲向文学禁区疾呼:"我不下油锅,谁下油锅!"周恩来教育思想,是拙著教育视野高举的大宝鉴,宝鉴高悬,有胡耀邦,有传家宝,有金箍棒。

---

① 《周恩来选集》(下卷),人民出版社1984年版,第349页。
② 同上书,第324页。
③ 戴煌:《胡耀邦与平反冤假错案》(修订版),中国工人出版社2004年版,第7页。

第一节　胡耀邦接见

中华文化传统美德,几千年文明史,儒家"仁爱观"和宗教"博爱观",造就中国历代文化精英,构筑多元文化体系,汇成中国平民教育的长江大河,滚滚向前。即使在"风雨如盘暗故园",也培育无数兴教办学、教书育人的平民教育家和平民文学家。杰出代表周恩来,留下许多经典文献,是哺育平民教育家的阳光雨露。遵者则兴,违者则败。陈若曦"文革"小说集《尹县长》里之所以出现那么多打砸抢英雄,带来大悲剧大惨剧大灾难,道德沦丧,人性泯灭,就是因为周恩来思想宝鉴被砸碎了。书写《海峡子规》,旨在高举周恩来思想宝鉴,牢记邓小平否定"文化大革命"言论,学习胡耀邦彻底平反冤假错案勇为。邓小平在《党和国家领导制度的改革》一文说:"由于没有在实际上解决领导制度问题以及其他一些问题,仍然导致了'文化大革命'的十年浩劫。这个教训是极其深刻的……如果不坚决改革现行制度中的弊端,过去出现的一些严重问题今后就有可能重新出现……"仅此论断就足够了,就是一纸学术研究的通行证。

陈若曦在另一部自传散文名著《坚持·无悔》写有一篇自传散文《胡耀邦接见》:"曹禺访美时,曾向我表示,中国欢迎我回去访问。同时香港《文汇报》也有主笔罗孚在专栏上表示,中共主席胡耀邦读过《尹县长》,欢迎作者回大陆看看。后来看到胡主席儿子胡德平接受采访,透露他曾向父亲推荐拙作……"文章接着写:"五一劳动节前两天,我接到通知,说中共主席胡耀邦次日要接见我。去了才知道在中南海一个大厅。座位摆设早在电视新闻中看熟了,想想也和台湾"总统府"的会客架式雷同,就是厅堂宽阔许多而已。"①陈若曦的大陆破冰之旅,写出独行女侠勇闯中世纪式的"古拉格群岛"探险之作,为华侨文学创作领域炸响第一声春雷,中共主席胡耀邦不仅读过,还赞扬"写得很真实",而且在中南海接见,这是华侨作家前所未有的大喜事,是应该在华侨文学史书上一笔的。这也应该是一本研究陈若曦"文革"小说集《尹县长》的通行证,出版拙著《海峡子规——陈若曦研究与对话》的许可证。"通行"的,"许可"的,均有周恩来思想宝鉴之保护,构筑华侨文化书系工程之前提。

周恩来思想宝鉴,博大精深,观点鲜明,涵纳有平民教育诸领域的理论和实践,是平民教育家和平民文学家的经典指南。早在新中国成立前夕,周恩来就提出"我们的教育是大众的","要为广大的人民服务,要从广大的人民中培养出大

---

① 陈若曦:《坚持·无悔》,台湾九歌出版社 2008 年版,第 288 页。

量人才"，"要发展人民大众的教育"。① 提出"培养建设人才还必须发展业余教育，从职工中吸收有条件深造的人员到夜校或者函授学校学习，逐步地培养他们成为高级和中级的专门人才"②。晏阳初、梁漱溟、叶圣陶、匡互生、陶行知、江学珠等，还有南国侨乡的陈嘉庚、李清泉、梁披云、叶非英、苏秋涛、陈村牧、李国箴、李昭拔、李昭进等，其平民教育实践，无不折射周恩来思想光辉。《周恩来教育思想研究》的题词中，有中华职业教育社理事长孙起孟号召"学习周恩来同志教育思想推动我国教育改革和发展"，有中国科学院院士钱伟长题赞"周恩来同志有关教育的论著是我国教育工作者应当认真学习研究继承的宝贵遗产"。周恩来从提高民族素质着眼，坚持辩证唯物论的认识论，始终关心教育问题。"有关教育问题的论述是全面的、系统的，涉及教育领域的一切重要方面。贯穿于这些论述中一个鲜明的特点，那就是既高瞻远瞩，又实事求是，既有革命家的胆略，又有实干家的务实精神。而这个特点，又是建立在辩证唯物主义认识论和唯物辩证法的方法论基础之上的。我们认为，这正是周恩来观察、认识教育现象，处理教育工作中种种矛盾，对教育问题能够作出科学判断和正确决策，并能相应地提出一系列精辟教育主张的哲学基础。"③无论是当时和现在，周恩来思想宝鉴都是搞好文化教育和经济建设的保证，都是科教兴国、强国富民的行动指南，而且是早在陈嘉庚、李清泉华侨教育时代就已经得到证实的真理标准。

　　为知识分子的知音导师所感召，当时文学独行侠陈若曦也是被感召回归祖国大陆，要从事于外国语教学、献身于平民教育事业的。还有许多科学家纷纷回国参加祖国建设，包括陈嘉庚创办的集美学村、厦门大学毕业留学回国的著名科学家，他们带着赤子恋母情怀和为国献身的满腔热情，冲破帝国主义的重重封锁和人为阻挠，成为新中国第一代"海归"科学家。其经历和事迹，是相当感人的，也已成了华侨作家创作的题材。白崇禧的五公子、台湾大学陈若曦同窗、一起创办中国第一家大学生文学刊物《现代文学》的旅美华侨作家白先勇，与陈若曦异声同响，就写出他的代表作《夜曲》《骨灰》等小说名篇，反映这一代"海归"科学家的现实遭遇和心路历程，但都在"反右"运动和"文革"劫难中死于非命。海峡彼岸和太平洋彼端的华侨作家，尽管"隔岸观火"，也都能与大陆同胞心心相连，关心祖国人民的生死存亡命运。笔下人物悖反命运的黑色幽默，无不再现中国"反右"运动和"文革"灾难中知识分子的大悲剧大惨剧。这正是强权势力抵制周恩来的知识分子政策，败坏教育摧残人才，丢掉传家宝的恶果。小说描写与反映

① 《周恩来教育文选》，教育科学出版社 1984 年版，第 2 页。
② 《周恩来经济文选》，中央文献出版社 1993 年版，第 317 页。
③ 《周恩来教育思想研究》，福建教育出版社 1995 年版，第 276 页。

的，是客观的，真实的，令人撕肝裂胆的，也是坚持真善美的周恩来所痛斥的。雷洁琼赞周恩来道："他一贯信任、尊重、关怀知识分子，是我国知识分子最亲近、最可信赖的朋友。"①巴金一直倾听周恩来知音教导，到"最后的时刻"，说："他的面容安静而严肃，一位伟大人物在思索自己的国家、人民和人类的光明的未来。这是我们大家经常看见的总理……他深思之后有多少话要对我们讲啊！每天我望着这幅遗像，我就仿佛听见总理的响亮的声音：'鞠躬尽瘁！'"②冰心则对周恩来"庄严宣誓"："我们一定要向你学习，我们一定要'鞠躬尽瘁，死而后已'！"③

　　华侨作家陈若曦崇敬周恩来，崇敬胡耀邦，认为胡耀邦之可贵，还在于他敢于反对个人迷信和个人崇拜。历史记载，一九七八年八月中旬，胡耀邦出席并主持全国信访工作会议，谈到个人崇拜必然要搞封建复辟时，即引司马迁《秦始皇本纪》中的话说："秦俗多忌讳之禁，忠言未卒于口，而身为戮没矣！故使天下之士，倾耳而听，重足而立，钳口而不言，是以三主失道。忠言不敢谏，智士不敢谋，天下已乱，奸不上闻，岂不哀哉！"陈若曦则在《坚持·无悔》一书的《胡耀邦接见》一文写道："我对胡主席一直怀有敬意，一九八〇年他担任中共中央总书记，公认是邓小平的接班人，持续推动'四个现代化'。次年六月邓小平主持中央会议，彻底否定'文化大革命'，胡耀邦被选兼任党主席，消息传来更振奋人心。胡耀邦不负众望，积极'纠左'，为'冤假错案'平反，对文艺界也衷心支持。否定'文革'让文化界嗅到春天来临的气息，开始推出描述'文革'伤痕和反思的作品，改编自白桦作品的电影《苦恋》就轰动一时。这期间胡主席不但没有落井下石，还帮一些作家说话，怪不得好多大陆作家把他比做'周恩来第二'，视为文化人的朋友……"④而接见时，陈若曦特别注视"周恩来第二"的平民领袖形象："见面时发现胡耀邦平易近人，言谈亲切，更加令人心折。他个头不高，未开口已笑脸相迎，握手之后亲自招呼让座，仿佛接待老朋友；加上一身穿著之朴素，犹如全国千百万干部，这种亲和力一下子拉近了主客的距离。"最后是响彻文学界的话题，胡耀邦说："我看过你的书。"他提起"文革"小说集《尹县长》一书，下了评语："写得很真实，没有夸大嘛。"⑤平民领袖和平民作家会见，对"文化大革命"批判与否定，眼光锐利，心灵相通，都体现周恩来思想宝鉴的无价之宝。资深记者戴煌的春秋史笔曾写下一段话，也响在平民百姓心中，以昔鉴今，有现实意义：

---

① 雷洁琼：《周恩来教育思想研究·序》，福建教育出版社 1995 年版，第 3 页。
② 《巴金选集》第 9 卷，四川人民出版社 2009 年 3 月版，第 218 页。
③ 《冰心文集》第 2 卷，上海文艺出版社 1983 年 5 月版，第 275 页。
④ 陈若曦：《坚持·无悔》，台湾九歌出版社 2008 年版，第 288—289 页。
⑤ 同上书，第 289 页。

　　耀邦说:这二十年来,我们党的政治生活很不正常,首先是中央政治局的生活很不正常。一是没有真正的集体领导,有时简直就是封建式的家长制;二是没有正常的批评与自我批评,使得一些坏人从中拨弄是非、诬陷好人。这是我们党执政后遇到的一次长时期的深刻危机。粉碎了"四人帮",本来有了彻底改变这种不正常状态的极有利的条件,以全面恢复党的"八大"确立的正确政治路线。很可惜,没有迅速利用这个大好转机。现在,党内很多同志都急于要求利用这个好转机;但是要取得根本好转,还需要一个过程。对这样一个过程,虽不能操之过急,必须一步一步地向前走,但也不能松松垮垮,得抓紧。

　　从一九五七年开始的二十多年来,一个又一个莫名其妙的政治运动坑害了一批又一批的优秀人才。没被坑害的只能装哑巴,甘当"白痴";因为"有道难行不如醉,有口难开不如睡",谈不上还有什么建设社会主义的热情和激情来充分发挥他们的真才实学。那么剩下来的,则多半是些庸才、奴才和鹰犬了!

　　这样的社会——耀邦说,还能谈得上什么突飞猛进? 这二十多年在经济上,为什么我们会落在日本、韩国、新加坡后面,甚至连台湾、香港都赶不上? 最根本的原因就是把人心搞散了,把是非善恶的界限搞混了,与我们原来的宗旨背道而驰。这些年为什么求神拜佛的人越来越多? 就是因为"小民有情而不得申,有冤而不得理,不得不诉之于神"嘛! 这是顾炎武说的。做梦也没想到,我们立志改天换地的共产党人竟也会像历朝历代封建统治者那样,制造出大量的让人有冤无处申的冤假错案![1]

　　胡耀邦一开始即发出人性呼喊——"全国究竟有多少'右派'?"——"毛主席为什么要发动'文化大革命'?"——"刘少奇压根儿就不是'睡在身旁的赫鲁晓夫'!"——"对夏衍、楚图南……这样的老同志,怎么能诬称他们为'社会糟粕'呢?"——"对找我申诉的上访人员,一律不要阻拦。"——"在探求真理的过程中,永远不能设有任何'禁区'!"——"人能活一万岁吗? 这种口号很不科学嘛!"——"毛主席说错了的也得平反,不然咋叫实事求是?"——"我们不下油锅,谁下油锅?"——"在今天这样的形势下,再也不能通过我们的手去制造冤假错案!"——"古之立大事者,不惟有超世之才,亦必有坚韧不拔之志。"——"中兴伟业,人心为上!"……当时就连"'恶攻英明领袖华主席'而被处死的五十多人的冤

---

[1] 戴煌:《胡耀邦与平反冤假错案》(修订版),中国工人出版社 2004 年版,第 35—37 页。

案,也由此——得到了平反纠正"①。胡耀邦力挽狂澜,"平反冤假错案的滚滚春雷响彻四方","党内党外的新老错案齐解决"。他雷厉风行,付之行动:"今后如有受冤挨整的老同志来找我,我都要和他们见面谈话,请任何人不要阻拦;凡是信封上写有'胡耀邦'三个字的来信,都请及时送给我,如没有我的表示,也望任何同志不要主动代劳处理,更不能扣压……"②据官方公开的数字,"文革"中被错判的"反革命"至少有十八万四千多名,都得到平反或改正。其中,除了有"恶攻英明领袖华主席"的死难者惨案,还有:葛佩琦"铁案",延续二十八年的"伊玛尼党"大冤案,福建地下党冤错案,李之琏与温济泽的"补课右派"案,小说《第二次握手》作者张扬受迫害案……胡耀邦的家成了上访伸冤人群的接待站而震撼人心,并没有出现如今不应该发生的事——拦截、抓关、迫害、残杀上访人员。受"四人帮"和康生迫害不见天日的老报人秦川的老大难问题,就是在胡耀邦的家里得到关心爱护而终于得以平反的。之后,"秦川要求给份工作,耀邦说'没问题',并留他共进晚餐。李昭端上一碗甲鱼汤……耀邦一筷未动,只吃辣子豆腐和芹菜炒豆腐干,那碗甲鱼汤让秦川一人独享。"③在回答"两个凡是"派提出的"如果是毛主席批的定的案子,你怎么办?"的刁难时,胡耀邦果敢地说:"我相信:如果他老人家还健在,也会恢复他一贯倡导的实事求是的。所以对他老人家过去批的定的被实践证明了的冤假错案,我们都应该平反改正。"④"周恩来第二"大有周恩来人格之魅力,人性之高扬,其中华民族优秀品质之体现,一脉相承。而今人民翘望,当务之急,是天降大任,是诞生一位周恩来第三。

　　历史记载真理,真理照亮历史。海峡两岸同胞也忘不了周恩来生前力挽狂澜的伟大功绩。请看历史实录:他严厉批评"宗派主义情绪"和"左"的做法,指出妨碍知识分子现有力量的充分发挥是严重错误的;批评有人一切从他的主观主义、片面性、形而上学出发,不经过调查,主观上以为"右倾",就断定是"右倾";提出"知识分子的定义和地位"及"中国现代知识分子的发展过程"的英明论断,阐明自己的观点,维护知识分子的政治地位和人格尊严,一再表白"我们历来都把知识分子放在革命联盟内,算在人民的队伍当中"⑤;"文革"中与林彪、江青反革命集团斗争,发表讲话,针锋相对,尽其所为,保护一大批文化精英和教育名师,鞠躬尽瘁,死而后已。周恩来经典著作浩如烟海,有诸多贡献:以实事求是精神描绘发展教育蓝图,远见卓识,要"在教育观念上来一个改变";提出"两条腿走

---

① 戴煌:《胡耀邦与平反冤假错案》(修订版),中国工人出版社 2004 年版,第 197 页。

② 同上书,第 54 页。

③ 同上书,第 64 页。

④ 同上书,第 130 页。

⑤ 《周恩来选集》(下卷),人民出版社 1984 年版,第 358 页。

路","三结合",拓宽办学渠道,允许私人办学,打破只有政府办学的单一办学体制;强调教育与生产劳动相结合,理论联系实际,发展民族的、科学的、人民大众的文化教育,培养有社会主义觉悟的、有文化的、身体健康的劳动者……其理论与实践,无不为陈嘉庚、李清泉的华侨教育开拓道路。以其最后一搏,写出"这是国家的宝贝"①之"教育颂",书写他捍卫平民教育的新篇章,留下经典指南。平民教育和平民文学实践中的道德教育、基础教育、劳动教育、理想教育、爱心教育等等,都是大众化的文学教育和美学教育的一个文化领域,对提高民族文化素质、造就精英人才有特殊功能。周恩来思想宝鉴是平民教育家和华侨作家的传家宝,永远指导炎黄子孙的教育实践和文学实践。参与平民教育实践和文学创作的鲁迅、巴金、冰心、鲁彦、丽尼、陆蠡等一大批文化精英,建功立业,所影响的后起之秀,其中也有得道于周恩来思想宝鉴之精髓者,即如拙著华侨文化研究书系中的《世纪弦歌——陈嘉庚李清泉文化视野》②及《学村候鸟——巴金足迹侨乡行》③之论述也。

第二节　文化传家宝

胡耀邦和全国人民敬仰的圣人周恩来的革命实践和教育实践,乃中华文化教育传家宝。艺术大师罗丹说过:"美是到处都有的。对于我们的眼睛,不是缺少美,而是缺少发现。"又说:"美,就是性格和表现。"④我们发现美,要通过平民作家的眼睛,也要借助评论家的眼睛。周恩来之美——集中民族文化优秀品质,有如下几方面表现,也可以说是周恩来人生实践的"自传书写",教育和影响了几代人而成为文化传家宝。

读书少年传统美德

周恩来青少年时代沐浴于中华传统文化的阳光雨露,得平民教育传统美德之哺育。戎马倥偬的革命生涯,孕育他的平民主义感情和平民教育思想,为教育救国、科教兴邦而无私奉献。少年学童即有"为中华崛起而读书"的伟大抱负。十二岁跟随伯父离开出生地江苏淮安,来到奉天省银州(今辽宁省铁岭市),踏上人生教育之路。曾在银岗书院拜师求学,接受类似古代朱熹民间书院讲学形式

---

① 《周恩来选集》(下卷),人民出版社1984年版,第170页。
② 中国社会科学出版社2014年8月出版。
③ 中国社会科学出版社2014年5月出版。
④ 《罗丹艺术论》,沈琦译、吴作人校,人民美术出版社1978年版,第62页。

的平民教育。后求学于天津南开学校,也是一所教育平民化的名校,曾与同学发起成立"敬业乐群会",开展"诗团"创作活动,表达他热爱平民教育的思想感情。童稚学子,才华洋溢,吟出《春日偶成》二首绝句。其一:"极目青郊外,烟霾布正浓。中原方逐鹿,博浪踵相踪。"其二:"樱花红陌上,柳叶绿池边。燕子声声里,相思又一年。"以远大眼光审视客观世界,在"烟霾布正浓"中洞察生活现实,透过烟霾亮出理想曙光,怀抱"中原方逐鹿"的雄心壮志,要为改造旧世界,要为中华之崛起,读书奋斗。第二首则以情景交融的诗情画意,抒写了对平民学校的热爱和思念同学的校园生活。此后的《次皥如夫子〈伤时事〉原韵》:"茫茫大地起风云,举国昏沉岂足云;最是伤心秋又到,虫声唧唧不堪闻。"更是直面国家民族命运,抒发理想少年忧国忧民的悲怆情怀。为振兴中华,寻求救国之路,一九一七年九月东渡日本留学,后又回国参加反帝反封建斗争。此间写有《大江歌罢掉头东》:"大江歌罢掉头东,邃密群科济世穷;面壁十年图破壁,难酬蹈海亦英雄。"第一次走出境门求学,踏上勤工俭学的平民教育之路,字里行间,无不激荡着教育兴邦的赤子情怀。回国后深入平民社会,体验平民生活,歌颂劳动人民高尚品格,抒发爱憎思想感情,少年诗人,风华正茂。有一首《死人的享福》白话诗,就是写苦力车夫的真实感受的:"西北风呼呼响,冬天到了。出门雇辆人力车,车夫身上穿件棉袍,我身上也穿件棉袍。我穿着嫌冷,他穿着却嫌累赘;脱下来放在我的脚上,我感谢他爱我,他谢谢我助他便他。共同生活?活人的劳动!死人的享福!"人生踏上革命旅途伊始,即见出少年诗人的传统美德。

　　五四运动涌现一批写白话诗的诗人。周恩来、鲁迅、郭沫若、胡适、冰心、巴金等都写过与平民主义、平民教育结缘的诗篇,虽风格殊异,却各有成就。周恩来的代表作《别李愚如并示述弟》,写于一九二〇年六月八日,歌吟革命年代中国青年学生走上欧洲勤工俭学之路,是他白话诗中最长的一篇,可视为"叙事诗"来读,而且是在牢狱中创作的。史载:一九二〇年一月二十九日,周恩来在天津领导学生和民众包围了直隶省公署,强烈抗议无理查封"天津各界联合会"和"天津学生联合会",要求释放被捕的二十四名代表。但反而把周恩来和另三名代表逮捕关押。狱中斗争,团结难友,周恩来带领同志学习革命理论,亲自讲解马克思主义,把牢房作为革命教育的课堂。后来,天津河北女子师范学生李愚如在周恩来和邓颖超帮助下,前往法国勤工俭学,即写下此诗相赠。全诗七节,平白如话,带有五四新文化运动诗白话文的风格,但平民语言十分精炼,发自青年革命家和平民教育家的伟大胸襟,有同学战友深情厚谊的关切,有法国勤工俭学寻求救国之路的期望,有培育民族精英的平民教育理想的追求,有革命人生艰苦奋斗的砥砺。诗之主旨,洋溢青春豪情,如大海奔腾:"你要往英","你要往法","你竟去了";"况且我是个人,可以做工自给的;无论如何,总不至饿死他乡! 你要知道!

幸福是要自己去找；株守相等，是没有得到一日的"——"买四等票，坐三等舱……勤工俭学去；念一年书后，工读自助。……研究实用理化；本我的知志趣，辟我们女子的生计独立，精神独立的自由径路；保我们女子的人权天赋……"那勤工俭学平民教育之路，也就是后来巴金跟随周恩来的勤工俭学平民教育之路，寻求救国救民的教育兴邦之路："念你的精神，你的决心，你的勇敢；兴勃勃的向上，全凭你的奋斗壮胆。出境去，走东海、南海、红海、地中海；一处处的浪卷涛涌，奔腾浩瀚，送你到那自由故乡的法兰西海岸。"——"到那里，举起工具，出你的劳动汗；造你的成绩灿烂。磨炼你的才干；保你的天真烂漫。他日归来，扯开自由旗；唱起独立歌。争女权，求平等，来到社会实验。推翻旧伦理，全凭你这心头一念。……同在世界上，说什么分散。何况情意绵绵，'藕断丝不断'……马赛海岸，巴黎郊外，我或者能把你看。"这首长诗代表作，记录了平民革命家平民教育家周恩来少年时代的心路历程，读之令人荡气回肠，感同身受，得到教育，最能体现周恩来读书少年的传统美德和平民教育思想。

民间办学引航舵手

　　从小在祖国传统文化和平民教育环境中生长的周恩来，春风风人，夏雨雨人，受其母乳哺育，有中华文化情结，"为中华之崛起而读书"，不忘发展平民教育。他面对中国教育现状，强调教育革命和教学改革，从宏观视野到微观调研，制定一系列教育法规。深入学校和师生群众，共同探讨办学途径。了解平民教育的历史与现状，肯定和赞扬中国平民教育家和华侨教育的光辉业绩。如晏阳初的定县教育经验，梁漱溟的乡村建设学院经验，匡互生的立达学园经验，陶行知的晓庄学校经验，还有华侨领袖陈嘉庚、李清泉创办和扩展的华侨学校的伟大贡献。并在非常时期和特殊情况加以保护和推广。如一九五○年八月十二日，周恩来即批示同意教育部关于恢复陶行知创办的南京晓庄学校的请示报告，于一九五一年二月开学，并于一九五二年"改名为南京晓庄师范学校"。而早在一九四九年五月即指出："我们的教育是大众的……要从广大人民中培养出大量人才。这样一种教育，就是人民大众的了。"①要求办好各类教育的平民学校，为国家培养均衡发展的建设人才。强调教育改革，提出"教育部的工作不能'大大、小小'"，要发展业余教育、职业教育，开办夜校、函授班、工农速成学校和各种业余补习学校，培养各种人才。"有些私人办的小学，也可以让它办下去……每一行都可以来一点自由，搞一点私营的。文化也可以搞一点私营的。这样才好百家

①《周恩来教育文选》，第2—3页。

争鸣嘛!"①并指出:"打破过去的陈规,实行'一主、二从、三结合',发动大家办教育。"教育大众化、平民化,"这是一条'腿'","另一条'腿'即正规学校"。

面对平民百姓,全国从扫盲识字的普及教育到提高文化素质教育,民校、夜校、读书班、工读学校、农读学校、业余学校等民间办学,平民教育的"农工同举"的形式多样的学校,如雨后春笋。这是一次文化教育启蒙,为今后带来发展与繁荣。经历民间办学实践,开拓耕耘,到文革前夕,南国侨乡的华侨教育和民间办学掀起了高潮,有爱国华侨赞助,有民间力量支持。到知识分子厄运的一九五七年,周恩来仍坚持为中国平民教育掌舵指航,即前引述的:"有些私人办的小学,也可以让它办下去,大概工、农、商、学、兵除了兵以外,每一行都可以来点自由,搞一点私营的。文化也可以搞一点私营的。这样才好百家争鸣嘛!在社会主义建设中,搞一点私营的,活一点有好处。"当年周恩来签署发布《华侨捐资兴办学校办法》,鼓励国外侨胞在国内捐资办学,规定了华侨兴办学校的批准手续、名称、领导体制等具体办法。指出"务使正规的、速成的、业余的各种技术学校或训练班得到适当的配合发展"②。一九六四年《政府工作报告》也要求"充分依靠群众采取各种各样的形式","试办半工半读、半农半读的学校",强调"半工半读、半农半读的学校,是一种教育同劳动相结合的新型学校"。一九六六年一月听取高等教育部部长蒋南翔汇报全国半工(农)半读高等教育会议情况汇报后,指示发展半工(农)半读教育要谨慎一点,稳妥一点。此后文革狂潮冲毁神州大地,周恩来大智大勇,力挽狂澜,在关键时刻保护中国平民教育事业,保护陈嘉庚和李清泉故乡的华侨教育事业。

"文化大革命"前夕我从华东师范大学中文系毕业,带着母校教书育人的优良传统,正赶上周总理的号召:"奋发图强、勤俭建国也是一种革命精神。你们毕业以后,进入社会,应该想到,我们的国家还很穷,即使我们的生活水平不高,工资也不高,我们也应该感到满足。我们在生活方面应该知足……不断地前进。"③半耕半读,勤工俭学,教育同劳动相结合,既做学生,又当农民,耕读学校各自均有生产基地。当时我有机会参加陈嘉庚、李清泉故乡的平民教育实践,于平民学校之旅搜集到宝贵资料,踏探南国侨乡一百九十二所耕读学校,整理一份《平民教育实践见闻》④。据当时不完全统计,耕读学校所拥有的生产基地,即有山地两千六百八十四亩,林木一千八百九十六亩,农耕一千四百七十五亩,水田

---

① 《周恩来经济文选》,第 351 页。

② 《周恩来教育文选》,第 67 页。

③ 《周恩来教育文选》,教育科学出版社 1984 年版,第 214 页。

④ 阮温凌:《世纪弦歌——陈嘉庚李清泉文化视野》,中国社会科学出版社 2014 年版,第 220—221 页。

八百二十七亩，海埭四百零一亩，果园九十六亩，茶园五十八亩，总计七千四百三十七亩。而仅以文革前夕的一九六五年的生产收入计（当时的人民币值），即有：农业收入四万六千七百二十元，林业及其他收入两万三千三百八十一元，勤工俭学收入三万三千零五十六元，总计有十万三千一百五十七元……"要试办半工半读、半农半读的学校。半工半读、半农半读的学校，是一种教育同劳动相结合的新型学校。这种新型学校能够培养出既能体力劳动、又有文化技术的全面发展的新型的人来，为逐步消灭脑力劳动和体力劳动的差别创造条件。"[①]人民敬爱的周恩来是民间办学的引航舵手。

爱心教育培养人才

　　周恩来少年时代走上勤工俭学平民教育之路，沿途为我们竖起引导教书育人的路标，为下一代提供健康成长、培育英才的经典指南。从南开中学到留学日本、德国、法国，从学生时代到革命生涯，从国外平民教育到国内平民教育，周恩来都心身投入，身体力行。随着革命进程的拓展，每一革命关头，周恩来都有关于中国教育的批示、指示、讲话、撰文的声音，都能看到他教育、教导、指导、引导的美好愿望，揭示矛盾，解决问题，扭转航向。

　　他指出要处理好"理想"和"现实"的辩证关系，理想不可与现实脱节。"理想是需要的，它可以为我们指出前进的方向，但是理想必须从现实的努力奋斗中才能实现。不这样辩证地看，对现实就会感到失望，对前途也会失去信心。今天的现实是不够理想的，但是美满的现实需要我们大家共同去创造。"[②]并以身作则，"宣传奔走"，以诗言志："没有耕耘，哪来收获？没播革命的种子，却盼共产花开！梦想赤色的旗儿飞扬，却不用血来染他，天下哪有这类便宜事？坐着谈，何如起来行！"[③]一九五九年周恩来视察南开大学和天津大学即强调要提高教育质量，要求"千万不要滋长特殊化的思想，不能骄傲，要谦虚，要尊敬老师，要向劳动人民学习，向劳动人民的子弟学习"。并以清朝八旗子弟为戒："从小娇生惯养，不骑马，要坐轿，整天提着鸟笼东游西逛，游手好闲，坐吃俸禄，不劳而获，过着骄奢淫逸的生活，甚至成了一群大烟鬼。"——"暖房里的花总赶不上风霜中的常青松柏，闺房里的小姐、富贵人家的少爷就赶不上千锤百炼的勇士"。[④] 教导青少年学生要有理想，要怀抱振兴中华、造福人民的雄心壮志，在艰苦环境磨练成材。

---

① 《人民教育》1965 年第 3 期。
② 《周恩来教育文选》，教育科学出版社 1984 年版，第 14 页。
③ 《周恩来书信选集》，中央文献出版社 1988 年版，第 46—47 页。
④ 《周恩来教育文选》，教育科学出版社 1984 年版，第 16 页。

指出凡有创造发明成为人才的,大多在青年时代,故青少年学生既要胸怀大志,又要脚踏实地,努力学好文化科学知识和社会生活知识,傲霜斗雪,锻炼自己,增长才干,健康成长。平民教育,平民学校,平民师生,平民英才,是主流,是国情,是民情,是草根文化,代表真善美,此中有周恩来教育思想和劳苦大众思想感情之融合。

　　周恩来从实践到理论,从理论到实践,以实践检验真理,用真理捍卫教育,施恩民众,恩泽大地。让青少年在爱心善行的教育中茁壮成长,恩情似海,如浪涛滚滚而来。跟随周恩来之后到法国勤工俭学的巴金,与周恩来心灵相通,平民教育思想共鸣:"他亲切交谈、谆谆教诲,有时鼓励,有时批评,有时还用他自己的经历来引导听话的人。今天中国的知识分子常常含着眼泪谈起我们的总理,像谈起自己敬爱的长者和亲密的朋友……"①巴金敬仰周恩来,敬仰他来自中华文化和传统美德之塑造,来自平民教育优良传统之发扬,在革命大环境汲取东西方文化之精华,于革命实践中创立自己的教育思想体系。身为中国平民教育的杰出代表,其教书育人的经典指南,同晏阳初、梁漱溟、陶行知、匡互生、叶圣陶、夏丏尊和南国侨乡的陈嘉庚、李清泉、陈仲瑾、秦望山、梁披云、许声炎、叶非英、苏秋涛等平民教育家的办学理念,是水乳交融的。这是继孔子、墨子和朱熹等古代平民教育家竖起的两个里程碑之后,现代平民教育家竖起的第三个里程碑,古今呼应——正如青年诗人比喻的:"大西洋的波澜,流不断你们的书翰;两个无线电杆,矗立在东西两岸,气通霄汉。"②

知识分子知音导师

　　辛亥革命和五四运动证明,先知先觉的知识分子是革命的先行者,人民爱戴的孙中山和周恩来是光辉典范,华侨领袖陈嘉庚、陈敬贤兄弟和李清泉是杰出代表。周恩来理解、体贴和爱护知识分子,以平民领袖的爱心善行和高风亮节,制定保护知识分子的方针政策,调动知识分子积极性。其教育思想肯定知识分子的价值观。"最大的不足是知识分子不足。工作一开展,知识分子就更不够。因此,要大量培养知识分子。"③首先肯定知识分子是"工人阶级的一部分",首先提出"学校教师是培养下一代的灵魂工程师"。④　因而在新中国成立初期,为知识分子的知音导师所感召,许多留学国外的科学家纷纷回国参加祖国建设,包括陈

---

① 《巴金选集》第 9 卷,四川人民出版社 1982 年版,第 212 页。

② 《周恩来青年时代诗选》,人民文学出版社 1978 版,第 36—37 页。

③ 《周恩来教育文选》,教育科学出版社 1984 年版,第 31 页。

④ 同上书,第 112、153 页。

嘉庚、李清泉创办的集美学村、厦门大学和成美学校毕业留学回国的不少著名科学家。

正如前面所述：他们带着赤子恋母情结和为国献身的满腔热情，冲破帝国主义的重重封锁和人为阻挠，成为新中国第一代"海归"科学家。白崇禧的五公子、先知先觉的旅美华侨作家白先勇，就身先士卒地写出他的代表作《夜曲》《骨灰》，反映这一代"海归"科学家的现实遭遇和心路历程，但都在"反右"运动和"文革"劫难中死于非命。海峡彼岸和太平洋彼端的华侨作家，"隔岸观火"而与大陆同胞心连心，关心祖国人民的生死存亡命运。"反右"运动、"文革"运动中知识分子的大悲剧大惨剧，正是强权势力抵制周恩来的知识分子政策之恶果！所以雷洁琼说："周恩来同志是中国共产党正确的知识分子政策的主要制定者和模范执行者。他一贯信任、尊重、关怀知识分子，是我国知识分子最亲近、最可信赖的朋友。"① 所以巴金一直听他的知音教导到"最后的时刻"，说："他的面容安静而严肃，一位伟大人物在思索自己的国家、人民和人类的光明的未来。这是我们大家经常看见的总理……他深思之后有多少话要对我们讲啊！每天我望着这幅遗像，我就仿佛听见总理的响亮的声音：'鞠躬尽瘁！'"② 所以冰心也"庄严宣誓"："我们一定要向你学习，我们一定要'鞠躬尽瘁，死而后已'！"③

如何对待知识分子的问题，是真革命还是假革命的试金石，是革命为公还是革命为私的分水岭。这是毛泽东早就提出的问题。他还批评有的干部"还没有注意到知识分子的重要性，还存着恐惧知识分子甚至排斥知识分子的心理"，指示"全党同志必须认识，对于知识分子的正确的政策，是革命胜利的重要条件之一"。④ 知识分子对中华民族的贡献，有史皆碑。但不幸的是，历史上为革命为改朝换代赴汤蹈火的知识分子，后来都没有好下场。批《武训传》运动，批倒了中国平民教育，批倒了电影编导孙瑜，批倒了主演武训的影帝赵丹——就连他主演的《鲁迅传》也被批倒！"反胡风"运动，反倒了文学界、文化界、教育界的民族精英。"反右派"运动，摧残了上百万知识分子精英人物。"大革文化命"运动，更是革掉了亿万同胞的精神价值、物质价值和生命价值，制造中世纪式的人间地狱！"知识分子的重要性"和"革命胜利的重要条件"的"最高指示"，销声匿迹。拜神，荒诞，悖论。周恩来早就强调讲究科学，讲究知识，反对愚昧，反对无知，反对盲从，强调"实事求是"，"说真话，鼓真劲，做实事，收实效"，支持知识分子的文化教育事业。

---

① 雷洁琼：《周恩来教育思想研究·序》，福建教育出版社 1995 年版，第 3 页。
② 《巴金选集》第 9 卷，四川人民出版社 2009 年 3 月版，第 218 页。
③ 《冰心文集》第 2 卷，上海文艺出版社 1983 年 5 月版，第 275 页。
④ 《毛泽东选集》，人民出版社 1966 年版，第 611 页、第 613 页。

而每当"妖雾又重来"，周恩来总是首当其冲，忍辱负重，殚思极虑，力挽狂澜。

匡正现实真理准绳

真理准绳，监督权势，惩治腐败，匡正现实。周恩来曾发出"首先要进行自我改造"一声棒喝："没有人是专门改造别人的，自居于领导，自居于改造别人的人，其实自己首先需要改造。要对这种人大声疾呼：'请你自己先改造！'任何共产党员都不是十全十美的，不可能什么都懂。人生有限，知识无限，到死也学不完，改造不完。"[1]他言行一致，实事求是，始终把自己作为群众一员，掌握真理准绳，说"民主作风必须从我们这些人做起，要允许批评，允许发表不同的意见"[2]。以身作则，主动改造，献身说法，表白自己也"犯过很多错误，栽过筋斗，碰过钉子"，始终抓住匡正现实的真理准绳，扭转乾坤，造福人民。在跟高校教授谈心时说："拿我个人来说，参加五四运动以来，已经三十多年了，也是不断地进步，不断地改造。也许有的同志会说：你现在担任了政府的领导，还要学习和改造吗？是的，我还要学习和改造。因为我不知道的事情还很多，没有明白的道理也很多，所以要不断地学习，不断地认识，这样才能够进步。"[3]早在中华职业教育社建社四十周年纪念会上，也提出自己"要活到老，学到老，改造到老"。这一匡正现实的真理准绳，言行一致之实践，放之四海而皆准。历史证明，周恩来发扬光大中华民族文化优秀传统的思想体系，匡正现实的真理准绳，是子孙后代的传家宝，光芒四射，穿越时空，其影响威力，不可估量。陈若曦受其影响，在华侨文学创作领域掌握的就是周恩来匡正现实的真理准绳，因而她能在"文革"小说集《尹县长》挥起反腐的金箍棒，反愚忠，反监谤，反惩艾，反戕贼，提出"四反"文化，匡正现实。

第三节　反腐金箍棒

毛泽东曾在《七律·和郭沫若同志》中指出："今日欢呼孙大圣，只缘妖雾又重来。"郭沫若观摩《孙悟空三打白骨精》的《七律》原诗是："人妖颠倒是非淆，对敌慈悲对友刁。咒念紧箍闻万遍，精选白骨累三遭。千刀当剐唐僧肉，一拔何亏大圣毛。教育及时堪赞赏，猪犹智慧胜愚曹。"一唱一和，都强调要对人妖颠倒是非淆的牛鬼蛇神奋起革命的金箍棒，"三打白骨精"，也就是今天的反腐倡廉，"老虎苍蝇一起打"，逍遥法外的"老老虎"也要打，不管躲在深山老林的，还是大放

---

① 《周恩来教育文选》，教育科学出版社 1984 年版，第 200 页。
② 《周恩来选集》（下卷），人民出版社 1984 年版，第 325 页。
③ 《周恩来教育文选》，教育科学出版社 1984 年版，第 39 页。

"宽容"烟幕弹的,都不能放过!

今日欢呼孙大圣

　　胡耀邦肯定的,"写得很真实"的,反映"文化大革命"罪恶现实社会乱象的陈若曦"文革"小说,奋起的就是孙悟空的金箍棒。白骨精的妖道魔术,鬼蜮伎俩,最怕周恩来思想宝鉴和反腐倡廉的金箍棒。陈若曦笔下除了反愚忠、反监谤、反惩艾、反戕贼的"四反"文化,还有"于无声处听惊雷"的欢呼孙大圣,还有四处挥舞的有形无形的金箍棒。当《尹县长》里的尹飞龙被造反派红卫兵押上刑场枪决之际,给以迎面痛击的,是群众造反掀起刑场的怒涛,不可收拾,更有被枪毙的"反革命分子"尹飞龙的突然大声高呼"毛主席万岁"口号。当时高呼"毛主席万岁"是"革命者""造反派""红卫兵""强权者"的专利,是一种资格认书,因为高呼"毛主席万岁",与"革命者""造反派"是划等号的,是最可靠的通行证和护身符。但尹飞龙的高呼是在于自我表白、自我保护、自我平反,也是无形的金箍棒之巧用。虽能叫"古拉格群岛"的白骨精们难堪一时,却也无济于事,还是被高呼"毛主席万岁"的垄断者枪毙了。高呼"毛主席万岁"的人枪毙了高呼"毛主席万岁"的人——到底谁是反革命? 在荒诞时代,虽是说不清的,但大家心里却是明白的。当时因为害怕"反革命分子"高呼"毛主席万岁"口号,甚至施以酷刑:"……最后押进会场的,是五花大绑的死囚犯李九莲。为避免他在广众之前进行分辩或呼喊口号,她的下颚和舌头早被一根尖锐的竹签刺穿成一体,与沈阳张志新之被割破喉管和长春史云峰之被缝起嘴唇两角,'异曲同工'……"①从古代封建帝王高呼到当今个人迷信的"万岁""万万岁",时空威力有多大? 但"周恩来第二"胡耀邦却敢于奋起反腐金箍棒,当头棒喝:"人能活一万岁吗? 这种口号很不科学嘛!"②周恩来和胡耀邦奋起的反腐金箍棒,在"妖雾又重来"的今天,正感召万众一心,"欢呼孙大圣"!

　　与陈若曦同样敬仰"周恩来第二"胡耀邦,遥相呼应的资深记者戴煌,在《胡耀邦与平反冤假错案》一书写道:"一九八〇年秋天,拨乱反正的急鼓仍在冬冬响,江西鄱阳湖畔的监狱中有人托可靠人士,向新华社邮来一封挂号信。信中透露:一九七七年十二月十四日,粉碎"四人帮"已一年又两个月零八天,江西的一位反林彪、同情刘少奇的青年女工李九莲的下颚和舌头,被尖锐的竹签穿连在一起,被拉到赣州西郊枪杀,抛尸荒野,并被歹毒之徒奸尸、割去双乳。十二名曾为

---

① 戴煌:《胡耀邦与平反冤假错案》(修订版),中国工人出版社 2004 年版,第 187 页。
② 同上书,第 80 页。

李九莲辩护过的干部群众,同时被判以重刑……"①从陈若曦笔下的"古拉格群岛"走进巴金的"文革博物馆",加以对照,即可加深理解。周恩来早在"文化大革命"前即发现问题,面对当官当权者弄虚作假愈演愈烈的浮夸作风,即指出"这种风气又和上面的领导者喜欢听好话有密切关系"②。当时的弄虚作假浮夸作风,实质上已经为"文化大革命"埋下祸根了。周恩来非常沉痛:"这几年来,党风不纯,产生了浮夸和说假话的现象。我们要提倡说真话。怎样才能做到这一点呢?要大家讲真话,首先要领导上喜欢听真话,反对说假话。"③以昔鉴今,可以看到"大革文化命"以来的摧残教育、危及后代,巴金指为"人变兽",无不在陈若曦笔下的"古拉格群岛"体现出来,警示后人。

　　胡耀邦手中握有周恩来的真理准绳,"以非凡的胆略和勇气,组织和领导了平反冤假错案……使其他大批蒙受冤屈和迫害的干部、知识分子和人民群众得到平反昭雪、恢复名誉"④,功德无量。胡耀邦指挥的是一场周恩来还来不及打胜的"匡正现实"的大战役。"人一下子就变成了兽,我看得太多了。"⑤这一大战役也是世纪文豪巴金个人没有权力打赢的,无法改变"人变兽"现实的。但匡正现实,有真理准绳。老共产党员老作家韦君宜掌握的也是周恩来的真理准绳,故能发出匡正现实的声音,一针见血:"'四人帮'垮台之后,许多人痛定思痛,忍不住提起笔来,写自己遭冤的历史。也有写痛史的,也有写可笑的荒唐史的,也有以严肃姿态客观写历史的;有的从一九五七年反右开始写,也有的从胡风案开始写。"⑥大科学家钱学森掌握的也是匡正现实的真理准绳,说中国大学没有独创的东西,缺乏创新精神,"没有按照科学技术发明创造人才的模式去办学"。耶鲁大学学报评论员则认为把"经济成功"视为"教育成功"而引为骄傲,这是人类文明史最大的笑话!而媒曝的高校时髦,"与时俱进"——"大学行政机构臃肿",成为政府官僚机关,有正副的校长、书记、院长、处长、科长、主任、秘书等等突破数百人团队,官多势壮,人民饲养。但周恩来早就告诫:"在科学问题上,共产党应该服从真理。共产党不服从真理,那就不是共产党。如果共产党不服从真理,共产党会被推翻的。"⑦这是响彻神州大地的洪钟大吕,千古绝唱。直至一九七五年底,被"文革"魔王"打倒周公"拖死累死之前,周恩来仍在追求真理。

---

① 戴煌:《胡耀邦与平反冤假错案》(修订版),中国工人出版社 2004 年版,第 175 页。

② 《周恩来教育思想研究》,福建教育出版社 1995 年版,第 246 页。

③ 《周恩来选集》(下卷),人民出版社 1984 年版,第 349 页。

④ 引自 1989 年 4 月 22 日胡耀邦同志追悼大会上中共中央的悼词。

⑤ 巴金:《再思录》,广西师范大学出版社 2004 年版,第 33 页。

⑥ 韦君宜:《思痛录》,北京十月文艺出版社 1998 年版,第 1 页。

⑦ 《周恩来经济文选》,中央文献出版社 1993 年版,第 258 页。

　　中华文化传统美德,几千年文明史,儒家"仁爱观"和宗教"博爱观",造就中国历代文化精英,构筑多元文化体系,汇成中国平民教育的长江大河,滚滚向前。其中杰出代表周恩来,不仅是伟大革命家,也是伟大教育家。他了解平民教育的历史和平民学校的现状,赞扬华侨领袖陈嘉庚、李清泉等办学精神和教育业绩,曾为华侨办学壮举发表重要言论和指导实践的文献。在引领中国革命和文化新潮流的风口浪尖,他以超人智慧力挽狂澜,无私无畏揭示腐败现象,直言谠论,反复教导:"这几年来,党风不纯,产生了浮夸和说假话的现象。我们要提倡说真话。怎样才能做到这一点呢?要大家说真话,首先要领导上喜欢听真话,反对说假话……大家都说假话,看领导的颜色说话,那不就同旧社会的官场习气一样了么?……唐代皇帝李世民,能听魏征的反对意见,'兼听则明',把唐朝搞得兴盛起来。他们是君臣关系,还能做到这样,我们是同志关系,就更应该能听真话了。"①值得注意的是,周恩来这次讲话,是在"庐山会议"非常时期背景下,彭德怀对大跃进批评的正确意见惨遭"最高斗争"而导致假话、空话、大话的腐败之风盛行之际,以孙悟空的火眼金睛,仗义执言的,是在"只缘妖雾又重来"之际欢呼孙大圣的,奋起金箍棒的。圣人周恩来和"周恩来第二"胡耀邦,难忘的平民领袖,他们一生革命,爱国爱民,为国为民,鞠躬尽瘁,死而后已。我们都看到平民领袖周恩来最后一张照片:斜靠沙发眼望前方,瘦骨嶙峋,形貌憔悴,眼神闪烁,表情严峻,正在痛苦沉思,似在发出"天问"……而"周恩来第二"胡耀邦,在众所周知的离开党中央总书记岗位后,一九八九年三月二十三日也在北京家中留下一个历史镜头:也是靠在沙发上,两眼注视前方,目光炯炯,凝神沉思,也有"天问"待发。当时差点被"文革"妖魔枪毙的《第二次握手》的作者张扬,得到胡耀邦的保护与平反,曾于一九八九年一月六日来长沙"九所"拜会胡耀邦,亲切交谈后,告别时,戴煌记者也写到人民挂念的胡耀邦之形状,正好与我们看到的他在北京家中留下的最后一张照片相对应,文字与影像,相得益彰——

　　　　耀邦刚坐下便开始抽烟。张扬觉得耀邦的耳垂很长,三分之二以上的头发仍是黑的,面部皱纹不深重,更没有老年斑。他记忆力强,反应敏捷,口齿清晰,思想活跃,待人坦诚,胸无城府。同时,张扬也注意到,此刻耀邦的笑容似乎有两种:一种是自然的,礼仪性的;一种是勉强的,惨淡的。他形容憔悴,表情抑郁,时而流露出沉思甚至迷惘的神态。
　　　　当耀邦听到张扬说到社会风气的败坏和作家生活的困境时,他表情沉重,久久沉默。谈起他的同乡战友和"恩人"杨勇时,他无法抑制行

①《周恩来选集》(下卷),人民出版社 1984 年版,第 349 页。

为和缅怀之情……

谈话临近结束时，耀邦凝视着前方，平稳地轻声说："我可以不做事，但是我还要做人。"他送张扬到大厅门口。

此时的耀邦，离开党中央总书记岗位已经两年了。①

看到平民领袖周恩来和胡耀邦的最后照片，及其相关文字，又让人想起"文革"妖魔批斗彭德怀的照片，那简直是往死里整的一种酷刑，而且全是因为"忠臣直谏"！被"伟大领袖"赞为"谁敢横刀立马，唯我彭大将军"的沙场统帅、建国功臣，被斗得骨瘦如柴，神情痴呆，人不人鬼不鬼的面目全非。刘少奇则被折磨得死去活来，即使重病也像一条狗被扔在地上，饿得爬着找不到东西吃，落到同样的下场。每看到这些悲剧形象的"文革"镜头，就不由悲从心来，令人为之哭泣……但值得欣慰的是，唯有他们的天地父母——顶天立地的最终要当家作主的劳动人民，永远爱戴他们，永远怀念他们。

对陈若曦"文革"小说集《尹县长》里的反面人物们，对"古拉格群岛"的打砸抢英雄们，对当前"与时俱进"的腐败贪官"老虎苍蝇"们，战无不胜的武器是周恩来的思想宝鉴，是反腐的金箍棒。以昔鉴今，对比反思，即如拙著华侨文化研究书系总序原稿所道："文革"恶魔，乱世英雄，"哪一个不是跟'文化大革命'有关的？哪一个不是从现制度学校走出来的？计其年龄段：第一'种'，是来不及正规教育即进入'造反有理'乱世者；第二'种'，是乱世中遭遇打砸抢的行为教育和说假话做坏事的潜移默化者；第三'种'，是没有彻底否定'文化大革命'留下遗毒埋下祸根加入腐败队伍者。三'种'之孽，驰骋官场，恶性循环，祸害子孙……"平民教育家，平民文学家，离不开中华文化传统美德和周恩来思想阳光雨露之滋养，他们高唱平民教育之歌，为人师表，教书育人，也是鞠躬尽瘁、死而后已的。他们在太阳照不到的阴影里、黑暗里，面对不齿于人类的狗屎堆，兴风作浪之妖魔鬼怪，是始终挥舞反腐的金箍棒的。

鲁迅早在一九二七年参与平民教育实践，于上海劳动大学讲课时严肃指出："有的知识阶级能接近平民，把平民的痛苦说出来，因而受到欢迎……但是地位增高了，与平民离开了，享受高贵的生活，就记不起从前的一切痛苦的生活了……"②鲁迅对平民教育事业的重视和爱护，对违背平民教育精神的败家子，有愤怒，有批判，爱憎分明，是非清楚，表现知识分子的硬骨头精神，与周恩来思想宝鉴是交相辉映的。巴金的《致李楚材》一文，举起的也是反腐的金箍棒，让人

---

① 戴煌：《胡耀邦与平反冤假错案》（修订版），中国工人出版社 2004 年版，第 361 页。
② 陈洪有：《回忆鲁迅在上海劳动大学的演讲和讲课》，载《怀念集》1988 年第 3 辑。

想起陈若曦"文革"小说《晶晶的生日》里摧残祖国花朵的罪恶现实——"我想起了'十年浩劫',我还记得拿着铜头皮带打人的初中学生怎样把我们一家关在卫生间里……十四五岁的孩子拿着鞭子追打我……我现在才明白这就是没有搞好教育的后果……人一下子就变成了兽,我看得太多了。为了这个我们几代人受了惩罚。"①巴金在"人变兽"时代的遭遇,胡耀邦感同身受。因而也跟世纪文豪的崇拜者陈若曦一样,得到"周恩来第二"胡耀邦的敬重与接见,留下了海峡两岸平民作家同平民领袖亲切握手合影的历史镜头,具有代表性和时代意义——那是一九八一年十月十三日,胡耀邦在北京中南海勤政殿接见巴金亲切交谈的画面。② 在"古拉格群岛"血腥时期,周恩来救不了自己的亲人,却不顾一切从死里救活了不少精英赤子。如跟鲁迅同时任教于上海劳动大学的著名翻译家毕修勺,曾经是周恩来、陈毅、徐特立等留法勤工俭学的同学,"文革"中被莫名其妙判处死刑,全靠"周总理救我的批示"③……而早在一九五〇年,周恩来也批示救活了陶行知的平民教育学校,"恢复陶行知生前创办的南京晓庄学校"④……胡耀邦跟周恩来一样关心文化教育事业,也是华侨作家和知识分子最可信赖的朋友,在大浩劫中抢救了无数文化精英人物,包括平民教育家和平民文学家。

周恩来关心、重视华侨领袖的兴教办学,支持陈嘉庚创办的集美学村、厦门大学,亲自制定一系列华侨办学、私人办学的措施。"周恩来签署发布《华侨捐资兴办学校办法》,鼓励国外侨胞在国内捐资办学,并规定了华侨兴办学校的批准手续、名称、领导体制等一系列具体办法。"⑤他提出"必须在教育观念上来一个改变","半工半读、半农半读","教育同劳动相结合"⑥,教育改革,面向工农等等,皆为平民教育传统之发扬。因有思想宝鉴之照耀,教育家慈善家兴办工校、农校、民办小学、劳动大学,如雨后春笋。但都遭"文化大革命"惨重摧毁,其反面教训,早已被陈若曦"文革"小说集《尹县长》所反映所证实。今天,我们的后代子孙再不能有巴金发出的"人变兽"的痛哭,再不能有陈若曦"文革"小说《晶晶的生日》里那种毒化教育的悲剧,再也不能摧残下一代! 要把被遗弃的平民教育优良传统捡回来,牢记周恩来教导:"一辆车子两个轮子相辅而行","教学是学校中压倒一切的中心任务","校长与教师的主要任务是教学,学生的主要任务是学

---

① 巴金:《再思集》(增补本),广西师范大学出版社 2004 年版,第 33 页。

② 戴煌:《胡耀邦与平反冤假错案》(修订版),中国工人出版社 2004 年版,第 155 页。

③ 毕修勺:《我这四十年》。

④ 赵德强等编著:《周恩来教育思想研究》,福建教育出版社 1995 年版,第 417 页。

⑤ 同上书,第 441 页。

⑥ 同上书,第 417 页、421 页、5 页、458 页。

习"；①"我们的教育是大众的"，"要为广大的人民服务，要从广大人民中培养出大量人才"，"要发展人民大众的教育"。②　正反对比，不忘过去。过去是"大革文化命"，教育变种，学校变质，失教失学，误人子弟，扼杀人才。长期的教育失败，危害子孙，恶性循环，导致乱世出英雄，官场腐败，教育腐败，全面腐败，危害平民百姓，毒害子孙后代——而今要警惕其"妖雾又重来"。陈若曦的"文革"小说，戴煌的《胡耀邦与平反冤假错案》一书，交融互补，两相印证，其再现的悲惨世界，拍摄的历史镜头，血泪笔墨，无不在呼唤孙大圣，要全民奋起金箍棒。戴煌还有一段文字——

　　　　一个月后，即一九七八年一月，曾是"李调会"的广播车广播员，已有三岁女孩的年轻女教师钟海源，在南昌郊区被处以极刑。

　　　　一九七八年六月及十月，又有一批"李调会"人员被当做揭批查"四人帮"余党的重点人物，而先后被抓进牢房。据不完全统计，连同宣判李九莲死罪的公审大会上陪绑的十余人在内，前后被扣以"现行反革命"而被捕入狱的"李调会"成员达百人左右，其中被判五年以上、二十年以下有期徒刑的达六十人。

　　　　在监狱之外，许多机关、学校、厂矿、科研部门声援过李九莲的干部群众，包括原地委常委赣州市市长、原《赣南日报》总编辑、地区或赣州市的一些局长、赣州四周的一些县委负责干部多人在内，被开除党籍或团籍、开除公职或留用察看、党内警告或行政记过、降职降薪或免职停职靠边站的，多达六百多人；挨批挨斗、写检讨、坐"学习班"的，以及受到株连的同学亲友、熟人等等，则数以千计，其中有的人被迫自杀，终于形成了一个殃及广众的大冤案。③

只缘妖雾又重来

　　胡耀邦介绍入党的沙叶新发出警世之言："什么都是假的，只有骗子是真的！"教育调研中发现的人才观问题，如上所述遭遇的骗子，早已带来为人师表、教书育人的累卵之危，但有人却视为"小事"，任其泛滥成灾，任遭撒旦"封口"——如《圣经》所指：严防民众"眼睛看见，耳朵听见，心里明白，回转过来"。

① 《周恩来教育文选》，教育科学出版社1984年版，第86页。
② 赵德强等编著：《周恩来教育思想研究》，福建教育出版社1996年1月版，第51页。
③ 戴煌：《胡耀邦与平反冤假错案》（修订版），中国工人出版社2004年版，第187—188页。

"腐败时代"叛逆者小莎翁,毕竟不是"文革时代"反抗者老巴金,但都同样发出真言——"古拉格群岛"的英雄们,由"骗子"而"人变兽"。而"两弹一星"临终则有"钱学森之问":"为什么我们的学校总是培养不出杰出人才?"求学时他敢批评美国导师,师生争论,但导师赞赏他,主动找他认错——服从真理,教授治校,学术民主! 与文革混迹而来的"第三里程碑"相比,与靠"合署名"剽窃论文的"博导校长"相比,华侨领袖李清泉石圳家乡后辈李昭进捐建的燕京华侨大学的校长,几年前即针对腐败校长众贪官在《南方周末》撰文:"谋官、保官、跑官、要官","贪污受贿、腐化堕落、官商勾结、钱权交易,甚至黑白两道通吃","为保官和升官而做政绩、上形象工程,说大话、空话、假话,夸大成绩,掩盖问题"——揭出教育真相,说出师生心声,痛批大放"宽容"烟幕弹保护自己的腐败校长、"第三里程碑",也是反腐的金箍棒。遥相呼应的南国侨乡,回想周恩来亲密战友、华侨大学首任校长廖承志艰苦办学、廉洁治校、乐育英才,华侨教育优良传统延续至法学家庄善裕校长任内,发扬光大,是一个黄金时代,无不得到全校师生和海外侨胞的一致赞赏。南北侨校,心灵感应,都有陈嘉庚、李清泉的诚毅精神,这才叫华侨大学校长,值得敬仰!……但"九年老板",孵化蛋种,抱团取暖,祸根蔓延,近又曝"九·一四"校内电梯卡死大四学生案,去年也有类似学生被电梯咬掉头皮的,"扩大新校区"时也有学生被电梯卡住的,生死不明……更有奸杀的,医死的,凶杀的,掉水的,学生死者何止九人? 钱、色、贪、骗、贿,五毒俱全! ——五毒俱全,只缘妖雾又重来。

　　教育视野中的文化领域,还可以看到陈若曦笔下的"文革"幽灵到处徘徊。正如总序所述,有沙叶新怒指的"恐惶、圆滑、投机"宝贝,有文化界唾弃的"文化大尸"兼"散文大屎"。有被揭的看家之作错误"达一百二十六处"之多,"没有文德,没有人格",以"崇拜"浊流推波助澜——"文革"语言,"轻率学风","强词夺理","文字游戏","故弄玄虚",迷惑青年学生。而鲁光在《文艺报》转述李苦禅大师的话,则可对照:"没有人格……商人是只讲钱,一个艺术家却要讲究艺术,光顾做生意,就把艺术庸俗化了。"——乃"迷津中最阴险的圈套",成功的乱世英雄,鲁迅怒骂的"二花脸"。今有学者写:"一些刊物发文章不仅不给稿费,还要作者掏钱买版面","从最初的几百元,一路飙升,到了现在,数千元,以至几万元"——"文章的发表已不是为了学术研究的崇高目的,而是另有所谋,利益所在"。① 一切钱道,通向职称评定,通向晋级成果,通向毕业论文,通向权势利益,通向腐败校长腐败众官。结果是误人子弟,对违背为人师表、教书育人理念的伪校长、伪教授不敢提意见,因为有"毕业关""鉴定关""分数关"的杀手铜,只能做

---

① 孙德喜:《学术研究的困境》,载香港《文学评论》2010 年第 7 期。

校园里的哑巴学生！官迷从小学"五道杠"、中学班干部、高校学生会开始。前有杀四同学马加爵老大,杀手"女马加爵"老二,今有复旦大学优秀研究生黄洋被同学林森浩毒死案。"我爸是李刚"有翻版:"药八刀"的"我叔"是"药刚","韩扒皮"的"我爸"是"韩刚","杨常委"车撞四死六伤的"我爸"是"杨刚"……"留学生杀母,众人围观,只有老外伸援手";北大法律系毕业生勒死街上孩童泄愤;读法律的正副院长为"合署"论文争名夺利一死一伤……

　　当年绿色刊物去权欲化,去铜臭味,去庸俗性,凝聚真、善、美,有人性回眸,有理想寄托。而今钱涌、浮夸、媚俗,斗"大"斗"全"斗"强"斗"名",机构林立,官僚占据,标新立异。规范的历史名称已经过时,要"与时俱进",要安插和照顾来不及坐上末班车的众多官僚,要以数量代替质量,单有一个中国某某会已经供不应求,于是有许多派出机构的中国某某会之复制,地方区、县、镇效仿之山头……"文人无行"者,"抱团共享"者,纷纷出笼……媒体有母刊子刊孙刊,号称"全国高校编委会"及委员会,"关系稿""领导稿""名家稿""职称稿""万金稿""枪手稿""拿来稿",源源不断,充塞其间,尽管钱浪滚滚,也冲不垮一座文化垃圾山！还有文化盗贼,论文奸商,剽窃的,抄袭的,"复述"的,"转述"的,"拼凑"的……教长学官,附庸风雅者,手低眼高者,寻找捷径者,驾轻就熟者,无不以"权威"自居,东拿西搬,对大师名家的著作强行"拆迁",七零八落,却能"编"成一大"成果"——然有"编"无"著",不够评职称或晋级资格,还可以改成"编著",或者来个"主编",搜集乌合之众,书页尽是"审委会""编委会"委员,文官武将一大帮,国家基金、政府赞助用不完！冲击教育领域的,还有女体写作,性欲展览,裸体床戏,激吻共浴,假戏真做,虚腔假唱,录音代唱,歌星空降,一唱百万;小品搞笑,低俗下流,价值连城,皇宫别墅,年进亿元,科学家不如;论文公司,"博导"主持,各"取"所需,"名家"拍板,"权威"叫春,金钱美女,一呼百应;学术研讨会有低劣吹捧会、游乐大宴会,发言聊天会,还有红包"买好评"大盛会;作家速成,作品挥发,"韩郭"神话……张万舒在《炎黄春秋》撰文引胡耀邦的话说,文艺不能让权力审查,要让人民审查——"哪个作品流传最广最大就是上等的。不以个人、少数人的意志为转移,不以自己的主观为转移,是以千万人民长期的爱憎为转移的。"但中国文学最高奖的"鲁迅文学奖",前有官某"白水诗"的"羊羔体",今有"写烂诗"的"啸天体"——"今宵荧屏富春光,五省共追超女狂……"有网曝"侮辱公众智商,简直是诗歌的耻辱";也有小说家王蒙"读来甚觉畅快"与"亦属绝唱,亦已绝伦"之诗评……似此"绝伦""绝唱"之得奖,"评委"拍板,"名家"帮腔,于文学发展何益?拿鲁迅当王牌者,乃遭怒骂之"二花脸"也,只能孳生腐败,应该叫停！

　　《大学乱象》指:"我们的大学是名利场,是声色场,是官场,是商场,独独不像学堂。大学吞噬理想,吞噬独立精神……"究其实质,正如著名的研究《红楼梦》

专家周汝昌所道:"世上一种势力是弄虚作假,方得飞黄腾达;他们害怕真,不容'真'之存在;你宣扬'真',就打击你,甚至置你于死地。"①毛泽东指示:"今日欢呼孙大圣,只缘妖雾又重来"。"三进三出"的邓小平也吸取教训教导我们说:"由于没有在实际上解决领导制度问题以及其他一些问题,仍然导致了'文化大革命'的十年浩劫。这个教训是极其深刻的……如果不坚决改革现行制度中的弊端,过去出现的一些严重问题今后就有可能重新出现。"②列宁则早就提醒世人:忘记历史,就意味着背叛! ——陈若曦笔下的"古拉格群岛",惨无人性,灭绝精英,能忘记吗? ——发表独立见解惨遭残杀的张志新,遭八年黑牢地狱摧残与轮奸,先割喉咙再枪毙,连周恩来都救不了,能忘记吗? ——遇罗克、张志新、孙维世、李九莲、李昭等革命英雄们,无数反抗"古拉格群岛"的烈士们,能忘记吗?……祸根蔓延,子孙遭殃,从"文革"到"拆迁",毁尽文化,拆掉民心,滋生巨贪。贪官集团化,科技化,黑帮化,天文数字化。陈丹青惊呼,从"文革"到"拆迁","两千年来遍布全国的草根文脉已断"!"中国用六十年毁掉五千年文化","文化摇篮完全不存在了"……典型对比,周恩来教育思想和平民教育传统,艰苦办学、廉洁治校、教书育人、培育英才和"爱的教育"、美德教育、理想教育、劳动教育等等,以及平民化、知识化、人性化的教育实践,"手脑并用"的实际行动,教育与生产劳动相结合的具体措施,则都是中国教育的传家之宝,照妖之镜! 发展教育事业,先要反腐倡廉,识假打贪。教育根本,岂能丢忘?

唯院士朱清时,敢于从教育僵化体制叛逆,从高校衙门脱轨,独办由李政道题写校名的南方科技大学。扔掉部级官员高帽,教育部不批准就自我批准,不给"招生许可证"就自主招生,自授学位。踢开绊脚石,抛弃铁文凭,捡回真本领,让教育回归本位——要北京大学蔡元培校长的独立精神,要华侨领袖陈嘉庚、李清泉的教育理念和诚毅精神。不要孵化蛋种,拒绝"过桥半"所在地某加工厂,推销"副"变"正"产品使用,成为"引进"窃权、抄袭、骗学历、玩女生诸多"宝贝"的垃圾桶。唾弃"踢馆"的假学位证书,抵制"李刚门""剽窃门""艳照门""强奸门""东宫门""西宫门""骗婚门"的"校长""书记""院长""教授""博导",以及无政绩无成业的夫妻学店! 让人想到香港、台湾著名大学的以法治校、教学民主,想到凤凰"专访"汤一介,言"知识分子应负有对国家和社会议论的责任","不应向非真理妥协"! 香港徐复观则叹"人的良心丧尽","把悲剧当喜剧来演奏"。盖非真理,造假,假打,官秀,伪绩,心里明白装糊涂,卸任前尽说好话树碑表演。朱熹有"政权其义不谋其利,明其道不计其功"训诫,周恩来有"说真话,鼓真劲,做实事,收实

---

① 周汝昌:《红楼夺目红》,作家出版社 2003 年 10 月版,第 308 页。
② 邓小平:《党和国家领导制度的改革》,载《邓小平文选》第 2 卷,人民出版社 1993 年版。

效"教导,比起叫唤"回家"吃饭或挤几滴眼泪说"我来迟了"的做秀,更教育人!人民几十年呼吁的"官员公布财产"无动于衷,带来累卵之危。朱镕基清华校庆稿费购书赠校友,指《讲话实录》有"批判意识,用事实对比书中内容",贵在不向"非真理"低头!

"今日欢呼孙大圣",民族要复兴,教育要振兴,归根到底,即周恩来的思想宝鉴,胡耀邦彻底平反冤假错案的大无畏精神,邓小平的否定"文化大革命"言论,华侨领袖陈嘉庚、李清泉的平民教育优良传统——艰苦办学,廉洁治校,精英校长,德才师生,为人师表,教书育人,英才无数。这虽是教育现状之难题,却是反腐倡廉对抗腐败教育之焦点。至今噩梦不断,陈若曦《尹县长》里尹飞龙的救命符咒"毛主席万岁"还在九泉之下回响……当时要欢呼的也正是神通广大的孙大圣。任秀兰的绝命归宿,"粪坑里自杀",还在散发冲天臭气,因为她跟尹飞龙一样都不可能欢呼到孙大圣。面对假恶丑现实,要欢呼来孙大圣,也是"一万年太久",要"只争朝夕"的,也是要接过毛泽东亲自奋起的金箍棒来挥舞一下的,不仅要"三打白骨精",还要"老虎苍蝇一起打",下台的退休的、躲在深山老林的"老老虎"一起打,彻底打!毛泽东诗词中的这一句话也应该是"万岁"的,不会过时的,"一句顶一万句"的。教育重地的反腐倡廉,是一个时代命题,文化课题,文学独行侠陈若曦应该是最有实力继"文革"小说集《尹县长》之后,要创作的另一部小说续篇——以昔鉴今,歌颂海峡两岸华侨文化和平民教育事业,高扬陈嘉庚、李清泉、鲁迅、巴金、冰心、梁披云、叶非英、江学珠的平民教育精神,展示"桃花源绿洲"的文化景观,塑造台北第一女子中学的恩师校长江学珠式的平民教育家和平民文学家的光辉形象。如能把后续小说命名为《江校长》,岂不快哉壮哉!遵雨果的美丑对照原则,与震动华侨世界的"文革"小说集《尹县长》相互对照,相反相成,相映成趣,相得益彰,也是海峡两岸文坛一大盛事。

结束语
陈若曦人性观照

　　华侨作家陈若曦，以文学独行女侠的孤胆大勇，一生奔波于海峡两岸和太平洋两端，传播中华文化传统美德，心向平民，呼唤人性。她从台湾大学校园文化之旅，到台湾本土生态旅游之旅，到走出台湾宝岛的世界之旅，到回归祖国历经"文化大革命"的炼狱之旅，探险探宝，马不停蹄，创作宝岛"桃花源绿洲"青春时代的自传散文，创作大陆"古拉格群岛"非常时期的自传小说。在海峡两岸文化交流活动中，处处可见可闻的，均有其人性之观照。

　　其文学人生之路，人性之观照，起始于台湾大学与同窗创办《现代文学》，开辟校园文化阵地。其文学创作蕴藏有太多的乡土情、同胞情，热爱祖国热爱人民，热爱生活热爱文学。其生活宝库之充实，展示时空构架之优势，文化视野之开阔——走遍宝岛山山水水，飞渡太平洋沐浴欧风美雨，跨越台湾海峡经受暴风骤雨，有西方文化潮流之冲击，有东方文化传统之坚持，生活体验有取之不尽的创作源泉，有写之不完的文学作品。由于有开阔的生活空间和活动地域，有丰富的生活积累，其自传作品的回忆文字，人性观照，皆可解读作家文学创作之价值。而行笔书写，大多打破时间之顺序，以亲身感受与耳闻目睹之人生经历为主轴，带动周围人物关系——恰如大树主干，有旺盛枝叶覆盖；好比红花鲜艳，要万绿丛中映衬。书写学生时代"桃花源绿洲"的回忆，抒发美国、加拿大侨居生活的感受，踏探大陆"破冰之旅"的政治题材，描绘海峡两岸的文化景观，笔下波澜，感情奔涌，一挥而就，潇洒裕如。对来自"古拉格群岛"的自传小说之创作，作家曾感言道："十多年来写小说，我一直坚持故事背景的忠实，也即故事情节可以虚构，但是时空要真实反映，好歹小说也可作为历史的一种纪录……"又说："忽略历史的经验和教训，悲剧可能一演再演。"可见作家的平民意识，人性观照，是相当强烈的。

　　中华文化与西方文明铸就了华侨作家陈若曦的正直性格和美好形象。她追求理想，逼视现实，亲近生活，关心民瘼，文学人生激荡着爱憎分明的思想感情。其小说和散文创作，敞开透明的胸怀，展示隐秘的心扉，任其喜怒哀乐流泻笔端，让其施爱行善波及人间。激扬文字，指点江山，实话实说，无不道出美丑现实和善恶世界的人性是非，闪映正义正气正直的人格光辉。作家人生，施爱行善，乐当义工，多做好事，认为她人生"最大的收获是认识慈济和慈济人"，而"慈济"和"快乐"是一种理想追求。她说走进"慈济"有各自的道路："或因缘殊胜，或艰苦崎岖，轨迹截然不同。如此'殊途同归'，使得每一个慈济人本身都是一个'宝藏'，至少是一篇感人的故事。"①慈济人有老黄牛精神，用大陆人的话说是有"雷锋精神"。但慈济人用不着搞运动搞政绩，也用不着大发动大宣传大造势，或广为题词"向雷锋同志学习"之类，而是靠传统美德靠民族精神，默默无闻，埋头苦行，反而威力最大，最得人心。不讲什么大道理，只要是好事和该做的事就一干到底——反正，"做，就对了"。于是"有资产亿万的公司董事长夫人在医院给病人捶肩擦背"，"有七老八十的爷爷成天弯着腰在街上进行物质回收"而为"环保"做好事；有"大字不识几个的车衣妇，可以发心攒钱，一举捐出一百万来赞助医院"，"豆浆摊的小贩起早摸黑地做，多赚的钱拿去帮助这辈子相信是见不着的泰国灾民"……"好人好事便会同滚雪球般累积壮大起来"。作家深有感受："要富人做点善事不难，但是能调动普罗众生来行善，尤其是节衣缩食的升斗小民，在台湾似乎唯有慈济做得到。"②人性作家陈若曦说，假如没有慈济，没有道德，没有人性，会怎么样呢？——答案是："继续花天酒地"，"吃喝嫖赌"，最终腐败堕落，天下大乱！

　　而终身难忘的，还有"周恩来第二"胡耀邦在北京中南海的接见合影。胡耀邦身为改革开放之先锋，人民热爱之平民领袖，以"利在天下"之理念，"两个不管"之武器，横扫妖魔，拯救无辜，为民请命；施爱行善，廉洁奉公，生活俭朴，处处以身作则，树立光辉榜样。文学独行侠写道："他家的沙发破旧，家具一贯简陋……某次政治局委员开会，有人问，在座的谁在海外没有存款？当中只有胡耀邦举手。胡耀邦令人怀念，道理在此……"而对照今天，数十年了，又有谁敢跳出来举手说他在海外没有存款，敢主动公开其国外国内的神秘财产？到目前为止，在超百万亿"超天文数字"与"超零头"的对比之下，唯有世人皆知的劳苦功高而一贫如洗的周恩来和"周恩来第二"胡耀邦，才如此光明磊落，以实际行动向全国人民袒露透明的胸怀，公开自己的家底。这样的平民领袖，人心所向，是光辉表率，是民族精英，称得上人民的儿子，是值得中华民族自豪和骄傲的。平民作家陈若曦的"桃花源绿洲"自传散文和"古拉格群岛"自传小说，所辉映的人性观照，在于热爱中华文化传统道德，热爱平民教育，热爱平民文学，热爱台湾慈济，热爱

---

① 陈若曦：《慈济人间味》，台湾远流出版公司出版 1996 年版，第 11 页。
② 同上书，第 12 页。

宝岛生态。由于她和慈济人"做得心甘情愿,也做得快快乐乐",也感召许多人加入志工和环保的行列。正因有同心共鸣,有"起而行"的爱心善行,有天生素质和人格力量,才有奔波于海峡两岸、太平洋两端的文学独行女侠,高举人性大旗疾走呼号。平民作家的人生之路和创作实践,重在启迪:非常时期,强权政治,曾判处文学死刑;但文学神圣,如凤凰涅槃,死而复生,说明政治在文学面前已经无能为力,也可以判处腐败政治死刑! 这是因为:文学是人性的、是永恒的、是不可侵犯的。是乃生活现实,时代潮流,天道真理。

后记　慧眼与窗口

　　文学理想，贵在艺术见解之慧眼独具，透视生活之窗口定位。作家"慧眼"依生活"窗口"而望，而了解生活的"窗口"则是第二只"慧眼"。文学创作，学术研究，所依靠的，也就是有这样一对"慧眼"。而眼观时空变幻，文学世界的"窗口"也不只一个。视"定位"而选，我最初倚靠的"窗口"，是指导学生学术研究和文学创作，组织学生阅读与鉴赏，提高其文化素质。教学实践中，也为其选定文学"窗口"，培养其"慧眼"独具。审美对象，丰富多彩；学术研究，海阔天空。从感性到理性，各显其能，各尽其才。如果没有"慧眼"独具，找不到对应"窗口"，文学理想就无法跨出第一步。

　　我的文学理想起步于学生时代的文学创作，转型于任教生涯的学术研究，再回归于今后的文学创作。从感性到理性再到感性，周而复始，深入文学世界探魅，解读艺术迷宫，了解人生，彰显人性。我的学术研究自文学鉴赏始。这是美学指导与实践，带来审美活动的连锁反应，也是鉴赏主体感受、共鸣、想象、见解之循环，情感体验与主观评价之整合。学术研究，即在此发端。文学鉴赏与文学评论汇流一起，分不离，断不开。文学评论虽然也姓"论"，但它却要以赏心悦性的艺术形象引起的审美感受为先导，因而文学评论来自文学鉴赏；而文学鉴赏在审美心理活动过程，也要渗透鉴赏主体的倾向、认识、观点、态度，因而文学鉴赏孕含文学评论。鉴赏是评论的基础，评论是鉴赏的提高。二者都是学术研究的必经之途。在文学鉴赏的"此岸"和文学评论的"彼岸"，有一座审美桥梁，那就是内心的"意会"——只有"意会"，才可以"言传"，"言传"就是"评论"，而"意会"只有通过"鉴赏"才能达到。我们的鉴赏活动和评论实践都要通过内心世界，因而有无限广阔的天地。正如雨果说的："世间有一种比海洋更大的景象，那就是天空；还有一种比天空更大的景象，那便是内心的活动。"赫尔岑也说："人的内心世界就是宇宙。"本来，作为客观世界现实生活之反映，其鉴赏对象内涵已经是够错综、够复杂、够多样、够丰富的了，再加上鉴赏主体各自都有宇宙般的内心活动和奥秘难测的意会神交，审美视点多有变换，参照构架不断转移，就必然要造成鉴赏对象和研究对象的"多义性"和"模糊性"了。即有所谓:有一千个读者就有一千个林黛玉,有一千个评论家就有一千个哈姆雷特……此即学术研究之我见:要独具"慧眼",要选定"窗口"。

唯其如此,文学创作和学术研究才得以兴替,才得以繁荣。由此可见,在文学鉴赏和文学评论的广阔天地,观点是多种多样的,写法是无穷无尽的。但重要一点,鉴赏主体应该具有与众不同的学术敏感、艺术眼光和美学见解,写出自己独具审美个性和研究价值来。最忌人云亦云,跟在别人屁股后面走进死胡同。美国文学评论家马尔科姆·考利曾作过比喻:"文学评论——开着许多窗户的一幢房子。"在这幢房子里,每一个评论家都应该占有自己的窗口。我占有的窗口,则来自"心灵的敏感区"最佳视角的选择,要求慧眼独具。我透过这一窗口,观察人物形象,瞭望生活场景,审视思想主题,探寻艺术技巧。各种审美实践,各种管窥蠡测,始终围绕一个中心,即对艺术形象的探赏和对艺术技巧的探魅。而每一篇探赏文章,则在受到鉴赏对象的打动之后,深挖形象新意,提取艺术精华,寻求创作技巧,讲究语言艺术,重视结构章法,尽量写得活泼些,生动些,灵慧些,优美些,雅致些,把本身是鉴赏人家艺术作品的文章,写成让人家可以鉴赏的艺术作品。它应该带有诗的激情,散文的文采,小说的感染力。这是我在自己学术窗口竖起的一个高度,是鉴赏效果和审美价值统一的高度,够我攀登一辈子。回顾来路,出版研究著作《艺术形象探赏集》《人性美的追求》《菲华作家林健民创作研究文集》《欧·亨利的艺术世界》四部,发表于国际学术季刊和全国核心期刊、大学学报、省级杂志的论文逾三百篇,其中发挥学术价值影响较大的,已知有数十篇被权威刊物转载收录。这是攀登的第一个高峰。新世纪以来研写"华侨文化"书系六部学术著作,是攀登的第二个高峰。而今马不停蹄,长篇小说三部曲创作,正在攀登第三个高峰。因有慧眼之独具,窗口之定位,故有人生竖起的三高峰。

有生以来,除了读书,就是教书,甘居一隅,别无奢求。一生学问,清心寡欲,不求时髦,不赶浪潮,烟酒茶不染,唯嗜书如命。由于天生憎恨邪恶,追求美善,多遭风暴袭击,丢掉时间太多,总有紧迫之感。人贵拼搏,来日可追。人生追求,在于李白的"天生我材必有用"。学术之旅走到新世纪,从十三岁创作发表短篇小说《小红》起步,苦行僧笔耕至今,文学之旅一路奔走,历经风霜。文化赤子,文学理想,窗口慧眼,定位看准,即使处于文化沙漠,也能开拓文化绿洲,从死水微澜,到击浪兴波。

阮温凌 二〇一二年秋于南国绿洲灵慧泉畔

附录
学术界评价阮温凌

前期成果选录,研究生沈美韵、韦鹰整理

◎ 《走进迷宫:欧·亨利的艺术世界》获海内外报刊及学者赞誉。摘要:

一　著名文学评论家、研究生导师曾华鹏教授 1992 年 10 月 18 日来函交流:

"……暑假中外甥晓丹来信就谈到你,她对你很崇敬,说你的课讲得好,文章写得好,对欧·亨利很有研究,等等。咱们是同行,又是老乡,能认识你,能和你做朋友,我的确感到非常高兴……"

二　全国核心期刊《名作欣赏》1993 年第 3 期发表"纪念欧·亨利诞生 130周年学术论文系列之六"《欧·亨利热带杂耍的魔杖——〈白菜与皇帝〉创作风格艺术探赏》"编者按":

《白菜与皇帝》是世界短篇小说三大师之一欧·亨利唯一的长篇小说,自 1904 年问世以来,虽在世界文坛享有盛誉,而在我国评论界却是一片空白。在纪念欧·亨利诞生 130 周年之际,我刊于去年第四期特推出中年学者阮温凌的系列论文,对这一名著进行了全面的开拓性的研究,深入了前人、他人至今无人问津的领域,具有开垦"处女地"的重要意义,对我国外国文学学术研究与艺术鉴赏是一大贡献。文章刊出后,在国内外引起较大反响……已被中国人民大学资料中心转载。本刊的六个专题将作为重要组成部分被收入其专著《走进迷宫——欧·亨利的艺术世界》出版……

三　北岳文艺出版社、名作欣赏杂志社给华侨大学正副校长发函通报(1994年 6 月 6 日):

我刊系一级文学期刊,向作者单位通报表彰其突出科研成果,以引起对科研人才的重视,是我们的义务……研究欧·亨利的中年学者阮温凌副教授写出了六篇高质量的系列学术论文,在我刊推出……在国内外引起很大反响与好评,并已全部被国内外有影响的中国人民大学资料中心《外国文学研究》所转载。其正待中国社会科学出版社出版的《走进迷宫——欧·亨利的艺术世界》将是我国第一部系列研究欧·亨利的学术专著;最近由我社正式出版的《艺术形象探赏集》

则是我国目前第一部熔南国侨乡戏曲和海外华人戏剧探赏、中外电影探赏、古今小说探赏于一炉的鉴赏专著。有此成就与贡献,实属难得……

四　《人民日报》(海外版1998,6,8)、上海《文学报》(1998,11,26)、《光明日报》(1998,12,28)、《文艺报》(1999,4,8)推荐评价——

研究生导师阮温凌教授的学术论著《走进迷宫——欧·亨利的艺术世界》(40万字),近由中国社会科学出版社出版。这是著者学术研究中的第三部力著,为我国目前唯一的一部全面系统研究欧·亨利的独家之作,被外国文学界专家、教授誉为"填补了我国学术界的一项空白"……

五　美国《美华文学》1998年12月号载中国人民大学博导徐京安教授论文:

● ……不止是具有"悟性",而且还具有一定的"灵性"了。他的观点,有着自己独立的见解和鲜明的个性;他往往有着与众不同的发现,能给读者的审美视野开拓出新的地平线;他对欧·亨利的某些为人所漠视的作品,能从中发掘出新意和美学价值来,真可谓有一种"化腐朽为神奇"的能力,但他是言之成理、持之有据的一家之说,就具有开拓性的意义,是难能可贵的。一个民族科学水平的提高,不就是仰仗不断有人在学术上进行开拓和突破,不断有人填补学术上的空白而有所建树吗? 所以,对其意义是怎么估量也不为过的。

● 见解独到,能深入到前人、他人至今无人涉足的领域,具有开垦"处女地"的重要意义。整部论著,熔学术研究、文学评论、艺术鉴赏于一炉,集作家论、作品论、艺术论于一体,兼宏观考察与微观分析于一身,并注意了新观点、新方法(包括比较文学方法)的运用,从而多侧面、多角度、多层次地展示欧·亨利丰富的艺术世界。而这种展示,则注重内容和形式的创新,注重鲜灵优美、生动活泼、文采盎然的语言文句的论述,突破旧框框老调调,树学术研究的新文笔、新文体、新风格,立学术研究的一家之言……

● 对"欧·亨利手法"和"欧·亨利艺术观",不唯扩展了探讨的领域,有不少真知灼见,而且还发掘了欧·亨利艺术世界若干可资我国作家借鉴的创作手法和艺术经验,这对繁荣我国的文学创作事业也是十分有益的。作者在论著中还注意了横向和纵向的比较研究和探讨,使这部论著独具学术个性,而且论著文笔风格独特,给我们带来一种新鲜感,诗美感,为论著文体增添了清新明丽的色彩。特别是,其中结合我国"桐城派"的"起""落""断""连""顿"等一系列艺术技巧,以及联系我国著名小说家孙犁唯一的长篇小说《风云初记》,比较研究欧·亨利的长篇小说《白菜与皇帝》的结构艺术、语言特色和创作风格,无不使人耳目一新。

六　北京外国语大学《外国文学》1999年第2期载厦门大学硕导赖干坚教授论文:

● 在作者看来,要打开欧·亨利艺术的迷宫,首先要探索作家生活和心灵的迷宫,即所谓:"先知作家其'人',以此作为'知'作家'诗''书'之前提;再以'知'作家'诗''书'为基础,最后'知'作家'诗''书'之艺,'自成一个研究的连环体'"。这就是说,"作家论""作品论"和"艺术论"形成阮著读解欧·亨利的思维构架,并由此生出向欧·亨利的艺术迷宫全方位、同时态推进的三个相互关联的探索角度,即创作主体论、作品评析和作品艺术综论。

● 在作家论方面,阮著具体地描述了欧·亨利艰难曲折的生活道路,显示其"炼狱人生"的特性,又以此为基础,发人之所未发,系统地揭示了欧·亨利独特的艺术个性,以此作为理解欧·亨利创作的一个参照,或者说作为打开艺术迷宫大门的一把钥匙。阮著对欧·亨利艺术个性的揭示使它的"作家论"提升到一定的学术品位……

● 关于欧·亨利手法的分析,可以说是阮著中最精采的部分,它充分显示出该书熔学术研究、文学评论和艺术鉴赏于一炉的特色和独具一格的学术内涵……

七　《外国文学研究》1999 年第 2 期载华中师范大学博导王忠祥(钟翔)教授等论文:

● 作者从我国传统的"知人论世"批评思想切入,以欧·亨利"传记评论"为研究起点,以欧·亨利创作的九个短篇小说系列和一部长篇小说《白菜与皇帝》为解析重心,最后归纳升华于欧·亨利"手法"和"艺术观"。……从整体构架上而言,作者有一种"巴尔扎克式"的"野心",他视野开阔,欲从"多视角多方位展示欧·亨利的艺术世界"。而这种气魄正是牢固地建立于翔实的微观体察之上,成为一种灵性和悟性的结合。"人性基督小说"一章就是作者才智和学养的代表……

● 作者先由外而内,从西方文学的"双希"源头和历史流变入手,指明欧·亨利是如何被锻造成为"人性基督小说家"的;再由浅入深,具体而微地分析欧·亨利的中篇小说《命运之路》,从而得窥作家人性宗教的灵光和现实主义艺术的奥秘。整章内容既有点的深化,又有面的概括;既注意共时性个案研究,又贯彻以历时性的发展眼光,全面反映了欧·亨利该类小说的思想、艺术价值和历史地位。如把欧·亨利的小说比作一个浪漫的"大众之梦",那么书的作者就是一位清醒睿智的解梦人。而孜孜不倦的求索精神和入木三分的细读评点就是作者"解梦"的两把利器……

● 作者先将欧·亨利的艺术手法"公之于众",后从欧·亨利的生活和作品中提炼其宝贵的"艺术观念",以供他人吸收借鉴……一般认为,"欧·亨利手法"易学难工,很容易流于皮相。然而,阮温凌教授并没有停留在现象描述的层面上,他以一种求实的严谨态度,具体解剖欧·亨利小说内部的结构、笔法和语言,充分地展示了欧·亨利艺术迷宫中的"法宝"。

● 阮温凌教授长期从事教书育人的工作,这不仅是他展现科研成果的舞台,更是形成他独特文笔风格的契机。本论著中既有冷静客观的知识传授和学术论断,又不乏凌厉泼辣的感情流露和现世关怀,较好地做到了研究"学问"中的能出能入……他解读欧·亨利就是要解读人生,行使教师的"传道"天职……一种"课堂语调":蕴真知灼见于舒缓流畅的讲述之中。他的论述没有"学究气",不以枯燥乏味的抽象思维和教条形式吓人,而处处顾及到特定的对象,以鉴赏为先导,深入浅出,娓娓道来,巧妙地营造出一种吸引读者、启发读者的氛围。他的语言更是动静结合、丰盈鲜活,处处透露出作者认真执著的精神气质。可以说,这本书虽无绅士逸士的雍容雅致,却自有才子文人的潇洒练达,形成了一种个性化的新风格,与所表达的思想情感相得益彰。欧·亨利有幸,在中国找到了一位不辱使命的代言人。

八　北京大学《国外文学》1999 年第 4 期载中国人民大学博士研究生张朝霞论文:

● 自欧·亨利的作品被译介到中国来以后,读者熟悉的却只是他最著名的那几篇短篇小说,对其他作品,特别是欧·亨利的中、长篇小说知之甚少。同样,学术界对欧·亨利的研究也只是停留在个别评赏的地步,多年来尚没有一部系统研究欧·亨利的专著出现。这种奇怪的现象引起了阮温凌关注与思索,而应用新方法、新思路,多层次、多角度地对欧·亨利及其创作进行研究。

● 总体说来,阮温凌的欧·亨利研究切实做到了自成一家之言,而且每一论断都言之成理、持之有据。可以说,阮温凌藉"人性"这把"神匙"为广大中国读者开启了欧·亨利艺术的一扇新门,具有开拓性的意义,实在令人钦敬。这种开拓性的研究成果既不是靠玩弄新理论词藻,也不是靠一时灵光迸现,而完全是得自于作者的勤奋与执著。

● 或对众所周知的名作进行重读,或对人们不太熟悉的作品进行"导读",都能够围绕"人性"主题各成其势,且每每都言人所未言,道人所未道,以新取胜……以严密的逻辑和雄辩的资料推翻了一种为人们普遍认可的观点,即所谓欧·亨利小说重技巧而轻心理,在这里阮温凌为读者揭开了欧·亨利小说中被忽略的重心理的另一面,并指出欧·亨利笔下的心理描写具有隐蔽性的特点,可谓有理有据,见解独到……

● 特别难能可贵的是阮温凌逆潮流而行,不用西方时髦理论来研究中国文学却偏用中国传统文论去分析西方文学作品……不仅成功地解决了历来存疑的《白菜与皇帝》结构问题,而且还顺理成章地把欧·亨利这部颇有微词的长篇小说纳入了欧·亨利优秀作品系统。

● 一位学者学术个性的形成是与其学养品性密切相连的。阮温凌身上颇有中国古代士人清高自励之遗风,他"天生厌恶虚伪,憎恨邪恶,追求真善美,热爱人性美和人情味",追求理想的人生境界。在阮温凌多达百万字的研究著述中,除了他的本行外国文学研究外,还有很大一部分是他所作的中国文学研究,特别是古典文学和地方戏曲的研究……这些文章不但显示了阮温凌广博的学识修养和深厚的古典文学功底,而且更重要的是,标志着他学术个性的最终确立。这就是拥有浓重中国古代文化底蕴的感悟式学术个性。

● 清新明丽的感悟式文笔使这部学术专著充满新鲜灵动的诗意美……开端部分就定下了与众不同的审美基调。其实,以诗论诗本是中国诗学常用的方法……阮温凌是以"远古之石"攻"他山之玉"……导源于古代文论的理论模式促成了这部学术专著理论框架和谐流畅之美……引用了《孟子·万章》中的一句名言"诵其诗,读其书,不知其人可乎?"借以说明他构架的理论起点是"知其人",即通常所说的"作家论",在此前提下再知"其诗""其书",即所谓"作品论",在此基础上再知其"艺",也就是"艺术论",诸论依前后顺序环环相连浑然一体……在构架上是与中国古代文论精神相契合的,基本上遵循了"先知其人",然后再"诵其诗""读其书"……

● 阮温凌还多处使用太极拳等中国传统文化类型进行比照和研究,充分显示了他感悟式的学术个性……应用中国传统文化精神进行分析,欧·亨利伟大与渺小之辩这个长期困惑学术界的问题,终于迎刃而解……他感悟式学术个性的长处,给人带来一种新鲜感和诗美感……系统化的研究方法为阮温凌穿越欧·亨利艺术"迷宫"提供了最有力的工具支持……学术研究、文学评论和艺术鉴赏熔为一炉,作家论、作品论和艺术论合为一体,从而使这部著作成为既富有灵性、才气,又有相当高理论水准的学术专著……

九　全国核心期刊《名作欣赏》2000 年第 4 期载老作家单复、郑州大学研究生卢欣欣论文:

● 他具有宏大的学术气魄,把对欧·亨利的整体研究置于美国文学发展进程来加以观照,把欧·亨利视为美国文学史中一个关键环节,以至世界文学史中的一个重要章节来加以考察。他以这种历史眼光和文学背景来审察欧·亨利及其创作在人性主题、社会题材以及"欧·亨利手法"诸多领域的成就,从而作出全面、客观的论断,显示其对美国文学传统的继承、革新和贡献……

● 最能体现欧·亨利浪漫气质而又贯穿欧·亨利艺术世界的"欧·亨利手法",始终是交融于整部论著而加以审视的,并借此突显其作为美国文化传统内涵之一的理想主义和乐观主义,在欧·亨利性格和创作中的浪漫气质的投射。沿着研究由作家人生性格和美国文化传统锻铸而成的充满浪漫气质的"欧·亨利手法"的指引,我们看到欧·亨利与其所处时代生活、社会环境以及整个美国文学发展进程的亲缘关系……

● 从学术理解出发,论著运用新理论、新观点、新方法、新思路,对欧·亨利进行了前所未有的系统、深入的研究,有独家学术见解,有独特研究风格,有雅致的诗美文笔和新颖的论述技巧。因而它能从我国目前学术研究中脱颖而出,别树一帜,令人耳目一新,魅力独具……以其复杂矛盾的心理层次和性格特征,来映照美国文化传统中的乐观主义和理想主义,来彰显美国民族心理性格中所固有的浪漫气质……

● 长期以来,我们在理论方面完全缺乏原创的动力,传统的东西已经抛弃,新的理论规范又尚待建立,学术研究只能一味地"拿来",拿外来理论研究中国文学,拿外来理论研究外国文学,这种外来思潮的趋附,好像是一种时髦,一种潮流。像阮温凌教授这样能涵纳中华精神文化品格的感合,拿中国古代文论观点、传统文学理论去研究外国文学的论著,似难见到。不"时髦",逆"潮流",慧眼独具,卓特独见,正可见出其研究价值和学术贡献之所在。

● 曾听中央广播电台"子夜诗会"节目,有诗人评之为三绝:选诗一绝,朗诵一绝,音乐一绝。这是一种美的交融。阮温凌教授在论著中特别欣赏著名译家王仲年先生"译笔传神,惟妙惟肖"的译作而有所偏爱,追求的也是一种美的交流。由此也可以说:欧·亨利小说是一绝,王仲年译作是一绝,阮温凌研究是一绝——"三绝"相辅相成,相得益彰,浑然天成,各尽其妙。

十 著名理论家、中国社科院博士生导师朱虹教授赴美前夕来函评论(1998,8,21):

阮温凌教授:谢谢您的赠书! 关于欧·亨利的研究现在国内很少,您的著作补了一个空缺,对于推进美国文学研究做了贡献,祝贺您!

十一 著名理论家、南京师范大学博士生导师许汝祉教授来函评论(1998,10,20):

大作《走进迷宫》……能作出如此突出的贡献,心里有热乎乎的感觉……中国千百年来讲继承。先是继承尧舜禹汤文武周公孔子……继承是文化的一个方面,而创新则尤为重要。对学者尤然。恰当继承基础上的创新,恐是比较正确的道路,而缺乏创新,则人类不会有前途……当然,也要时时警惕浮躁——那是把命运卖给了魔鬼,可悲了。从大作看来,创新的思维相当强烈。还望弘扬新的思维,作出更大的贡献,发出更大的光与热。

十二 香港《世华文学家》(世界华文文学家协会)第 4 期(2004 年 8 月)评价:

本会监事阮温凌为福建泉州国立华侨大学教授,其学术论著《走进迷宫——

欧·亨利的艺术世界》被誉为:独家之作,多有创见。他成了欧·亨利"在中国的代言人"……

十三　苏州科技大学外语学院张顺生教授之江苏省高校哲学社会科学研究基金项目"哈贝马斯'交往行为理论'视域下的翻译研究主体间性转向"(09SJD740020)、苏州科技大学"教学质量工程"课程群校级重点建设项目"英汉互译课程群"(2010KJA–12)部分成果——《也谈"Cabbages and Kings"的汉译》,《中国翻译》2013 年第 3 期评论:

……基于此,笔者决计考查一番:华侨大学教授阮温凌专门从事欧·亨利作品的研究,1981 年到 1999 年之间共在《名作欣赏》《外国文学研究》《安徽大学学报》和《华侨大学学报》等核心杂志上发表相关论文 17 篇。更巧的是,阮温凌教授于 1992 年–1993 年间在《名作欣赏》连续 6 期发表了与《白菜与皇帝》相关的论文,而且作者称《白菜与皇帝》是欧·亨利的"唯一一部长篇小说",这和张经浩说"Cabbages and Kings"是欧·亨利短篇小说集相去甚远。这究竟是怎么回事?……

……从上面小诗语境中不难看出:"白菜与皇帝"堪称"东拉西扯"的趣味说法,隐含着"海阔天空、随便闲聊"之意。阮温凌教授的解读亦是如此:"可以看出,小说描写对象繁杂,零散,就连小说题名'白菜与皇帝',在英文成语中也指的是琐碎细小的事情。"(见阮温凌教授学术论文《欧·亨利热带杂耍的魔杖——长篇小说《白菜与皇帝》创作风格艺术探赏》,《名作欣赏》1993 年第 3 期第 109 页)……然而,如果将"Cabbages and Kings"的理解仅仅停止在"东拉西扯"上可能还不够深刻。唐代禅宗大师青原行思(671—740)曾提出参禅的三重境界:参禅之初,看山是山,看水是水;禅有悟时,看山不是山,看水不是水;禅中彻悟,看山仍然山,看水仍然是水。笔者认为,这一点倒可以用来说明"Cabbages and Kings"的汉译:仅仅知道英语中的"Cabbages and Kings"意为"白菜与国王",那只是第一重境界;知道"Cabbages and Kings"英语中虽然字面上意为"白菜与国王",但深层也指"东拉西扯"则达到了第二重境界;可是"琐碎、细小的名著书名则深寓着重大的主题——'白菜'与'皇帝',就是'白菜'被'皇帝'吃掉,就是弱肉强食。"(见阮温凌《名作欣赏》1993 年第 3 期第 109 页)"……《白菜与皇帝》有两个寓言世界——'白菜'世界与'皇帝'世界:即人性世界与非人性世界——这正是欧·亨利小说主题的两个方面。"(见阮温凌《名作欣赏》1993 年第 3 期第 110 页)"作家要告诉我们的是:'白菜'即使先天不足,也充满了人性美和人情味,因而它才这样的幼弱,鲜嫩,可口,好吃,才世世代代为'皇帝'提供美味的就餐之菜。"(见阮温凌《名作欣赏》1993 年第 3 期第 111 页)因此,不难看出,"cabbages and kings"已经成为英语语言中的文化意象之一,具有较深的文化意蕴,堪称英语语言中的"文化负载词"……

◎《艺术形象探赏集》《人性美的追求》等学术著作获学术界评价摘要：

一 《华声报》(1994,10,14)、《福建侨报》(1994,11,20)、《泉州晚报》(1994,12,6)推荐：

《艺术形象探赏集》日前由北岳文艺出版社出版。作者力求通过对一系列文学艺术作品的探赏，开辟一条独特的鉴赏之路，将本是鉴赏他人的艺术作品的文字，写成可以让众人鉴赏的艺术作品。书中涉猎相当广泛，包括中国古典名著、近年获奖小说、南国侨乡戏剧、海外华侨戏剧，以及世界影坛名片等。

二 香港诗人王一桃1994年11月25日来信评论：

您不仅是以逻辑思维来写作的人，而且是以形象思维来说话的人。正如您所写的《艺术形象探赏集》《人性美的追求》文情并茂一样。如果能得到您的赐评，那真是三生有幸！我为被您赏析的作家感到高兴！

三 菲律宾《联合日报》1996年3月28日载北京大学博士生导师周先慎教授、姜宇研究生论文：

● 阮温凌作为一位学者，他没有把视野仅仅局限于经典文学作品，而拓展到了当代小说、戏剧、电影，这是很有意义的。能有这样开阔的视野是与阮温凌学者兼作家的双重身分有关的……他在繁忙的科研、教学之余，仍不忘诗歌、散文、报告文学的创作，并曾多次在全国和福建省获奖。这种学者兼作家的双重身分使阮温凌关注当代的文学创作……

● 在鉴赏时侧重对作品艺术特色的剖析而不是对作品思想内容的阐释。如《曲线结构 对比手法》一文探讨《杜十娘怒沉百宝箱》的结构艺术；《曲径通幽》一文探讨了《福建文学》上几篇小小说的结构布局。其次，艺术性还指其鉴赏文章本身的艺术性。把鉴赏的学术文章写成活泼灵慧的美文，这是阮温凌的艺术追求……他讲究语言艺术，重视结构章法，文章写得活泼，生动，把鉴赏艺术作品的文章，写成可以让人家鉴赏的散文作品，表现出一种审美和鉴赏效果相统一的妙趣。

● 鉴赏独辟蹊径，时有精辟之见，不落俗套。如《杜十娘怒沉百宝箱》是中国古典小说中的名篇，鉴赏文章不计其数，再写出新意是比较难的。而阮温凌在对这篇小说的探赏中，抓住一个"怒"字，以此为窗口，来探寻小说曲径通幽的艺术结构和欲擒故纵的艺术技巧。作者说："《杜十娘怒沉百宝箱》的'怒'是通篇的'文眼'，是设置在小说结尾的一个'窗口'。由此'窗口'，我们可以了望情节的进程，审视性格的历史，窥探心灵的奥秘，洞察爱情的悲剧，观测主题的高度。因此作家为'怒'而写，精心构思，合理布局，苦心孤诣。"以前，人们在鉴赏《杜十娘怒沉百宝箱》时只注意到其"悲"的一面。而阮温凌在分析其悲剧结构艺术时,则指出这篇小说"并不是采取一悲到底的平面建筑和一览无余的直线形式",而是"用喜剧开路,以悲剧归结,于喜剧的外壳内包孕悲剧的核心;在喜剧结构与悲剧结构的对比中,贯穿人物之间喜剧与悲剧的对比,交融人物自身喜剧与悲剧的对比","让杜十娘与李甲这一对比性格在'从良'喜剧中刻画,在'怒沉'悲剧中升华。"这样的论析既有新意,又全面辩证。

● 自觉地以一定的美学理论作指导,不仅使读者对所探赏的文章加深了理解,而且使读者的美学鉴赏水平得到了提高。本书的鉴赏文章中有很大一部分是戏剧鉴赏和电影鉴赏,写这样的文章很容易流于泛泛,停留于观后感的层面。而本书中的这些鉴赏文章则抓住一点,深挖其美学价值和审美意蕴,使鉴赏文章有了一定的理论深度。

●《命运交响曲》一文在对前苏联影片《战地浪漫曲》的探赏中,摆脱了剖析"战斗加爱情"模式的俗套,指出这部影片的艺术价值在于把《战地浪漫曲》演奏成《命运交响曲》,"以今天反思的高度和崭新的审美视角,观照了苏联战后初期的时代风貌","悲欢离合与喜怒哀乐交响——构成它的基调;爱情与友谊交响——突出它的主旋律……因而演奏得高雅、昂扬、乐观、向上,显示出影片深邃的艺术底蕴和迷人的诗美的神韵。"这样的论析在为我们提供了一个崭新的审美视角的同时,引导着读者透过《战地浪漫曲》的表层意义而达到《命运交响曲》的深度……

四　文莱华侨作家王昭英(一凡)1999年2月5日来信评论:

……在厦门大学的国际学术研讨会上得见大作《人性美的追求》,艺术视野大为扩展,令人赞叹!您古今中外各种文学体裁的学术领域无所不涉及,无所不精通,真是才华横溢,博大精深!……能在研讨会上认识您,非常荣幸!

五　香港《世华文学家》(世界华文文学家协会)第4期(2004年8月)报道:

本会监事阮温凌为福建泉州国立华侨大学教授,其学术论著……《艺术形象探赏集》更被誉为我国不可多得的文学艺术鉴赏的"小百科全书"。其自编著研究生教材《台港澳诗歌研究》《台港澳小说研究》涉及面广,代表性强。另《海峡悲歌——白先勇创作论》《海外星空——华文创作三地域》二书已告完稿,待后出版。其学术论文多在《人民日报》《光明日报》《文汇报》及澳门《文化杂志》等刊发表……

◎　全国核心期刊《名作欣赏》发表系列论文的学术反响摘要:

一　四川绵阳师专刘捷讲师来信交流(1994,4,8):

好多年前就拜读过你论述欧·亨利作品的文章,近几期又在《名作欣赏》上一次次拜读大作,特致函请教。我接受了选译《欧·亨利短篇小说精选》的选题,目前正在实施中。我多次设法想同你联系,请你赐教,但苦于查不到你的通讯地址,延误了……

二 河南大学文学院本科大学生卢欣欣来信交流(1999,4,2):

● 我是河南大学文学院一名普通的大学生,今天提笔给您写这封信,不揣冒昧。站在毕业的边缘,让我常会想起这四年来我有许多梦想和心愿,有些倾尽全力我也无法实现它,但是有一些我却希望通过我的努力去实现它们,就像今天我写信给您,其实也是我这几年来一直就有的一个心愿,这个心愿在即将离开菁菁校园时变得愈加强烈……

● 北大青年学人余杰说过一句话:"如果面目可憎的人太多,不妨把书当作朋友。"我也是常怀着这样的心思以书取暖。我连续的看到过几期您在《名作欣赏》上对欧·亨利小说的研究,由您的文章喜欢上了欧·亨利的小说,于是跑遍了书店,终于买到了王仲年翻译的人民文学出版社出版的《欧·亨利短篇小说选》,一边读原作,一边继续寻找您的有关文章。

● 我曾听过中央人民广播电台的一个晚间节目:"子夜诗会"。诗人叶延滨评价这个节目有三绝:"选诗是一绝,播音员的朗诵是一绝,所配音乐是一绝。三绝相得益彰,天衣无缝。"我想欧·亨利可说是一绝,王仲年先生的译作是一绝,您的文章则是对小说的最佳诠释,是一绝。

三 河南大学文学院本科大学生卢欣欣来信交流(1999,6,9):

● 说来也巧,记得上高中时,班里搞课前演讲,我的一个朋友讲的就是您的《在美国牢狱中诞生的作家》,我还清楚地记得她那时讲到(其中对猫的呼唤)"噢,亨利"时,全班同学的笑声,所以六、七年来,我一直保存着一本从朋友那里得到的有这篇文章的一九八八年第二期《名作欣赏》……

● 我也按照索引在过刊阅览室查到了部分《名作欣赏》上您的文章,每一篇都很精采,从您的文章里感受欧·亨利小说的技巧和玄机,从欧·亨利的小说中去体验那种心灵的震撼,灵魂的升华。小说是感性的,分析文章是理性的,比较来读,相映成趣。一般来讲,评论文章较枯燥,不易引起读者兴趣,但您的研究论文并非如此;它既有理性分析,也有感性的审美表达,饱蘸着对作家笔下人物的爱与恨,我也能从您对小说的"二度创作"中感受到您的品质……

四 郑州大学文化与传播学院硕士研究生卢欣欣来信交流(1999,9,8):

您在信中的鼓励和劝勉,字字句句,我都牢记在心,并将以此来激励我的人生……我那天坐在郑大的校园里看书,忽然就想起您和欧·亨利,记得我在纸上写:您和欧·亨利是跨越了时空的,姜伯牙与钟子期,"高山流水","此情可待"。也许您也盼望着若有可能,能与欧·亨利"何日一樽酒,与君细论文"吧!

五　东方出版中心何润香编辑来信交流(1998,5,12):

我于《名作欣赏》(一直订阅)上拜读到先生有关《红楼梦》的系列论文及《尺水兴波　锋芒初露——汉魏六朝小说名篇艺术形象探赏》一文等,深羡才情及卓见。仅知道您在华侨大学,余不详。我给华侨大学打过几次电话均无人接,故按此址冒昧写信,望能被您展读……我现在策划一些书目,很想将先生的此类文稿结集出版,先生有意否? 望能赐教。余得赐书后再详细求教!

六　浙江省临海市爱国巷 22 号宋汝标来信交流(1999,10,13):

一个平凡的读者有幸拜读了君的《名作欣赏》佳作——研究欧·亨利的《作家:诞生环境与悲悼主题》,颇为欣赏……说句实话,起初我是被君知识之广所吸引。但对于诞生环境到作品到人性之方面,是否有诞生环境的改变影响不了作品呢? 先问上这样一个小问题……

七　《文化·艺术·生活》编委会来信交流(2000,3,18):

您好! 拜读您发表在《名作欣赏》的作品《"疯女人"家族——白先勇女性小说初探之三》之后很感动。《文化·艺术·生活》编委会和中国作家协会鲁迅文学院联合举办的"今日作家"国际互联网,如您有兴趣,请签好协议……

八　上海旅游高等专科学校许维来信交流(2000,2,19):

……我是欧·亨利小说的爱好者。我非常欣赏他的短篇《重新做人》。前几天读了您登在《名作欣赏》1999 年第 2 期的鉴赏评论文章《从保险库走出来的新人——〈重新做人〉的两个'感化'与生活原型》,使我对这篇小说的理解又深入了一层。您的见解令我非常佩服,可以说是真正做到了"不谬作者之意"。尤其是借人物原型,展现欧·亨利的创作观与表现手法,即您说的"超脱于灾难深重的生活现实而赋予他的小说以理想结局和浪漫色彩"……

九　福建省晋江市英林中心小学教师洪松茂来信交流(2000,11,1):

冒昧给您写信,只因常在《名作欣赏》上拜读大作。尤其是欧·亨利小说及白先勇女性小说的系列评论,更是入木三分,真让我赞叹不已。学生一直未能进入高等学府接受最佳的文学熏陶而深感遗憾。但我一直努力地写诗、小说……呈上已发小作《阿菊的故事》,望能抽空指点……

十　东北师范大学中文系 2000 级大学生牟广艳八十多封来信交流之一(2001,3,1):

请恕我冒昧……我现在有些迷茫,不知该如何面对爱情,对爱情我只有恐惧,我还曾声称一辈子不嫁。当我读了你发表在《名作欣赏》2001 年第 1 期的《人性解译:绿色爱情密码——潘向梨中篇小说〈倾听夜色〉的审美启示》之后,我觉得你是个解译爱情密码的专家,于是我提笔畅谈我的苦恼,请求你的帮助,帮我脱离爱情迷宫。希望很快收到你的佳音……

十一 东北师范大学大学生牟广艳八十多封来信交流之二(2001,5,23):

今日收到您寄来的书、信,我很兴奋,谢谢您送书给我。我觉得很幸福,有您……我不会再感到孤独和寂寞了,因为远方有您的安慰和支持。虽然您离我很远,但我觉得您一直在我身边,教导我、启发我,给我指明前进的方向。您就是我人生路上的航标灯……《艺术形象探赏集》这本书我很喜欢。虽只看了几页,但我已深深爱上了这本书,再次感谢您的赠送。我会细心地去品味……我一定会受益匪浅……

◎ 两岸交流信函选载——致台湾华侨协会总会信函(2013年7月18日):

……以陈嘉庚、李清泉为主题的海外华侨文化研究会,于泉州籍华侨领袖陈嘉庚、李清泉拓展华侨教育百年大庆前一年的2012年诞生,信息在菲律宾《商报》《联合日报》等侨报刊登。报载:"缘起于国立华侨大学中文系研究生导师、加拿大文化更新研究中心研究员、中国作家协会会员、世界华文文学家协会理事阮温凌教授之发起创建。2007年他应邀出席加拿大国际教育论坛,宣读发表研究华侨教育论文,引起重视,受国际学术机构委托,联络东南亚、海峡两岸华侨作家、教育家、文化人,构筑华侨文化工程。"

从历史观点看,李清泉毁家纾难,为教育兴邦、抗日救亡建功立业、鞠躬尽瘁,不亚于陈嘉庚。可惜他壮年早逝,正当陈嘉庚1940年要邀其同往延安朝圣,却不幸因抗日劳累重病不治而逝,来不及像陈嘉庚那样为中共所赏识,加上在抗日战争八年中,他得到国民党蒋介石的器重,结为知心好友,我手头即有蒋介石亲笔题字赠送李清泉的两张珍贵的历史照片。因而同等功劳的双峰并峙,发生历史倾斜,在大陆,以至整个华侨世界,对我泉州侨乡的另一位著名的华侨领袖的研究宣传,几乎是一片空白。这是历史误会,人为不公。故急起直追,要与陈嘉庚研究会接轨,与华侨协会总会接轨,建立长期合作交流关系……

……………

……………

得其回函,附录于后。文化交流中,华侨文化研究书系六著引起重视,台湾华侨协会总会陈三井理事长、台湾新地出版社郭枫社长、台湾艺文作家协会陈若曦理事长均先后联络,并发来邀请函,也附录于后——

華僑協會總會
Overseas Chinese Association

10548台北市松山區敦化北路232號6樓
6ᵗʰF, 232, DunHua N. Road Taipei, Taiwan, R.O.C
Tel：(02)27128450・27128465 Fax：(02)27131327
E-mail：csc@ocah.org.tw

李清泉華僑文化研究會

阮理事長溫陵　您好！

　　承您邀請本人擔任貴會名譽副理事長，至感榮寵，謹致萬分謝忱。惜因本會會務繁忙，恐無暇兼顧，敬謹婉謝。惟在研究課題上，敬請隨時賜教，自當全力以赴。

　　陳若曦女士文學造詣深厚，文以載道，樂任貴會副理事長，特此奉聞。

　　本會出版的《僑協雜誌》將會定期寄送貴會，貴會出版刊物亦請不吝賜贈。耑此　並頌時祺

理事長陳三井　敬啟

2013 年 9 月 11 日

台灣藝文作家協會

邀 請 函

海外華僑文化研究會理事長阮溫陵教授鈞鑑：

　　本會為促進兩岸文學發展，敬邀　阮溫陵理事長同貴會其他領導人來台學術交流。進行大陸中國社會科學出版社、上海三聯書店出版社出版齊全的學術新著華僑文化研究書系《世紀弦歌──陳嘉庚李清泉文化視野》《學村候鳥──巴金足跡僑鄉行》《海峽子規──陳若曦研究與對話》《海峽悲歌──白先勇創作論》《海外星空──華文創作三地域》《審美棱鏡──南國僑鄉講學錄》等六著學術研討。企盼共同推動華文文學發展。耑此

　　　敬頌

時綏

台灣藝文作家協會理事長　陳若曦 敬邀

2015 年 1 月 17 日

图书在版编目(CIP)数据

海峡子规:陈若曦研究与对话/阮温凌著. —上海:上海三联书店,2015.8

ISBN 978 - 7 - 5426 - 5284 - 3

Ⅰ.①海…　Ⅱ.①阮…　Ⅲ.①陈若曦－文学研究
Ⅳ.①I206.7

中国版本图书馆 CIP 数据核字(2015)第 203329 号

海峡子规——陈若曦研究与对话

著　　者 / 阮温凌

责任编辑 / 殷亚平
装帧设计 / 鲁继德
监　　制 / 李　敏
责任校对 / 张大伟

出版发行 / 上海三联书店
　　　　　(201199)中国上海市都市路 4855 号 2 座 10 楼
网　　址 / www.sjpc1932.com
邮购电话 / 021 - 24175971
印　　刷 / 上海惠敦印务科技有限公司

版　　次 / 2015 年 9 月第 1 版
印　　次 / 2015 年 9 月第 1 次印刷
开　　本 / 710×1000　1/16
字　　数 / 250 千字
插　　页 / 6
印　　张 / 11.75
书　　号 / ISBN 978 - 7 - 5426 - 5284 - 3/I · 1059
定　　价 / 48.00 元

敬启读者,如发现本书有印装质量问题,请与印刷厂联系 021 - 56475597